主 编：陈 恒

光启文库

光启随笔

光启文库

光启随笔　　光启讲坛

光启学术　　光启读本

光启通识　　光启译丛

光启口述　　光启青年

主　编：陈　恒
学术支持：上海师范大学光启国际学者中心

策划统筹：鲍静静
责任编辑：朱　健
装帧设计：纸想工作室

商务印书馆（上海）有限公司　出品
The Commercial Press (Shanghai) Co.Ltd

法海拾贝

季卫东 著

商务印书馆
The Commercial Press

图书在版编目（CIP）数据

法海拾贝 / 季卫东著. —北京：商务印书馆，2021
（光启文库）
ISBN 978 - 7 - 100 - 19835 - 6

Ⅰ.①法… Ⅱ.①季… Ⅲ.①随笔—作品集—中国—当代 Ⅳ.①I267.1

中国版本图书馆 CIP 数据核字（2021）第064610号

权利保留，侵权必究。

法 海 拾 贝

季卫东 著

商 务 印 书 馆 出 版
（北京王府井大街36号 邮政编码100710）
商 务 印 书 馆 发 行
上 海 中 华 印 刷 有 限 公 司 印 刷
ISBN 978 - 7 - 100 - 19835 - 6

2021年9月第1版	开本 889×1194 1/32
2021年9月第1次印刷	印张 12⅜

定价：68.00元

出版前言

梁启超在《清代学术概论》中认为,"自明徐光启、李之藻等广译算学、天文、水利诸书,为欧籍入中国之始,前清学术,颇蒙其影响"。梁任公把以徐光启(1562—1633)为代表追求"西学"的学术思潮,看作中国近代思想的开端。自徐光启以降数代学人,立足中华文化,承续学术传统,致力中西交流,展开文明互鉴,在江南地区开创出海纳百川的新局面,也遥遥开启了上海作为近现代东西交流、学术出版的中心地位。有鉴于此,我们秉承徐光启的精神遗产,发扬其经世致用、开放交流的学术理念,创设"光启文库"。

文库分光启随笔、光启学术、光启通识、光启讲坛、光启读本、光启译丛、光启口述、光启青年等系列。文库致力于构筑优秀学术人才集聚的高地、思想自由交流碰撞的平台,展示当代学术研究的成果,大力引介国外学术精品。如此,我们既可在自身文化中汲取养分,又能以高水准的海外成果丰富中华文化的内涵。

文库推重"经世致用",即注重文化的学术性和实用性,既促进学术价值的彰显,又推动现实关怀的呈现。文库以学术为第一要义,所选著作务求思想深刻、视角新颖、学养深厚;同时也注重实用,收录学术性与普及性皆佳、研究性与教学性兼顾、传承性与创新性俱备的优秀著作。以此,关注并回应重要时代议题与思想命题,推动中华文化的创造性转化与创新性发展,在与国外学术的交流对话中,努力打造和呈现具有中国特色的价值观念、思想文化及话语体系，为夯实文化软实力的根基贡献绵薄之力。

文库推动"东西交流"，即注重文化的引入与输出，促进双向的碰撞与沟通，既借鉴西方文化，也传播中国声音，并希冀在交流中催生更绚烂的精神成果。文库着力收录西方古今智慧经典和学术前沿成果，推动其在国内的译介与出版；同时也致力收录汉语世界优秀专著，促进其影响力的提升，发挥更大的文化效用；此外，还将整理汇编海内外学者具有学术性、思想性的随笔、讲演、访谈等，建构思想操练和精神对话的空间。

我们深知，无论是推动文化的经世致用，还是促进思想的东西交流，本文库所能贡献的仅为涓埃之力。但若能成为一脉细流，汇入中华文化发展与复兴的时代潮流，便正是秉承光启精神，不负历史使命之职。

文库创建伊始，事务千头万绪，未来也任重道远。本文库涵盖文学、历史、哲学、艺术、宗教、民俗等诸多人文学科，需要不同学科背景的学者通力合作。本文库综合著、译、编于一体，也需要多方助力协调。总之，文库的顺利推进绝非仅靠一己之力所能达成，实需相关机构、学者的鼎力襄助。谨此就教于大方之家，并致诚挚谢意。

清代学者阮元曾高度评价徐光启的贡献，"自利玛窦东来，得其天文数学之传者，光启为最深。……近今言甄明西学者，必称光启"。追慕先贤，知往鉴今，希望通过"光启文库"的工作，搭建东西文化会通的坚实平台，矗起当代中国学术高原的瞩目高峰，以学术的方式阐释中国、理解世界，让阅读与思索弥漫于我们的精神家园。

上海师范大学光启国际学者中心
2020年3月

自　序

2020年的暑假，受新冠肺炎疫情的影响无法远游，只好和家人驱车到莫干山寻找清凉。一天清晨，穿过云雾步行到旭光台，拿出手机正准备拍摄层峦叠嶂、林海幽篁的风景时，发现西洋史学家、上海师范大学副校长陈恒教授刚发了个微信，约我在"光启文库·随笔系列"里出一本文集。除了学术论文和法律专栏评论已经先后结集出版外，正好手边还有些主题和风格都不太容易归类的杂文，其中有些还没有在报刊上发表过，所以我当即欣然答应了。第二天，商务印书馆上海分馆总编辑、北京大学西语系毕业的校友鲍静静就跟我正式对接，发来约稿函和选题信息表，随即责任编辑朱健跟进很周到地处理各种具体事宜，在不经意间显示了这家百年老店的效率、品位以及专业水准。

这里收录的随笔，时间跨度十二年，分别从不同侧面反映了我在2008年回国后这段时间的心路历程。记得正是那年1月23日，通过上海交通大学主管文科的副书记郑成良教授的安排，我在日本的京都车站附近酒店与张杰校长首次晤谈。在当天先后举行的两场交谈中，深受该校创建新型法学院的宏伟愿景的鼓舞，我初步表达了到上海赴任的意愿。在家人的理解和支持下，4月下旬的那次交大之行促使我最终做出踏上归程的决定，并随即与人事部门逐一敲定签约细节。返回日本后，我立即向神户大学提交辞职报告，同时开始策划未来的工作方案，并以通信以及短期访问的形式逐步熟悉和参与法学院的决策。我当初的治院基本思路是：为了实现工科大学新设的法学院的跨越式发展，应该按照围棋布局的"金角银边草肚皮"和"谋势不谋子"的原理，首先抓住学科建设的若干个战略性要塞，特别是以国际化为主要抓手，迅速形成在全国具有明显优势的亮点和特色；然后尽快从边缘学科向中心推进，逐步全面进入主流并且力争上游。

2009年4月1日全职到任后，在教学口负责人的鼎力支持下，我立即按照既定方针推进了以"三三制"法科特班为核心的法学教育改革，并争取到学校的政策支持。随后又决定以"迅雷不及掩耳"之势筹办中国法学硕士国际班、暑期班以及外资企业法务短训班，经过国际口三个多月的准备和宣传，在10月中旬成立了中国法学硕士国际班办公室，开通了招生专用网页。几乎同时还推动了法社会学研究中心、海洋法律与政策研究中心等若干跨学科研究平台的搭建，显著加强了学术委员会的功能。第二年，"三三制"法科特班、面向外国留学生的法学硕士班陆续开办，《交大法学》正式创刊，在访问美国十来个著名法学院的基础上签署了一批国际合作协议……这样紧张的工作状态持续了两个任期，合计大约十年，在国际化、卓越人才培养以及交叉学科发展等方面达成了预期目标。

2018年初法学院院长第二个任期届满，本来想回头再集中精力于学术，系统梳理自己的专业研究成果，再写些自己比较满意的论著。但学校希望我出面筹建校级跨学科研究新平台，于是2018年正式组建教育部国别和区域研究中心——上海交通大学日本研究中心，2019年在法社会学研究中心的基础上设立中国法与社会研究院，2020年与人工智能研究院合作创办人工智能治理与法律研究中心。万事开头难，同时担任这三个新平台的负责人，运营上的杂务还是不少的。当然，毕竟不同于学院、机关部处等二级行政机构，这些学术平台以研究为主，比较单纯；可开可不开的会议的参加义务也有所克减；疫情期间线上办公、云端开会、虚拟讲课也相对比较省事易行。

无论如何，日常行政管理工作总会或多或少挤压研究和教学的时间。像早年那样专心致志精读专业文献、深思学术问题、撰写长篇大论的余裕是不再具备了，在大多数情况下只能以比较短小的论文、评议以及随笔来应付稿约和表达观点。另一方面，作为公务副产品的致辞、作序、报告、规划、总结，我都比较倾向于自己动笔，因而个人的"应景文章"也逐渐积累到颇为可观的规模。这些文字涉及面非常广，本来是很难归类出版的。但字里行间的确也凝聚了个人的心血和思虑，难免产生敝帚自珍之念。"光启文库·随笔系列"的编辑方针是兼容并蓄，使这些话语碎片也有机会付梓，保留那些易逝的记忆和断想，持凭书本在此存照，让我很高兴并抱有感谢之情。

蒐集在这里的学术性质随笔共有55篇，大致分门别类为四辑，从2008到2020年大致按成稿或者发表的时间序列编排。第一辑大都是历年在法学院校各种场合的致辞，通过对正义观、道德情操、学术原则以及教育理念的阐发，加上发自内心的呐喊，试图重构校园文化，唤起青年一代的使命感和责任担当。第二辑主要反映我回国后十余年间在上海交通大学推行的法学教育改革和国际化的举措，以及关于文理交叉融合跨学科研究平台建设的某些思路。第三辑的内容比较芜杂，有人物评和书评，也有我促成或者支持的各种期刊的发刊词，还有一些著作或译书的序言，甚至包括片段的回忆录和游记。透过这些风格各异的长短篇，读者可以体会笔者对社会的观感、思索以及价值判断。第四辑则聚焦法律与审判的现象，既有对个案的点评，也有对理论的阐发，还有对数字信息技术引起的法治范式创新的展望。

但愿这些随笔描绘出来的法界鸿印有助于读者认识一个特定时空结构里的人、事、物，增进对改革开放时代法学教育改革以及法律制度变迁的语境的理解。如果这本随笔集能对其他朋友的类似路径选择也或多或少有所裨益，则更是喜出望外。

是为序。

季卫东
2020年秋

目录

自　序　　　　　　　　　　　　　　　3

第一辑　正谊明道的召唤

对新世纪的承诺　　　　　　　　　　3
追求卓越的责任　　　　　　　　　　6
辉煌，有待重新创造　　　　　　　　12
在工科强校学习法律的优势　　　　　16
梦想与务实　　　　　　　　　　　　21
三年将以长羽翼　　　　　　　　　　24
天地交，万物通，君子道长　　　　　27
需要营造一种自由的学术氛围　　　　32
百年传统　十年辉煌　　　　　　　　37
新的家园　新的征程　　　　　　　　43
为了法学殿堂的独立、理性以及尊严　48
划时代的2020：希望、荣光以及责任　57
蜻蜓与牛虻的隐喻　　　　　　　　　64
法治的技术理性与人文情怀　　　　　68

中国现代大学之魂　　　　　　　　　　　　　75
包容、守正以及创新　　　　　　　　　　　78

第二辑　陶冶英才的模型

日本"法科大学院"改革成败的教训　　　　87
培育一代国际型法律精英　　　　　　　　　93
中国法学教育改革的理念和路径　　　　　　98
重新认识国际化时代的大学评估　　　　　　113
创新需要批判思维和更宽松的研究环境　　　129
"本科法学核心课程案例百选"系列教材总序　138
文科的学术范式创新与集群化　　　　　　　143

第三辑　书斋内外的风景

近代国家的原型：罗马—梵蒂冈—佛罗伦萨寻踪记　153
续写"法与社会"运动的新篇章　　　　　　172
为了东亚的经济整合　　　　　　　　　　　176
悼念沈宗灵教授　　　　　　　　　　　　　180
开启中国的法治轴心时代　　　　　　　　　188
开拓法社会学的新丝绸之路　　　　　　　　192
金融法律创新的孵化器　　　　　　　　　　199
中国法律共同体精神的复活　　　　　　　　202

大转型与法治重构	205
斯卡利亚宪法论的余晖	214
附　录　"伦奎斯特法院"的天平与砝码	222
法官众生态的观察和描述	227
唤醒民族的海洋意识	230
防患于未然	234
深切悼念恩师罗豪才先生	241
寻找东亚乃至世界的稳定之锚	246
弘扬海派日本研究	251
琉球的心象风景	258
中日法学沟通的虹桥	266
我的日本观：情动秩序与集体主义的问责	271

第四辑　法治国家的光影

漫山红叶梦法治	281
改革就是建立新的公共性	289
法律：举起正义之剑	303
股灾、救市以及风险社会的法治	309
从于欢案透视民间金融问题	321
关于法治的遗憾	329
互惠的正义	333
理由论证的价值	341
思无邪　知无涯	348

电子政府有赖于智能技术与区块链技术的制衡　　359
AI的狐狸精与规范的篱笆　　366
为了21世纪的制度范式创新　　380

第一辑
正谊明道的召唤

对新世纪的承诺

在21世纪曙光初现的时刻,上海交通大学法学院应运而起——面对世界格局丕变的空前挑战,也享有与中国制度创新同步的重大机遇。我们深知创业维艰,赶超先进更不易。但是,六年来全院师生披荆斩棘、塑形造势的成就已经证明,只要巧用"后发者优势",争取"跨越式发展",就有希望在较短的时间内达成"国内领先、国际知名"的预期目标。这是一个持续了百十年的梦想,也是一项新世纪的承诺。

回顾历史,从本校前身南洋公学成立之日起,培养"专攻政治家之学"的新型管理人才以推动国家的现代化事业,就是先贤们既定的教育方针。1901年开设的西学特班,聘请蔡元培先生为主任教员,讲授宪政、国际法等方面的课程,可谓中国现代法学教育的一脉滥觞。从徐汇校区走向全国乃至世界的,有四位卓越校友:消弭内战的和平交涉使者邵力子,法学造诣非凡的治理精英王宠惠,促成以民主实现长治久安的建国对话的职业教育家黄炎培,联合国海牙国际法院首位中国籍大法官徐谟。他们代表着上海交通大学"储国家栋梁之材"的辉煌传统,也昭示了今后改进法学教育和研究的具体模范。

某些往事的细节会构成很有趣的佳话。曾记否,在南洋公学刚创办的1897年,有位美国波士顿大学出身的福开森(John C. Ferguson)博士受聘监院,负责设计校舍和课程体系。到2007年,在上海交通大学法学院初见成效、亟需推力的关头,又有美国华裔企业家廖凯原(Leo KoGuan)先生慷慨捐资重建法学楼和全面改善教研的条件。这一偶合让人产生丰富的联想和使命感:从今以后,法学院的进程应该是光荣校史的缩影,应该无愧于东西方文明交通的改革宗旨,应该把太平洋两岸的大国互动和新型治理范式的探索也都纳入制度设计的视野之中。

经教育部批准,上海交通大学法学院同时被命名为"凯原法学院"。可以期待,这个变化将为我们提供在2008"志愿者元年"与公民社会共同更始的契机,也为培育一批能适应21世纪新格局的国家栋梁之材准备了必要的苗床。按照本校前景规划,法学教育和研究是未来的优势学科,是建设世界一流大学的重要组成部分,是文科院系"有选择追求卓越"的亮点之一。要实现上述宏愿,我们必须齐心协力、殚精竭虑,把交大凯原法学院办成培训杰出人才的基地、精研制度原理和法治学说的理性殿堂以及与国际学界同仁进行对话的论坛。这就是我们对新世纪的承诺。

为了履行诺言,我们应该为现有的教师群体提供充分的用武之地和伸展空间，同时也向海内外广开贤路。这里将结聚一批志同道合、才高艺精的法律界翘楚和有识之士，潜心治学，倾力育人，竭诚守护正义。这里将建构一个新型的解释共同体，为中国的民主法治秩序的巩固提供必要的知识础石。因此，无论是研究者还是学员，选择凯原法学院就意味着选择责任、选择卓越——登临送目，正东海南洋波涛急，彩舟竞渡！

（2008年9月10日，归国履新的寄语）

追求卓越的责任

衷心感谢大家在百忙之中光临凯原法学院冠名仪式。同时,也感谢校方以及全院师生对我个人的信任和支持。在张杰校长刚才颁发聘书的那一刹那,有两个字从纸面跳了起来,在我的心头呼啸而过。这就是:责任。对于一个长年乘桴于海的游子而言,选择凯原法学院,的确就意味着选择创业的责任。

这种责任,我认为,首先是要为莘莘学子负责。

众所周知,无论是儒家讲义的杏坛,还是古希腊的雅典学园,或者是诞生于11世纪的博洛尼亚大学法学院,都标榜了同样的使命。借用孟子的言辞来表述,就是"得天下英才而教育之"。从这一个短句,可以推导出三层微言大义。

第一,作为师长的人就应该以"天下"为己任。作为大学,尤其是传授普遍规范原理的法学院,当然也应该具有与University相称的世界精神。

第二，教育的起点在于选拔真正的"英才"。也就是说，要形成理想的学生群体，录取标准除了考试成绩优秀之外，还包括强烈的责任心、广泛的知识兴趣、丰富的个性和才能。如此选材施教和因材施教，势必对入学门槛和生源的构成设定某种更高的要求。

第三，必须提供令学生满意的、有特色的课程体系。只有这样做，才能充分满足那些志向远大的青年人的求知欲，不至于使他们饥肠辘辘。孔子早就揭示了一条朴素而普遍的真理："民以食为天。"近来上海交大法学院的学生们正以不同的方式提出诉求："对精神聚餐，我们80后、90后是食不厌精、脍不厌细的。"因此，不断改进法学教育的食谱菜单，就是一所法学院以及全体教师的首要责任。

现在我要谈到另一方面，对本院各位教师的责任。

截至举行冠名仪式的今天，共有46位教师在编。其中包括白手起家的创业者、法学界各个领域的中流砥柱以及正在崭露头角的新秀。他们，是凯原法学院敢与群雄争高低、决胜负的主力军，也是教研机构的主人翁。尽管大多数教师是在最近几年陆续从全国各地引进的，还来不及在辽阔的大校园内找到感觉、形成明确的归属意识。但是，从今天这个仪式开始，我们就会有一个新的文化认同。我们既然在闵行这片热土上建构了如此辉煌的学术共同体，就一定要把它当作自己的家园念兹在兹，经之营之。

基于上述学术共同体的理念和文化认同的需要，法学院行政部门的主要责任也应该重新界定，即把立足点转移到建构精神家园、为教师们提供优质服务上来，并且促成某种令人心情舒畅的氛围、高尚的学术风气。要通过自由竞争和公平的游戏规则来实现"尊贤使能，俊杰在位"的理想。与此同时，在招聘人才方面，应该采取"硅谷之父"弗雷德·特曼（Frederick Terman）教授振兴斯坦福大学的策略——建立"卓越才智的尖塔"（steeples of excellence），形成对研究者和学生具有很强吸引力的磁场效应。

美国华裔企业家廖凯原先生向上海交大慷慨捐资，不仅要帮助我们重建一座美轮美奂的法学大楼，还为全面改善教育、研究以及国际交流提供了优越的条件。没有这样坚实的物质基础，我们也就没有底气在这里谈论什么斯坦福大学的跃进路线或者特曼的拔尖哲学。因此，我代表本院全体师生并以我个人的名义，对廖先生的慈善事业和贡献再次表示诚挚的谢意和敬意。

同时，我也再次重温古代法家商鞅南门立信的故事，保证严格按照捐赠协议的内容推动各种项目活动。尤其是要办好"凯原法治研究中心"，使它成为我们与亚洲乃至世界各国研究者之间就未来的哲学、秩序以及行为规则进行对话的重要论坛，成为重新认识、重新诠释中华法系的结构、功能以及含义的思想库和信息中心。韩非子曾经说过一句很著名的话，这就是"小信成则大信立"。对凯原法学院而言，小信就是信守承诺，大信就是信奉真理。

除了要对本院学生、教师以及捐助者负责之外，还有一种更崇高的公共责任。这种责任来自对社会正义和法治秩序的忠诚心，与马克斯·韦伯（Max Weber）所强调的"责任伦理"也息息相通。

在座的各位都很清楚，1978年12月下旬公布的中共十一届三中全会公报，曾经提出过一个依法治国的宣言。其主要内容包括：在确定执政党"以发展生产力为中心"的同时，着重提出保障人民民主和加强社会主义法制的任务。并且明确指出要坚持宪法规定的公民权利和法律面前人人平等的原则，维护司法的独立性，不允许任何人有超越法律之上的特权。从此以后的三十年间，尽管历史演进的路径也有迂回曲折，上述依法治国宣言始终构成中国社会发展的主旋律。凯原法学院的根本使命就是要继续演奏这一段华彩乐章，直到民主法治的凯歌响彻云霄！

在一定意义上可以认为，当今的中国仍然处在所谓"立法者的时代"，因为编纂民法典的宏伟工程尚未竣工，因为涉及立法权的合理化、正当化的体制转型课题才刚刚提上议事日程。但是，随着法律体系大致完备，诉讼案件正在迅速增加，并且日益复杂化。我们可以看到，不同利益集团的诉求以及各种社会冲突，正在源源不断地涌向司法渠道。我们还可以看到，法官和律师开始登上历史舞台发挥更积极的作用。与此相应，推动实用的法解释学发展便是大势所趋。换句话说，法律应用技术的重要性正在日渐凸显。显而易见，中国即将迎来"解释者的时代"。

因此，有必要对教育制度，特别是职业法律人的培养方式进行调整或刷新。正是在这样的背景下，十天之前我国政府公布了一个纲领性文件，正式启动教育制度改革。在稍早些时候，还传达了关于法律职业教育改革的最新指示，凸显了守法精神以及实用性。这样的大转型，为凯原法学院提供了非常难得的机遇。由于我们没有沉重的历史包袱，由于我们"船小好掉头"，凯原法学院在这个推陈出新的过程中完全可以先行一步，实现跨越式发展。尤其值得庆幸的是，21世纪的中国发展战略，上海的地域优势，交大领导班子对法学院的重视，如此等等，为我们抓住这个历史机遇提供了现实可行的条件。

的确，天时、地利、人和，凯原法学院都有了。发展的前景也一片光明。但是，正如中国第一代摇滚乐歌星崔健呐喊的那样，"不是我不明白，这世界变化快"。这种瞬息万变的局势带来不确定性，也构成巨大的压力和挑战，迫使我们必须立即行动，不得犹豫。请在座的朋友互相问答，到2012年，我们可以拿出什么样的成果作为上海交大法学院成立十周年的献礼？到2015年，中国的法务市场将全面对外开放。也就是七年之后，我们能不能及时培养出一批精通法理、具有国际视野的审判官和律师，以满足经济界的需要？我们有没有足够的实力与跨国大型律师事务所交手？我们会不会在亚洲各国的制度竞争中胜出？勇敢地面对这一系列重大的考题，及时交出一份合格的答卷，这就是凯原法学院全体师生应该共同承担的责任。

以上四种责任就是我在接受聘书之际的主要感想。

各位领导和来宾、老师们、同学们，中国的法学教育正徘徊在历史的十字路口，建设法治国家的伟大事业也已经进入攻坚阶段，时不我待。在这个意义上，今天的冠名仪式，也可以说是为上海交大凯原法学院这支船队即将启程的远航进行剪彩、助威。

我想援引辛弃疾的词句作为对友谊和支援的酬答:"青山遮不住,毕竟东流去。"

(2008年9月20日,凯原法学院冠名仪式致辞)

辉煌，有待重新创造

今天晚上，在这里就座的，是凯原法学院冠名仪式之后的第一届法学本科毕业生。不管如何，第一回总是好的。至少比较容易引人注目。既然你们在时间上占了先机，就可以说是很幸运的。我首先向大家致贺！

2009年是个极不平凡的年份。在上个月我们纪念了90年前的五四运动。重温当时的大学生提出"民主"与"科学"、"启蒙"与"救亡"口号的意义，不免对历史进程的曲折感慨万分。三个多月之后，我们还将庆祝人民共和国的首次花甲轮回，势必轰轰烈烈。但在另一方面，去年10月引发的世界金融危机已经冲击我国的就业市场，使得应届毕业生在校园的最后一段时光少了些花前月下，多了些风声鹤唳。还有甲型H1N2流感，也使得求职路上平添了几分担忧、几分乡愁。我理解你们的焦虑和苦闷。但是，对你们而言，这些迟早都会成为有惊无险的过去。我深信这一点，你们有足够的聪明才智和勤劳勇敢去克服眼前的困难、实现长年的愿望。我深信这一点，世界在期待你们，世界也属于你们。

无论如何，现在，你们即将告别大学本科阶段，走向社会就业，走向外国留学，走向其他研究机构深造，都是可喜可贺的。在这里，我向大家表示深情的祝福！但愿大家鹏程万里、捷报频传！如果问还有什么其他可说，还有什么需要特别嘱托的，回答是：既然毕业于一个极不平凡的年份，就要度过一段也不平凡的人生。可以算作临别赠言，也可以算作从内心流露的期望。毕竟上海交通大学法学院的起源，可以追溯到一个多世纪之前设立的那个"南洋特班"，是以培养曾国藩、李鸿章之类国家栋梁为宗旨的，必须也很有可能重新创造辉煌。重现的辉煌必将是由你们来创造的，我深信这一点。

这个聚餐地点离美丽的思源湖不远。饮水思源，是校园湖泊的名称由来，也是由来已久的校训。思源湖提醒我们不能忘记母校的光荣传统，应该经常感念故乡的温情关怀，还有各位授课老师的谆谆教诲，还有回馈家庭和社会的责任。同学们，四年前，你们在哪里、在什么样的场合接到上海交通大学的录取通知？当时送行的地点是车站、码头还是机场？亲人们千叮咛万嘱咐，都说了些什么？现在，你们终于完成预定的学业，十天后就可以取得法学本科文凭了。此时此刻，何所忆，何所思？我相信会有千万缕思绪正在大家的心头缠绕着，挥之不去。从去年晚春开始，在我们法学院的BBS上，我看到很多同学对周伟老师的突然去世反复表达自己的哀悼和怀念，情真意切，令人感动不已。我也听到很多同学对张绍谦教授、王先林教授、徐冬根教授、韩长印教授、朱芒教授、王福华教授、你们的班主任赵绘宇老师及其他各位老师的爱慕和感激。我相信，这些留言和舆论会让所有老师都觉得欣慰，产生出强烈的职业自豪感。

在留园，我提到BBS上的尊师留言，也是想表达广大老师对各位同学的留恋。在餐桌前就座的同学里，我们可以找到支援西部的志愿者的身影，还有法律辩论队和法律英语协会的主将，还有《南洋法律评论》编辑部的积极分子，还有图书阅览室的常客。每一张青春的笑颜都如此可爱，每一位老师都希望为你们做些什么、做得更多，尤其是在离别之际。恨不得把你们都留下来，永远留在凯原法学院，就像溺爱而自私的家长一样。即使不能把你们留下，也不能让你们把缺憾留下。不知道是不是2009届的，记得有位同学曾经表示，希望早日穿上一件精心设计的法学院文化衫，可惜目前还未能满足这样的诉求，或许这是你们留下的一个最大遗憾。于是今天晚上，我和党总支书记叶必丰老师用学院的纪念章作为补偿。但是，除了这一点残留的憾事之外，你们给我们留下了更多的光荣、更多的成就、更多的校友纽带。

同学们，即将离开的是人，密切相连的是心。无论你走向何方，凯原法学院都肯定会与你同在。无论你暂时遭遇多少次艰难挫折，坚信你总会迎来春暖花开。"器识以正谊明道为宗"，这是母校办学的根本方针，也展示了我院对2009届法科毕业生继往开来的期待。

最后我提议，为在座各位同学的幸福和事业成功，为老师们的健康、快乐以及学术建树，为凯原法学院的日益兴旺，为中国法律与社会的发展，干杯！

（2009年6月17日，法学院2009届毕业生惜别晚餐会致辞，刊载于《法制日报》2009年7月15日）

在工科强校学习法律的优势

众所周知,上海交通大学历来以强大的工科闻名。尽管在110多年前创建的时候,本校前身南洋公学的奠基人盛宣怀以及清政府的意图是培养治理国家的新型人才,"专课法律、公法、政治、通商之学"。但是,1902年发生的一个轰动性的"墨水瓶事件",打碎了政法学堂的设想。加上受国内外局势巨变的影响,从1906年开始,本校的教育方针从培养国家干部转向培养经营者和工程师的实业教育。到中国共产党筹建的1921年7月,本校改组为交通大学的筹建工作也全部完成了。从此以后,交通大学的发展是与法律专业无缘的。

直到今天,在上海交通大学,法科似乎也依然被淹没在工科的辉煌里。我不知大家在填写入学志愿时,可曾感到有些犹豫或彷徨。或许存在以下两个问题,在你们的心头来回盘旋,颇费斟酌。一个问题是,在工科强盛的大学,会不会出现强盛的法科?

也就是说，从长远来看，选择上海交大凯原法学院是否明智？另一个问题是，在工科色彩浓厚的大学接受法律专业的教育，最突出的优势究竟在哪里？也就是说，进入上海交大法学院后，究竟应该怎样进行职业规划？在这里，面对疑虑，我不可能当庭做出决然的判断。何况答案在很大程度是由我们今后的努力来决定的，具有流动性。尽管如此，今天我还是要与大家一同讨论这两个基本问题。

目前的中国，不管出于何种原因，一批工科强校的法律院系崛起已经是既成的事实。清华、浙大、南大、北航、北理工、哈工大等的法律专业教育都有可圈可点的表现，构成很好的例证。上海交通大学法学院正式成立于2002年，七年来经过全院师生的共同奋斗，也在教育部的全国法科排名榜上迅速脱颖而出。我们并不满足于进入国内前十名的虚荣，正在瞄准国际先进的目标，致力于真正的跨越式发展。但无论如何，即使在强工科的背景下，法科也完全有可能呈现出一派欣欣向荣的景象，对此不必再抱有什么疑虑了。剩下的任务是，还应该对既成的事实给出一些具有说服力的理由。

实际上，现代法治秩序的建构本来就是与工业文明的发达息息相关的。德国伟大的思想家马克斯·韦伯强调法律的形式合理化和可预测性，正是回应资本主义市场经济体制的需求。在法国哲人米歇尔·福柯眼里，19世纪欧洲的刑罚制度改革、国家权力结构重组也与大工厂管理方式的普及有着密不可分的联系。19世纪末我国法学教育勃兴的动因，除了培养从事外交、国际贸易的亟需人才之外，欧美各国公司的章程和管理规则对社会控制方式的影响也不可忽视。再看当今的情况，20世纪70年代末以来的中国法制变迁始终有一个非常重要的推手，这就是中外合资企业。因而在相当程度上我们可以断言，产业经济就是法治经济。推而论之，工科强校不仅不会排斥法律专业的研究和教育，相反，总是要乐观其成的。

如果从社会控制和利益权衡的角度来考察和理解法律的本质，正如20世纪的美国法学泰斗罗斯科·庞德所说，法律就是一种"社会工程"（social engineering），其目的不外乎以最小成本实现整体的最大利益。同样的法律观可以在英国的功利主义者杰里米·边沁那里找到，他把快乐与郁闷看作道德的函数，把最大多数人的最大幸福等同于正义，进而把幸福测定器的设计与法典编纂事业相提并论。虽然这些论述未必能得到普遍认同，但却深刻地揭示了一个事实：法律与机械以及工程学之间其实存在千丝万缕的联系。法律是国家进行统治的装置，也是个人维护合法利益的操作规程；法律是对不同诉求进行调节的平衡器；法律是处理和解决各种纠纷的技能。所有这些特征注定了，法律专业与其说是一门科学，毋宁说是一种工艺。

认识到法律类似工程技术的属性，也就可以认识到在工科强校发展法律专业教育的亮点和优势。因此，我为你们选择上海交大凯原法学院而庆幸，同时也希望大家能在入学后扬长避短，妥当地进行职业生涯的规划。不言而喻，在工科强校，专利法、企业法、破产法、金融法、经济法、劳动法、税法、环境法等研究领域的发展有其得天独厚的条件。但是，在工科强校，实际上所有的法律科目都可以各有特色并且开拓出更大的发展空间。换句话说，我们决不能局限在那些与工科相关的研究领域里，来认识工科强校的法学发展方向，而是要全面地加强法律制度的可操作性意识，树立一整套与产业化、现代化、全球化时代相适应的"实用法学"的体系，并在教学过程中切磋专业性技艺。

但是，我还要特别强调，所谓实用法学的体系，不可能仅仅构建在功利主义的基础上，更不能流于急功近利。凯原法学院的宗旨并不是仅仅培养一群工匠，而是要培养一代情操高尚、富于洞察力和睿智、具备处理实务的能力和技巧的伟大的法律家，以及能够依法治国的管理人才。因此，我们不仅要致力于法律技艺（legal skills）的培训，而且还要着重陶冶法律精神（legal mind）。这就需要认识到工科强校的某些不足之处以及法科的特征，通过各种方式弘扬人文主义理念，形成认真探讨基本原则、价值范畴以及正义观的博雅氛围。日本有一位国际知名的建筑学家曾经说过，"专业技艺的传授固然重要，但毕竟还可以在今后的业务实践中弥补和研磨。哲理的追究则只有在大学里才能深入进行"。这句告诫希望同学们铭记在心。

正是为了在工科特强的背景下凸显法科自强的精神侧面，根据我的提议，学院网站的首页揭橥了"正谊明道，尚法辅德"[1]的

---

1 班固在《汉书》里记叙董仲舒的仁人标准为"正其谊不谋其利，明其道不计其功"。朱熹在庐山创办白鹿洞书院，以这句至理名言作为学生守则的"处事之要"。稍后有人

（转下页注）

院训,试图唤起对本校创办初衷的历史回忆,试图在法律技术训练之外振作一股浩然正气,鼓舞同学们树雄心、成大器,齐心协力承担21世纪中国法治的使命。在这里,我们选出了三位杰出校友作为本院全体师生的楷模,他们是南洋特班的主任蔡元培、学生黄炎培,以及曾经在我校任教的民国法律界第一人王宠惠,分别代表五四运动对"赛先生""德先生"以及"罗先生"的呼唤,代表尚未完成的国家现代化工程项目的三个基本维度,即科学、民主以及法治。这三个代表,就是在上海交通大学推行法学教育的最可贵的精神资源,也是我们学院自强之路的最佳向导。

(2009年9月21日,法学院开学典礼致辞)

(接上页注)

进一步概括为"知正义,通明道"。1901年7月底,盛宣怀强调南洋特班的人才培养目标是"器识以正谊明道为宗"。另外,早在周代的《尚书》中就有"佑贤辅德""邦乃其昌"的布告记载,后世亦不乏"惟天辅德""众圣辅德"的表述。以上就是院训的出典,旨在弘扬维护正义、不计功利的现代法律职业信念和伦理;阐明当今中国崇尚法治以及法学的理想境界应该是辅佐德行,且有利于敦风厉俗的规则和制度设计亦可谓至尚之法。

梦想与务实

陆士谔在1910年的一个奇妙梦想,关于浦东万国博览会的梦想,百年之后终于变成了自我实现的预言。正值2010年上海世博会轰轰烈烈召开之际,你们毕业了,似乎注定与那富强之梦有着某种无法割断的情缘。今天,在依依惜别的筵席上,我倒很想探询,究竟什么是你们自己的仲夏夜之梦?你们是不是也有一个伟大梦想,需要在百年之后才能圆?

具有诗人和哲人气质的社会学家齐美尔曾经说过:"所谓高尚的人,就是具有某种高于自身的梦想的人。如果一个人没有这样的高尚梦想,可以断定他只不过是平庸之辈。"实际上,从关于尧舜高风亮节的传说开始,从《尚书》时代开始,从《易经》里描述的"群龙无首"的自由胜境开始,中国的文化传统一直就是富于高尚梦想的。无论从哪个角度来看,大学和学院都不希望人们的生命在懵懵懂懂中流逝而去,所以有启蒙和教化这样的概念出现。当凯原法学院以"正谊明道，尚法辅德"为院训，并把法学教育改革的目标设定为培养一代国际型高层次法律职业人才时，显然是要与只关心开业证书和薪酬标准的工匠心态以及大批量生产工匠的模式划清界限。

另一方面也要看到，在中国的语境里，通过修身、齐家、治国、平天下的秩序建构机制，达到天朝礼仪盛世的目标，当然也是一种改造现实的梦想，但问题出在实践上。由浪漫的庄子提出来的从内圣推到外王的教化治国方略，竟然成为儒家学说的根本宗旨，真是有点不可思议。无论如何，内圣外王的这种思路显然过于浪漫，既缺乏制度保障，也缺乏现实可行的举措。历史的经验已经证明，高标道德而不落实到法律运作的层面，梦想就只是空想而已。因此，对于法科学生而言，必须把伟大梦想与制度设计和制度应用结合在一起，必须把正义的理念与法律解释学的技巧以及解决问题的经验和睿智结合在一起。因此，我们把法治称为实现公平、保障权利的社会系统工程，强调可操作性。希望你们身在校园时能够领悟这个道理，希望你们走出校园后能够坚持这个道理。

我相信，作为工科优势非常明显的百年名校上海交通大学的法科毕业生，你们一定会不同凡响，也一定会稳重务实。据说美国的印第安纳大学曾经对法学院学生的表现与知识结构之间的关系进行过调查和分析，得出的结论是：具有工科教育背景的法科学生，成绩都很优秀，尤其是计算机专业出身者更为突出。当然，我们大可不必借助这样的数据来说事，因为司法机关、律师事务所以及企业法务部门负责人在比较分析的基础上对本院学生实习期间表现的高度评价，使我在做出上述判断时已经底气十足了。

其实还有更多的证据。正是因为你们在专业知识、表达、沟通、判断等方面的出色表现,才促使慈善家最近表示,愿意为我院捐赠更多的奖学金,也促使美国一流法学院愿意为我院提供更多的留学名额。正是因为你们在公益活动中显示了非凡的组织效率,兄弟院校的师长们对我院志愿者团队和会务组都赞赏有加。所有这一切,都让我感到格外自豪,也让我此时此刻对毕业离校的同学们更感到依依不舍。与此同时,我又非常希望你们能尽快到一个更加广阔的天地里去施展才能和抱负,去展示自己的价值,去为社会做出卓越贡献。既想把你们长留身边,又想让你们远走高飞,这是一种很复杂的矛盾心理,一种只有父兄和师长才有的矛盾心理。你们是可以理解的。

总而言之,在工科教育背景很强的大学,法科学生一般更务实,动手能力更强,团队精神也更显著。这样的优势对法律制度的运作很有意义,应该进一步发扬光大。然而另一方面,我们还是有必要回归到最初的话题,在务实之中别忘了添加一点务虚的成分,别忘了那个高尚梦想。令人欣慰的是,同学们期待已久的凯原法学院文化衫已经发行,有些同学已经穿在身上了。设计图案是由维护正义的独角兽、权衡不同利益的天平、自由之盾、在齿轮中运转的工具理性以及阴阳调和等象征性符号组成的,充分体现了院徽固有的志趣。这就是本院毕业生应该具备的高尚梦想。请记住,这也是中国法律人的百年之梦!

(2010年6月22日,于法学院2010届毕业生话别时刻)

三年将以长羽翼

特班首届学生诸君：

在暑气消退的时候，崭新的课业开始了。欢迎你们，上海交通大学法科特班第一批学生！[1]本院经过反复酝酿，从在册本科生中选择你们，同时也选择了面向新世纪的育英理想。而你们，选择特班就意味着选择了作为秩序担纲者的神圣责任。在一定程度上可以说，我们在传承本校"南洋特班"的传统、参与历史的创造，这是一份值得珍视的荣耀，更是依法治国时代所赋予的艰巨使命。

一般而言，法律是国家治理的专业技艺，也是社会正义的制度屏障。这样的特征注定了纯粹学术动机对于法学院虽然必要，

1　创办法科特班的初步方案由笔者在2008年4月28日起草，修改版经2009年4月7日上海交通大学法学院党政联席会议讨论通过并实施。其中的部分内容曾摘要刊登于《法制日报》2009年5月20日版面。

但也具有相对的有限性。在教学和研究的现场，解决实务问题的能力和公共哲学的精神显然都不可偏废，其中尤其应该注重的则是国家权力的正当化作业。为此，我们应该加强对客观的、普遍的、合理的、公正的规范原理的探讨——这正是现代法学教育的醍醐三昧，也构成法科特班办学的根本方针。

回顾法学教育的发展进程可以发现，被称为"欧洲法律乳母"的博洛尼亚大学，其发展的主要动力是社会需求以及学生的自主性。后来的现代高等教育，一般采取的是巴黎大学和牛津大学的有计划、有组织的管理模式，我国也不例外。然而哈佛大学法学院自兰德尔提倡判例教学法以来，一直非常注重经验素材的活用以及生徒自主性的调动。这样的思路被证明是正确的、行之有效的，已经为很多国家采纳。法科特班所追求的改革目标，是在中国的特殊条件下，把教育机构的计划性与学生的自主性适当结合起来，适应全球化要求，进而形成某种具有推广意义的模式。

基于这样的考虑，我们一方面将力图改进课程设置和教学方法，通过学院与司法部门的合作推行成建制的、体系化的实习，另一方面还采取各种措施扩大课外阅读量，提倡问答讨论，促进研究小组活动，鼓励综合应用专业知识的实践。期待在法科特班，同学们能够自由进行思想交锋，深入切磋各种制度性知识，逐步形成苦读深思、互助比赛的浓郁氛围，进而产生更强大的吸引力和辐射力。

先秦法家集大成者韩非在《喻老》篇里记载了这样一桩寓意

法学院院训篆刻章"正谊明道"　　法学院院训篆刻章"尚法辅德"

深远的逸事:"楚庄王莅政三年,无令发,无政为也。右司马御座,而与王隐曰:'有鸟止南方之阜,三年不翅,不飞不鸣,嘿然无声,此为何名?'王曰:'三年不翅,将以长羽翼;不飞不鸣,将以观民则。虽无飞,飞必冲天;虽无鸣,鸣必惊人。'"法科特班的本硕贯通学制也是三年。但愿各位在这段时期羽翼渐丰,学成后都能鸣必惊人、飞必冲天!

(2010年8月28日,上海交通大学首届法科特班班主任寄语)

天地交，万物通，君子道长
——在上海交通大学2010年开学典礼上作为教师代表的发言

亲爱的2010级同学：

今天是9月5日。你们在这一天做了整座校园的主角，也可以算得上"九五至尊"了。这么说，与独生子女"小皇帝"的绰号当然毫无关系。你们，已经有在考场"过五关、斩六将"的实战成绩。你们，应该还有在各个学科领域"敢与天下争高低"的志气。所以上海交通大学的九扇大门五个校区都向你们敞开了。在这里，我代表上海交通大学全体教职员工，向各位新同学表示最热烈的欢迎！

回望历史，环顾世界，在中国有两所大学构成独特的奇观。一所是北京大学。无论在哪个国家，没有任何一所大学像北京大学那样对本国的政治发展产生过如此血肉相连的深刻影响。另一所就是我们上海交通大学。她像希腊神话中的不死鸟菲尼克斯，总是浴火重生；她像《西游记》里的孙悟空，可以拔毛变出几个分身，布局五湖四海。

不久前，耶鲁大学法学院一位非常熟悉中国教育情况的著名教授曾经跟我说，他还注意到，唯有上海交通大学在最近三十年来一直处于不断超越、不断攀高的状态。他追问，如此奋发图强的动力究竟从何而来。我的回答是：这所大学的前身南洋公学是在甲午海战惨败之后为雪耻而设立的。当时的目标非常明确，就是培养国家栋梁之材。但与一般的帝国大学（empire university）不同，南洋公学的经费一半来自企业，首任教务长由外国传教士担任，课程设置和教科书体系借鉴了MIT模式，因而具有类似"多元复合体"（multiversity）的特征。总之，振兴国家的悲情与包容世界的精神相碰撞、相结合释放出来的巨大能量，或许就是上海交通大学发展壮大的主要动力。

可以认为，这种动力始终表现在一脉相承的校园文化氛围里，凝聚为"饮水思源，爱国荣校"的校训，贯穿于马德秀书记提出的"选择交大就是选择责任"的命题中，也升华为张杰校长根据上古圣典《易经》对交通大学名称所做的崭新诠释——"天地交而万物通，上下交而其志同"。也就是说，交通大学是以天地万物为襟怀、以上下同志为特色的。这很像庄子所描绘的意境：凤凰发于南洋而飞于东海，非梧桐不止，非清泉不饮。在这层意思上，同学们选择了交大，就是选择了卓越，也选择了追求卓越的责任。为此，要向各位表示祝贺。

2010级同学，你们是很幸运的。最近，教育部公布了《国家中长期教育改革和发展规划纲要》，温家宝总理在9月1日还发表署名论文，标题是《强国必强教，强国先强教》。这意味着"教育立国"方针的正式提出。这意味着大学将以陶冶公民人格、培育精英人才为根本任务，把发展的重点从数量转向质量。当然，对教育质量的定义和客观评价其实是很困难的。在某种意义上，教育质量好比爱情，只可意会不可言传，真实存在却又难以捉摸。尽管如此，只要政府把对教育质量的重视提到国家安全的高度，只要大学奉行"育人为本"的原则，受惠的首先是在座的学生，当然也包括那些伫立门外或者留守故乡，但却时刻关注着你们一举手、一投足的可敬可爱的家长们。在这层意义上，新同学生逢其时，考进大学的机缘正巧。为此，也要向各位道贺。

追溯现代教育的历程可以看到，文艺复兴时期的博洛尼亚大学，其发展的主要动力是社会需求以及学生的主导权。后来一般采取的是巴黎大学和牛津大学那样有计划、有组织的管理模式，我国也不例外，但学生的独立思考能力和自主性还是受到重视和强调的。法国启蒙运动的先驱者米歇尔·蒙田留下的一句格言"虽然可以用别人的知识使自己长知识，可是要聪明那只有靠自己才会聪明"，就很清楚地表明了这一点。这种学习的自主性，这种探索真理的创造性，正是大学教育方式与中小学教育方式的根本区别。基于上述理由，苏格拉底的教学方式在大学讲堂里特别受到推崇。

什么是苏格拉底教学方式？就是在讨论和批评中陶冶学生的洞察力和创新意识。据说苏格拉底曾经把雅典的知识青年比喻为耽于昏蒙的骏马，需要牛虻的叮咬刺激来驱逐睡意。他认为自己的作用就像牛虻，不断对那些懵懵懂懂或者自以为是的青年发出尖锐的诘问、反驳。在这一点上也可以说，苏格拉底最讨厌那些对自己不聪明的聪明人。这或许正是他被判处死刑的主要原因，但这肯定也是他得以在人类文明史中永生的根本理由。我们教师都应该成为苏格拉底式的牛虻，激活学生乃至整个社会的反思理性。希望新同学们能积极回应这样的学与思的挑战，参与对真理的共同探讨。

然而进入21世纪之后，苏格拉底根本无法想象的事态出现了。一个幽灵，互联网技术的幽灵，在校园里徘徊，在全世界跨国徘徊。这意味着学习的时间和空间限制被大幅度相对化了。在特定的时间和场所集中传授各种讲义，通过考试决定学分，当学分积累到一定程度时才授予毕业证和学位，这种面对面教育体制的必要性和功能也就相应地有所削弱。信息全球化的巨浪正拍打着校园的围墙，正加强着国际软实力竞争的烈度。早在2001年的春天，麻省理工学院已经在互联网发布该校的课程设置方案、教材以及试题。十年之后，到2010年的春天，杜克大学、加州大学伯克利分校等很多美国一流大学都开始试图推广全球多媒体教学系统。欧洲、日本也在迎头赶上。这就对我国教育的国际化以及通过国际化增强教育的竞争力提出了非常迫切的要求。

正如前面说过的那样，把强烈的爱国心与大胆的国际化举措紧密结合在一起，是上海交通大学的一个传统特色，也是她实现跨越式发展的一种优势，更是全校师生今后的一项战略任务。

2010级新同学们,从今天开始,你们的学习将不再有画地为牢的疆界,或多或少将成为某种瞄准世界一流水平的双向交流。你们将有更多的机会到海外游学或留学。你们也将有更多的机会在校园里与国内外的大师对话。总之,你们的使命不仅仅是逐鹿中原,还应该问鼎之轻重于天下。

当今离我们的闵行校区只有个把小时车程的地方,曾经是南宋的都城,曾经留下过岳飞的千古绝唱:"莫等闲,白了少年头,空悲切。"在座各位的祖父母也像你们这样青春年少的时候,一位哲人政治家毛泽东曾经以诗词言志:"鲲鹏展翅,九万里,翻动扶摇羊角。"同学们,在这个开学典礼上,就把这两句话赠送给大家,祝你们青春四年、鹏程万里!

(2010年9月5日,上海交通大学开学典礼致辞)

需要营造一种自由的学术氛围

  又是温暖迎新时。开学典礼的氛围,还有在座各位的心境,恰好用刘禹锡的诗句来表达:"自古逢秋悲寂寥,我言秋日胜春朝。"因为九月的校园总是充满了清新的桃李芬芳。还因为今天聚首法律殿堂的新生,除了学习法学本科、硕士、博士课程之外,又增加了两个过去没有的范畴,即"三三制"本硕连读法科特班和中国法学硕士国际班。

  在这里,我作为凯原法学院院长,向2010级的所有同学表示祝贺以及欢迎。从今以后,不分省籍国籍,你们都同属一个朝夕相处的集体户籍。从今以后,不分先生后生,我们将共度一段笔墨为伴的美好人生!

  本校法学教育制度的源头可以追溯到1901年。那年的早春,光绪帝下诏变法;几乎同时,在上海交通大学的前身南洋公学设置培养政法人才特班的申请也获得批准。那年的酷夏,洋务派重臣李鸿章已经生命垂危，盛宣怀发出指示，强调特班办学的宗旨就是培养像李鸿章那样的国家栋梁之材，并延请著名教育家蔡元培先生担任特班的班主任。被称为"民国法学第一人"的王宠惠，虽然并非特班学生，但他是在南洋公学的校园里获得北洋大学堂的法律专业文凭，是由南洋公学聘任为教师和选派到日本、美国留学的。

仅就法学教育国际化方面而言，南洋公学也曾经开风气之先。1897年，学校还处于草创阶段，就设置了全英语授课的法制课程。1898年建立书院，大规模翻译、编辑、出版国外有代表性的政法、经济等专业书籍，形成了各省开办现代学堂都从南洋公学全面采购教科书和参考书的局面。风云过处，模式成形。1902年，盛宣怀对法学著作的编译还提出了"审流派而定宗旨"的方针，并且强调"德、日的政体与中国相接近，又国力昌盛，所以其法律对于中国更为适宜，政治法律要向德、日学习"。这种学习在当时是必要的，也富有成效。

由此可见，我院传承的是法制现代化先驱的辉煌故事。

但是，受时局影响，南洋特班的尝试到1902年就戛然中止了。辛亥革命爆发之际，本校向工科转型，改名"南洋大学堂"。孙中山赴南京就任民国临时大总统的前夕曾莅校演讲，提出工业救国、交通兴国的思想，影响深远。中国共产党在上海诞生的时候，本校改组为交通大学的工作也全部完成。从此上海交通大学以工科名世，在20世纪三四十年代被称作"东方MIT"，与政法毫无渊源。这种定位使得一般人常常会质疑："交大还有法学院吗？"

实际上，直到2002年，也就是南洋特班解散整整百年之后，上海交通大学才正式成立法学院。

在这个意义上可以说，我院是中国最年轻的法学教育机构之一，充满了奋发向上的春朝之气。

再过两年，我们将在徐汇校区的新法学楼里隆重举行建院十周年的庆典，那时在座的绝大多数人应该都在场。这意味着你们将有机会在新旧两个校区的两幢法学楼里听课、读书和参加集体活动。你们将有机会见证我院在接收和改组《中国海洋法学评论》之后又迅即创办综合性专业杂志《交大法学》所引起的研究氛围的微妙变化。你们将有机会体验课程设置、讲义内容以及教学方法上的逐步改进以及创新举措的渗透。你们将有更多的机会与外国留学生、研修人员以及访问学者进行对话和交流。你们将有更多的机会到海外短期游历或攻读学位。你们将有更多的机会参加文化沙龙、学术作坊、辩论大会，或者只是与三两知己在休息室或咖啡厅里轻松交谈。总而言之，到2012年，你们可以看到面貌焕然一新的凯原法学院，你们可以跨越她的两个时代，你们甚至还可以成为这段壮美历程里的重要界标。

罗马共和时代的著名法庭辩论家和政治家西塞罗曾经说过："法官的职责是在审判中追究真实，而律师的职责是在即使未必与真实相符的场合也要证明处理案件的法律妥当性。"对这样的主张，当时的法律专家阿魁里乌·嘎斯是不以为然的。他留下过一句著名的揶揄，近乎诡辩的强词夺理"与西塞罗有关，但却与我们丝毫无关"。但是，司法的实践证明，西塞罗的判断并非没有道理。所以，在当今意大利最高法院的门口，耸立着两尊全身立像，一尊是古代罗马法学的最高权威帕皮尼阿努斯，象征着规则与权利，另一尊就是西塞罗，象征着根据市民的公正观对规则的严谨性进行检验以及辩护的力量。

这也昭示了法学教育既要有法官的视角，也要有律师的视角。就是要通过程序要件、证据科学、推理方法、解释技术以及论证修辞的研究、传授、操演，使职业法律家做出的每一项司法决定都要经得起来自法律、事实或者其他不同方面的挑战或者推敲。这样的法学教育目标对我们的教师和学生都提出了更高的要求。尤其是进入21世纪之后，社会更加复杂化、动态化，风险性也进一步增大，法律家越来越难以在抽象概念建构的象牙塔里进行咬文嚼字的演绎和权利计算，而必须面对千姿百态、千变万化的具体现象，必须把基于原则的普遍主义思维方式与基于现实的政策判断紧密结合在一起。这意味着在法学教育的现场，不仅要注重形式理性，而且还要注重反思理性；不仅要注重制度的结构和功能，而且要注重文本背后的各种含义。

要达到这样的法学教育目标，不能仅仅依赖形形色色的硬性考核指标。对于一个处于赶超阶段的法学院，以基本的指标作为发展线索和评估尺度当然很有必要，但这些毕竟只是手段。我们决不能本末倒置。否则，我们就难以培养出真正的百鸟之王，更可能的倒是造就一群《伊索寓言》里所描述的那种"美丽的乌鸦"。即使能在形式上用各种美丽的羽毛来装扮自己，但乌鸦毕竟还是乌鸦。我们需要的是造就一大批真善美的各类法律精英，只有这样的人才才能成为国家的中流砥柱。而这样的人才只能通过知识的熏陶、思想的风暴来培养。

为此我们需要营造一种自由的学风、一种潜心探求真知灼见的定力、一种百家争鸣的氛围。希望到2012年,在座的各位不仅成为美轮美奂的新法学大楼的第一批居民,而且有机会亲炙一些学界大师,酿出一股浩然大气。希望到那时,希望在这样的氛围里,凯原法学院可以百尺竿头更进一步,让社会正义的旗帜高高飘扬!

(2010年9月15日,法学院开学典礼致辞)

百年传统　十年辉煌

值此院庆之际,我首先想重提盛唐时代的两个人物,他们之间有着师生之谊。

一个是非常重视人才培养的文宗韩愈。他的《原道》《师说》《进学解》,可谓中国教育思想的三篇宝典。其中阐发的"学为道""术业有专攻"以及"行成于思,毁于随"等命题,至今仍然精光四射。

另一个人物是苦吟派诗人贾岛,他因对字句的反复"推敲"而歪打正着,得到韩愈的赏识,进而受教于韩愈。在贾岛的《长江集》里,有这样一首《剑客》诗颇有名气,曰:"十年磨一剑,霜刃未曾试。今日把示君,谁有不平事?"最后一句,与韩愈所说的"不得其平则鸣",在捍卫正义之义上是一脉相通的,堪称"从师道"的典范。

我想强调的是,贾岛的《剑客》诗里表达的内容含义,非常契合上海交通大学法学院纪念建院十周年庆典这个时刻的语境。我们的确在通过道、学、术、思的反复钻研和锤炼,"十年磨一剑""今日把示君",想请各位来共同观赏其锋芒。

诚然,在悠久的历史长河里,十年只不过瞬间微澜。对于号称"春秋第一相"的管仲而言,十年,可考量的仅有"树木"之计而已。因此也可以推断,就树人之计而言,十年时间太短,是不值得大张旗鼓庆贺的。

毫无疑问,我们领悟到了《管子·权修》篇里暗示的这层道理。所以,你们可以看到,刚落成的廖凯原法学楼,其造型依据就是《诗经》里的"南有乔木,不可休思",也犹如十年树木蔚然成林。但我不能不进一步指出,新法学楼在地面伸展的枝干之间蕴藏的含义,却纷纷指向那百年树人的终身大计。虽然上海交通大学法学院从2002年成立到今年只有短暂的十年历史,但追根溯源,在百年前的南洋公学特班和政治班,培养政法英才的设想早就先声既振了。

1896年晚秋,盛宣怀向清廷呈递《请设学堂片》奏折,希望南洋公学乃至各省的新式教育"以法律、政治、商税为要"。到1901年设立南洋特班和政治班时,校方的办学方针更加明确,就是"专志政学","以储国家栋梁之材"。特班由蔡元培担任总教习,开设的主要课程包括宪法、行政纲要、国际公法、政治学等等。盛宣怀还对编辑法学教材和专著提出了"审流派而定宗旨"的宏伟方针,并通过本校附设书院编译出版的书籍深刻影响了清末民初中国法学教育的模式和法制改革的方向。即便在向工科转型之后，当时的校长唐文治也坚持着"造就领袖人才，分播吾国，作为模范"的办学理念，志在收拾人心、构建规范秩序，毫无只注重器物技艺的工匠之气。

这就是上海交通大学的百年树人之梦。在一定意义上也可以认为，我们这家年轻的法学院，承载着110年前盛宣怀、蔡元培、唐文治们早就拟订好了的教育宏旨，传递着国家制度现代化的薪火和衣钵。

还不能不指出，其实在上海这个国际大都会，谁都是陌生人，谁都是异邦人，特别需要一视同仁的、合理的、普遍可行的法律制度和行为规则。在上海这个所谓"东方魔都"，其实什么奇迹都会发生，也包括那十年之计不仅可以树木，而且可以树人的例外成功。例如东吴大学法学院在1927年冠名，延聘著名学者吴经熊博士为院长，加强比较法的研究和教育，仅仅十年左右就造就了像杨兆龙、倪征燠、李浩培这样一批杰出人才，赢得了"北朝阳，南东吴"的美誉。这段时期，被称作东吴法学院的"黄金十年"。

东吴的故事告诉我们，树人往往需要百年，但十年也可以树人，只要办学能够得人、得法、得力。东吴的故事还告诉我们，法律既以民族国家为基础，又具有万民法的普遍主义精神，因此，法学教育应该也有可能走国际化路线。通过开门办学、加强比较法课程、包容差异和多样性等各种方式，法学教育可以大幅度缩短试错过程，提高专业知识升级迭代的速度，从而可以有效促进制度的借鉴、移植、嫁接、进化以及创新。

南洋特班的百年传统，东吴法学的十年辉煌——这两者，就是上海交通大学法学教育思想的渊源，也是我院追求卓越的具体目标，还是全体师生认识自我、开创新局的镜鉴。正因为有这样的底蕴和榜样，上海交大法学院自创建以来，披荆斩棘，不断进取，后来居上，谱写了一段又一段凯歌，留下了一个又一个传奇。

仅就在全国六百几十家法学院中的座次变化而言，从第一百几十位推进到第三十六位，只用了五年时间。通过教育部一级学科综合实力评估再跃居全国前十，只用了两年时间。在这样的基础上，仅仅三年之后，由于大胆的法学教育改革、全方位的国际化以及跨学科研究合作等一系列举措的奏效，由于学术声誉和社会影响力的提高，英国QS大学座次榜在今年又把上海交大法学院推进了世界百强的行列。虽然我们并不很在意国内外的大学排名榜，虽然我们知道任何一种排名榜都具有一定程度的片面性和主观性，但透过这个视角，还是可以看到某些真相和趋势。如果把排名榜与业界的良好口碑以及报考学生数量和构成的喜人巨变结合起来考察，那就可以更精确地进行定位。

在这个意义上，上海交通大学法学院的确称得上中国发展最快的法学院。作为迅猛的跨越式发展的结果，目前的这个凯原法学院也的确称得上中国最好的法学院之一。因此，我们有理由感到自豪，感到欣慰。但与此同时，我们还充满了对过誉的惶恐，以及面对期待和责任而产生的如履薄冰的谨慎。当然更有抚今追昔的怀恩之情。

没有本校各位领导以及校内外各兄弟院系的鼎力支持，我们不可能有今天。没有法院、检察院、律师事务所、公司法务部、仲裁机构、调解中心以及当地政府部门的亲切关怀和帮助，我们也不可能有今天。我们还不会忘记中国社会科学院法学研究所原所长王家福教授、吉林大学原党委书记张文显教授，特别是美国企业家和慈善家廖凯原先生的热心扶持。我们更对梁文清、陈乃蔚、童之伟、姬兆亮、郑成良、沈大明、徐向华、叶必丰等自法律学系成立以来的历届党政负责人以及每一位教职员工的激情燃烧和贡献留下了不可磨灭的记忆。尤其值得高度评价的是，郑成良教授通过建章立制等有力举措为我院的跨越式发展奠定了坚实的基础。在这里，我要代表学院并以个人的名义向大家、向每一位同仁表达最诚挚的敬意和谢意。

弹指一挥间，我们携手走过了十年。过去的十年，无论多么精彩绚丽，毕竟已经成为过去。今天，在这里，我们站到了一个新的、更高的起点上。如果说过去上海交通大学的目标是建设一流法学院，那么今后凯原法学院的目标就是进一步追求内涵式发展，培养世界一流人才。新落成的大楼是美轮美奂的。但没有大师，大楼也就没有灵魂、没有生机。新安装的硬件设备是先进完美的，但没有书香和自由思考的氛围，硬件设备也就不可能产生价值、产生成就。而没有大师和清新灵动的学风，就不可能陶冶出杰出的毕业生、杰出的校友，钱学森学长提出的那个沉重的创新人才之问也就将永远无解。

因此，以这个院庆典礼为契机，从今以后我们就要转入软实力的锻造。我们要把象形树木的新法学楼变成凤凰栖息的梧桐树。我们必须充分把握未来法学教育界重新洗牌的十年机遇，积极参与未来国家结构全面转型的二十年征程，适当介入未来世界格局重心东移的百年大计。我们已经看到浦江两岸的万家灯火，幻化成在摩天大楼上飞舞和闪烁的流萤，交织出中国经济的仲夏夜之梦。我们也应该有机会通过市民间的自由沟通和国际交流，在徐家汇逐渐构建一座通往正义理想的"法律巴别塔"，与浦东那座高耸入云的"东方明珠塔"相映成趣。

各位胜友嘉宾，各位学子同仁，在颇有象征意义的2012年，以华山路1954号为新起点，年轻的凯原法学院即将迈进另一段征程。我们面向法治中国的新世纪，我们眺望世界法学教育和研究的巅峰，我们正整装待发。我们由衷地感谢在座的各位为我们壮行并继续提供各种各样的奥援。上海交通大学法学院自信终有一天，也许就在下一个十年，可以用王安石的这句诗来回报大家的期待："不畏浮云遮望眼，只缘身在最高层！"[1]

（2012年12月15日，法学院十周年庆典致辞）

---

[1] 根据2017年12月17日教育部公布的全国第四轮学科评估结果，上海交通大学法学学科进入A档。根据2020年3月4日最新发布的QS世界大学法学学科排名榜，上海交通大学法学院连续九年入选全球百强。此外，在泰晤士高等教育机构同年发布的世界大学法学学科评估结果中，上海交通大学法学院首次位列全球第30名，在中国大陆排序最高。

新的家园　新的征程

江南的暑气尚未消退，所以我不想说热烈欢迎，以免招致百年难遇的高温重回申城。仲秋的明月即将升起，我要特别强调在家的感觉，请各位暂时忘却那丝丝缕缕割舍不断的游子乡愁。毫无疑问，历史将记录这一次的开学典礼，因为你们是学院整体搬迁到徐汇校区新家园之后迎来的首届学生。不言而喻，法学院全体教职员工都会关注这一刻的愉悦场景，因为你们是廖凯原法学楼落成后入住的第一批主人。他们委托我在这里向你们转告一声亲切的问候：You are welcome! And we are ready at your service。

值此开学季，共有266位新生加入了凯原法学院这个知识共同体，其中包括本科生64名、外国留学生21名。硕士和博士研究生合计177名都在徐汇校区落户，基本上是男生住3号楼，占三分之二多数优势的女生住在4号楼。住的地方不三不四的就是硕士国际班学生（简称L. L. M.）。顺便提一下，我的新科博士留学生、来自沙特阿拉伯王国的索德·阿尔哈桑王子则把寓所定在远离校园的人民广场附近，这当然是脱离群众的，但辩证地看问题，似乎也更方便参加Party和群众路线学习实践活动。出于通识课教育的需要，本科生们还是不得不入住闵行的宿舍，向着徐汇方向反复念诵校训"饮水思源"，直到三年后搬进带有龙气的"执信西斋"或者带有猴气的"桃李苑"。闵行校区虽然没有港汇大厦或者人民广场的繁华、喧闹，但却给大家提供了在湖光绿茵中静心阅读和思考的巨大空间。此外还有比较重要的一点，交大老生都知道，美食在闵行。正是由于人分两地，交通大学才显得更加名副其实。为了上课和听讲座，也为了实现《易经》泰卦所揭示的目标，很多师生将不断来往奔波，真正是"为伊消得人憔悴"。我觉得，只有在那摇晃的"交通大学"校车里，才能更好地领悟"生命在于运动"的道理。

透过校车的广角窗口观察不断变化的社会万象，你们或许会回想起狄更斯在《双城记》里的那段经典描述："这是最好的时期，也是最坏的时期；这是智慧的时代，也是愚蠢的时代；这是信任的纪元，也是怀疑的纪元；这是光明的季节，也是黑暗的季节。"英国文豪的一支妙笔，也写活了中国法律界当下的氛围。今天，在这里，我特别寄语同学们，法律人应该以平常心看待当下事，以大智慧化解多变局，保持冷静思考的定力，坚守正义的信念，莫让浮云遮望眼。同时还要谨记本分和谦虚谨慎的职业操守，既不随波逐流，也不闻风躁动。我国既然能在上海划出28平方公里设置自由贸易区来吐纳天下，那就一定有足够的胸襟来撒除这样或者那样的既存学术禁区，开拓出一块自由的意见市场，鼓励制度设计方案和司法技术的竞争，进而沿着陆地和海洋这两条丝绸之路去不断伸张中华文明的软实力。

需要强调的是，围绕法治的思想拉锯战，并没有妨碍法学教育的高歌猛进。现在，全国法学类教育机构的总数已经达到670所，在校法学本科生规模已经达到31万多。这样的惊人数据提醒我们：规模扩张应该终结了。从此以后，中国的法学教育必须注重内涵和质量。上海交通大学凯原法学院从2009年开始筹办"三三制"法科特班，针对培养卓越法律人才的需求而进行专精化本硕贯通培养，大幅度改革课程设置和教学方法，并试图拉动模式创新，目标正是要提高质量。为此，我院开展了教师讲课竞赛和互相听课打分的活动，对青年教师进行了教学技能培训，设立了教学发展中心的分支机构。我院还在全国开风气之先，引进了把不同专业知识融会贯通、注重应用的"统一战线课程"。例如王福华教授和彭诚信教授合开的民事法综合应用课，打通程序与实体的疆界，赢得了学生们的好评。张绍谦教授还把统一战线扩大到法律实务家，他和林喜芬副教授合开刑事法综合应用课，准备邀请法官、检察官来同台授业，相信会给大家一个新的惊喜。徐向华特聘教授与林彦副教授合开的法律与政策课程是学校的精品课程，在教学手法上创新点纷呈，已经获得各方面的高度评价。他们设立解决问题的工作坊，邀请立法和执法部门的重要官员来现身说法，并针对具体案例进行制度设计和决策过程的沙盘推演。另外，我院还设立了由五位专职教师组成的法律实践教学中心，开展实务技能的训练。

提高法学教育质量是一项系统工程，需要从不同的角度交叉作业。仅靠学院的组织性拉动和教师呕心沥血的努力是不够的。我希望学生也积极参与其中。凯原法学院提供了一些对话式课程，因此同学们享有很多话语权，不说白不说；即便有人觉得说了也白说，但希望各位还是白说也要说。从2010年秋季学期起，由万勇副教授和刘永沛讲师牵头开设的知识产权法模拟法庭课程，用中英双语教学，主要面向法科特班学生，在研讨之余还产生了翻译经典判例及其评析的学术成果。实际上，把教学与科研项目结合起来，对于提高质量、培养创新人才具有非常重要的意义。我院安博、龚达巍、吴瀛等同学在2012年10月启动名为"听讼"的移动法律咨询软件设计项目，已经取得了初步成果，荣获上海市"智享生活"应用创意设计大赛一等奖。近几年，原有的专业性研究所和研究中心日益活跃，若干跨学科平台也拔地而起。例如国家海洋战略与权益研究基地在傅崐成讲席教授、薛桂芳特聘教授的推动下，已经在国内外产生了一定的影响，最近又列入上海智库建设计划。我院与上海市检察院共建的金融检察法治创新基地已经获批，金融法律与政策研究中心与杜克法学院的合作项目已经签署备忘录，沈伟教授、许多奇教授、翁小川特别研究员以及黄韬副教授开始在国际学术界和实务界打起了太极拳和组合拳。法社会学中心已经建立了与海外学术重镇交流与合作的制度化管道，在今年3月召开了大型国际研讨会，并即将与剑桥大学出版社联手发行英文杂志《亚洲法与社会杂志》(*Asian*

Journal of Law and Society）。这些被国际学界的领袖人物认为是"法与社会"运动五十周年之际转折点的标志，具有深远的意义。相信如此大量的机会，会为我院研究生崭露头角提供广阔的用武之地。

英国高等教育研究机构不久前公布了世界大学2013年排名榜，在法学门类，我院继续被定位在世界百强之列。今年进入全球前一百名的中国法学院共有三所，即北京大学法学院、清华大学法学院以及上海交通大学法学院。对此，我们有高兴的理由，但却没有骄傲的资本。我院将对照国内外先进法学院寻找自己的差距，奋发图强，永不倦怠。就在这个时刻，你们来了，让我院全体师生有援军突现、斗志倍增之感。在中国法学教育质量的国家指标体系正在制定的重要关头，你们来了。在2011学术协同创新计划开始实施的重要关头，你们来了。在中国法制改革面临转折的重要关头，你们来了。你们来得正是时候。你们和我们都属于同一个知识共同体。你们和我们，都属于同一个命运共同体。你们和我们，都肩负民族复兴和人类正义的宏伟使命。你们和我们谱写的历史新篇章，将从这个开学典礼起笔落墨。你们和我们并肩跋涉的法治之路，将从这个开学典礼启程。因此，今天面对你们，不必多说欢迎，我们更应该做的，是为你们踏上法学新征程而壮行！

（2013年9月20日，法学院开学典礼致辞）

为了法学殿堂的独立、理性以及尊严

今天是秋分,上海交通大学凯原法学院举行隆重的开学典礼,为各位新生接风,我们都感到秋雨洗尘之后的天高气爽。

上周末,新入学的很多研究生都参加了国家司法考试。沙场鏖战结束了,紧张心情松弛下来了的同学们,有没有一种丧失目标之后的虚脱感?或者是凯旋的陶醉感?或者是吃了后悔药般的懊恼感?一周前的法学前沿讲座首讲由我担任,有些在座同学已经选修,我们之间也算是一回生、二回熟了。课后几位法硕新生向我提问和进行意见交流,显示了强烈的求知欲和良好的知识结构,更使我产生了一见如故的情谊。我的那几位朋友来了吗?另外,这次入学的留学生32人当中,学位留学生占总数的44%,其余是交换交流生;他们分别来自四大洲的不同国家。孔子说过,"有朋自远方来,不亦乐乎"。让我们给他们送去友善的掌声!祝外国留学生在上海滩这个第二故乡生活愉快、学业精进。

各位新生，在这里，我谨代表上海交通大学凯原法学院全体教职员工，向你们表示热烈的欢迎，向你们致以亲切的问候！

毋庸讳言，当你们踏进校园之际，北清复交的法学院正在被所谓"民科"问题不断刷屏。由于有关话题与高校的言论自由和学术尊严联系在一起，凯原法学院的冠名问题又成为最近一段时期社会舆论的焦点之一，所以我不得不在这里做个回应。就像仓央嘉措在一首情诗里说过的那样，你理，或者不理，她就在那里。在今年7月14日举办卓越法律人夏令营时，已经有外地同学问及本院对有关舆情的态度，近来公众传媒对四个相关法学院的沉默也提出质疑，我认为现在有责任阐明自己的一贯立场。

首先，我们还是应该高度评价廖凯原先生资助高等院校、振兴中国法学教育的善举。2007年7月31日，廖凯原基金会与上海交大签订捐赠协议，承诺在二十年之内捐赠总额不少于3 000万美元的资金用于建造新楼、延揽优质师资、支持学术和公益事业、奖励少年英才，以建设一流法学院；已经陆续到账的1 500万美元资金对本院的发展的确大有神益。对于这样的慷慨帮助，我院全体师生当然都心存感激，并且力争以学院发展的优异成效来回馈捐赠人的厚意。

其次需要澄清，在过去七年里，协议双方都认真而有效地践行了诺言，上海交通大学、凯原法学院以及我本人并无任何可能导致违约或毁约的过错，只是不知妖风从小庙的何处而起。除了按照协议约定进行的冠名之外，学校以及本院还以不同方式对廖凯原先生表达了充分的尊重、谢意以及必要的礼遇。通过徐向华教授领衔的奖学金评审小组，我们还试图使感恩、热心慈善和公益事业的精神能够在学生、校友中发扬光大，提升人才培养的境界。

一方面，按照国际通行的惯例，大学接受捐赠必须考虑到示范效应，决不能只要是资金都来者不拒，不管附加什么条件都全盘接受；另一方面，捐赠者也要严守伦理底线，不能妨碍学术自由，更不能干预接受捐赠一方的内部治理乃至人事安排。我认为，迄今为止的七年间，上海交大凯原法学院的言行举止基本上把握好了这个适当的度，在处理与捐赠者的关系上是有理、有利、有节的。对廖凯原先生的个人研究兴趣和言论自由，我们也表达了恰如其分的尊重。

在外校的若干法学院推动轩辕反熵运行体系2.0的共同研究已经引起了不同看法。有人认为这侵犯了学术自由，也有人认为这属于言论自由的范畴。我们没有这类共同研究和授课安排，这或许反倒是引起某种不满的缘由。我们深知，一般的言论自由与学术自由之间尽管有交错，但却存在明显的区别，而捐赠的伦理底线是不得干预学术自由。根据耶鲁大学法学院院长、著名宪法学家罗伯特·波斯特（Robert Post）的分析，言论自由解决的是民主正当性问题，而学术自由解决的是民主胜任性（democratic competence）问题，即如何加强科学认知能力，后者在话语空间的设计上必须符合一句拉丁格言"一切主张在未经证明之前应推定其不成立"（Omnia praesumuntur pro negante），更强调选择性、论证性、权威性。也就是说，一所现代大学、一所法学院应该为严肃的学术研讨和理论创新提供充分开放的平台,而不能设置任何思想禁区,否则就不会有科学范式的突破。但与此同时,也不应该以言论自由、兼容并蓄的名义在理性殿堂里为怪力乱神、缺乏严格论证的虚幻叙事以及无视常识和逻辑的妄言大开绿灯,更不应该以著名高校的信誉来为个人兴趣传销进行背书。这种甄别、这种排斥并非傲慢与偏见,而是完全符合学术规范和现代宪法精神。这些说法并非针对廖凯原先生的主张,只是没有特定所指的泛泛而论。总之,现在我们不得不面对的问题是,中国还缺乏这类行为准则。怎样妥善处理捐赠与学术自由之间的关系,确定相关伦理的底线,还有待建章立制。

实际上,我早就下定了决心,假如有朝一日上述方针真的遭到超出容忍限度的破坏,在学院治理的两难困境之中,我必然会以适当的方式捍卫学术自由,同时也保护本院老师以及同学们的既有权益。

话说到这里,你们大概已经能够理解凯原法学院迄今为止的理念和实践了。或许你们还会进一步追问,为什么不早些把上述立场公之于众,以消除社会的误解和来自不同方面的指责?我借用律师出身的印度政治家、非暴力抵抗学说的创始人圣雄甘地的一段话来回答各位:"经验教我懂得,沉默是信奉真理的人精神训练的一部分。有意或无意地浮夸、抹杀或缩小真理,原是人们一种天生的弱点,要克服这种弱点,沉默是必要的。"

的确,过去的这种沉默也许显得太过委曲求全、太与人为善,甚至显得有些懦弱。然而法兰西学院院士、象征派大师保尔·瓦雷里曾经为我们留下意味深长的告诫："世界因崇高而有价值，但却与平凡同在；思想因激进而有价值，但却与温和同在。"换句中国经典表述："极高明而道中庸。"无论赞同与否，我以为，这就是凯原法学院迄今为止形成的某种风格，这就是我们这个学术共同体的品位和文化涵养。

各位老师和同学，我们回望一下过去的历程，成绩是足以自豪的。从2008年9月冠名仪式到现在的七年时间里，经过全院师生不懈的共同努力，凯原法学院迅速发展，已经初步实现了跨越式发展的预定目标。英国高等教育研究机构不久前公布了世界大学2015年排名榜，我院在法律学科领域连续四年跻身世界百强之列，位次在第63位。这一回进入全球前一百名的中国法学院还是三所，即北京大学法学院、清华大学法学院以及上海交通大学法学院。然而正如我早在2013年开学典礼致辞中就已经明确指出的那样："对此，我们有高兴的理由，但却没有骄傲的资本。我院将对照国内外先进法学院寻找自己的差距，奋发图强，永不倦怠。"不惮重复，只是为了立此存照。

这里仅以开局之年2009年这一年之内我们推出的"五箭齐发"的重大举措为例，来说明全院师生的进取精神以及求真务实的绩效。2009年4月7日，党政联席会议通过设立"三三制"法科特班和推动法学教育模式改革的决定，6月3日就在全国一流综合性大学法学院论坛上把初步方案对外公布，现在这项改革已经得到教育部等有关方面的认可，并产生了较好的品牌效应。5月6日在全院大会介绍《交大法学》创刊设想，6月争取到学校政策支持，12

月开始组稿，现在这份杂志已经获得刊号和良好口碑。6月2日党政联席会议决定筹办外国留学生硕士班，10月中旬就成立了国际学生教育办公室，开通了英文招生网站，现在我们的硕士留学生已经达到可观的规模，并且招收了一些法学博士留学生。7月11日在务虚会上提出扩大学术委员会规模、促进教授治院的方案，9月8日就在党政联席会议上通过并付诸实施，现在学术委员会由郑成良教授担任主席，在与科研、教学相关的学院治理活动中发挥越来越重要的作用。9月13日成立法社会学研究中心，10月15日成立海洋法律与政策研究中心，推动了问题导向的跨学科研究平台建设。现在这类中心已经增至11个，还发行了若干种丛书和专题性集刊，其中张绍谦教授领衔的金融检察法治创新基地和许多奇教授主编的《互联网金融法律评论》正在业界产生广泛影响。这就是我院在2009年里所做的新事情、大事情及其后续成效。

关于自2008年起七年间学术研究的态势，这里仅以国际学术期刊成果的扩大为例，我院从2011年开始发生质变。这一年，我院教师发表的SSCI期刊论文数为此前三年之和，另外还有其他国际期刊论文16篇。两年后，SSCI期刊论文数再翻一番，国际期刊论文数也有大幅度增长，Scopus期刊论文累计发表数达到27篇。2014年，凯原法学院联手英国剑桥大学出版社创办了亚洲第一份英文法社会学杂志《亚洲法与社会杂志》，今年5月14日已经被正式收入Scopus引文数据库，大大加强了我院在国际学界的话语权和影响力。顺便告诉大家，刚刚公示的教育部第七届高校人文社会科学领域科研优秀成果奖，我院在评选中又有所斩获，摘得3

个奖项。当然，与国内外顶尖法学院的辉煌业绩相比，与我们自己追求卓越的崇高目标相比，已经取得的成绩还远远不够，全体师生必须再接再厉，勇攀新的高峰。

不言而喻，在这个长征途中，各位同学的参与和贡献极其重要。大学的主要任务是培养杰出人才，像上海交通大学这样具有120年光荣历史的国策型大学，还设定了陶冶各界领袖的目标。凯原法学院从2009年推行法科特班等教学改革举措时开始，就特别强调具有国际视野、正义理念以及精湛技能的卓越法律人才对于中国未来社会发展的重要意义，奉行以学生为本的办院方针。在过去七年里，我们获批了一级学科博士点，设立了博士后流动站，被认定为上海市一级重点学科，获批教育部两种类型的卓越法律人培养基地。重视教学质量工程也是我院的一个显著特色，得到校方和社会的高度评价。为此，我院在过去七年里不断致力于加强师资队伍建设，全职专业教师的规模从46人增加到62人，原有师资的潜能得到进一步发挥，教师施展才华的机会以及整体素质显著改善。仅就师资国际化水准这个侧面而言，具有外国著名大学法学学位的教师比例为43.6%，在外国期刊发表过论文的教师比例为50%，开设了23门全英语讲授的课程，这些指标都居全国法学院领先地位。沈伟教授和胡加祥教授频频应邀到各国著名法学院讲学，也显示了外国同行对我院英语教学的认可。

就国内法主干课程设置和教学方法而言，我院去年获得两项上海市教学成果一等奖。更值得欣慰的是，凯原法学院拥有一大批热心育人、精研技艺的教授。例如上海市教学名师叶必丰教授开设的行政法被评选为全国教学精品课程；徐冬根教授获得国家级双语教学示范课程奖；朱芒教授推动的判例研究和教学活动也已经蔚为大观；张绍谦教授不仅多次被评为学校和学院"最受学生欢迎教师"，还积极参与面向青年教师的授课技能培训，曾经获得国家级优秀教学成果奖；韩长印教授曾经获得上海交大优秀教师特等奖，他开设的商法学课程被评选为上海市精品课程，所培养的毕业生中，有的在外国读博阶段就已经得到学界的关注和认可，有的在实务界已经崭露头角，成为上海首批员额制法官和检察官之一；王先林教授曾经获得"全国模范教师"和"上海市优秀中青年法学家"称号，今年又同时获得上海交通大学"优异学士学位论文指导教师"和"优秀教师"嘉奖；杨力教授继当选"上海社科新人"之后，今年又获得上海交通大学教学成果一等奖；万勇教授与美国加州大学伯克利分校法学院合作开设的知识产权经典判例课程吸引了法科特班学生的积极参与；如此等等，不胜枚举。特别要告诉大家，世界收益规模最大的美国贝克·麦坚时国际律师事务所的合伙人、全球管理委员会十巨头之一、亚太地区主席徐景德（Winston Zee）先生今年1月刚退休，由我院聘请担任全职的实务教授。他在上半年已经积极参与学院工作，从9月起正式授课。我相信，在他的推动之下，我院的法律技能训练、海外实习、学生就业以及税法等领域的国际合作研究必将别开生面。

各位老师，各位同学，在历史的大舞台上，我们既是演员，又是观众。而在现实的很多情况下，我们并不是在自主地生活，而是被动地生活着。面对这样的复杂情景，我们怎样才能排除各种干扰和困难，最终完成国家治理体系现代化的宏伟工程？这是当下我们不得不面对和解决的问题。罗马皇帝马可·奥勒留被认为近似柏拉图的"哲人王"理想，他在《沉思录》中曾经说过，"一方面能足够强健地承受，另一方面又能保持清醒的品质，正是一个拥有完善的、不可战胜的灵魂的人的标志"。其中揭示的道理，与《史记》里的说法"反听之谓聪，内视之谓明，自胜之谓强"，"明者远见于未萌，智者避危于无形"，还有宋代郑思肖歌咏秋菊的诗句"花开不并百花丛，独立疏篱趣未穷。宁可枝头抱香死，何曾吹落北风中"，都有异曲同工之妙。在我看来，这些格言也正是对卓越法律人的精神品格的基本要求。

在目前的中国，要真正落实建构法治秩序的方针，必须既任劳也任怨，坚守原则、预测趋势、以柔克刚的内心定力尤其是不可或缺的。马可·奥勒留的那句精辟见解是我的座右铭之一，今天赠送给各位新生，作为我们法律人职业生涯的共勉。

祝福你们！

（2015年9月24日，法学院开学典礼致辞）

划时代的2020：希望、荣光以及责任

根据学制安排，在座的绝大多数研究生预计在2019年毕业。这一年，中华人民共和国将庆祝70周年诞辰。按照孔子在《论语·为政》篇里的说法，人活到70岁，就可以"从心所欲不逾矩"了。按照爱德华·希尔斯在《论传统》这本专著中的分析，70年意味着三代人的两次延续过程，足以确立某种理论范式或精神结构。

在座的几乎所有本科生都预计在2020年毕业，这将是一个划时代的关键性节点。按照所谓"三步走"的战略部署，中国应该在2020年实现全面小康的目标。具体说来，就是经济总量超过90万亿元规模，城市化率超过60%，人均收入在2010年基础上增长一倍成为高收入国家，上海将成为世界超大城市。按照国家中长期教育改革和发展规划纲要的规划，上海交通大学等若干所大学正摩拳擦掌，准备在2020年迈进世界一流大学的行列。如果不出

现可预料之外的事态，在某种意义上可以说，2020年就是中国复兴元年，你们这一届属于时代的幸运儿。

站在同学们个人的立场上看，2020年还是农历的"双春年"，有两个立春节气，特别适合谈婚论嫁。不过那时似乎也有点令人忐忑不安的消息。预计到2020年，找不到配偶的适婚男青年人数有可能达到近3 000万，而"流氓罪"却已经在1997年修改刑法时被废除，史上最后一位以"流氓罪"被判刑的牛玉强偏偏就在2020年这一年出狱。但是，今天我可以负责任地告诉大家，这一小点负能量根本就无法对上海交通大学凯原法学院的应届毕业生施加任何影响，一分一毫也没有！

出席这个开学典礼的新生共有260位。当中有掌握好几门外语的国际沟通达人，也有精通琴棋书画的行家里手，几乎每个人都多才多艺，有一段精彩的故事可以向大家叙说。与往年不同的是，今年有不少新同学早在开学之前就已经融入了交大的校园生活。在座的同学们，有人作为新生体验员在闵行听取了名家大师讲座，体验了赛艇等俱乐部活动，有人作为法缘咖啡读书社的成员，提前到校参加培训，并在学院新开办的咖啡馆里为大家提供了优质服务。新入学的硕士和博士研究生中有不少人是通过卓越法律人夏令营、法学英才暑期学校从全国一流法科院校中精心遴选出来的，我们已经并不陌生。这次入学的还有32名外国留学生，其中学位留学生16人、博士研究生7人，他们分别来自美国、德国、英国、西班牙、意大利、荷兰、新加坡、以色列、智利、巴西、埃塞俄比亚等四大洲的不同国家。在这里，我谨代表上海交通大学凯原法学院的全体教职员工，向各位表示最热烈的欢迎！中秋节在即，思乡之念也犹如彩云伴月。借此机会提前向各位以及你们的家长致以最亲切的节日问候！

前天，我到位于浦东新区陆家嘴世纪大道8号的哈佛大学上海中心，参加了中国教育三十人论坛企业家理事会的午餐会并致辞。我们还围绕哈佛上海中心执行主任黄晶生先生关于美国教学方式改革的前沿动向、《第一财经日报》创始人秦朔先生关于中国经济与教育之间关系的问题这两个主旨演讲进行了深入的讨论。迄今为止的三十年改革开放固然取得了举世瞩目的成就，但在很多场合，市场竞争活动的主轴不是知识创新和精研的技能，而是人际关系和偶然的机会。这就导致资源和财富的分配机制被扭曲，助长投机主义行为方式，甚至导致新的"读书无用论"在社会上沉渣泛起、再次流行。据报道，有些乡村学校甚至面临关门的危机。然而，从2006年广东首次出现"民工荒"，到2010年中国经济通过刘易斯拐点，原来那种依赖出租场地和人口红利、"两头在外"的经济发展模式已经走到尽头。中国经济要实现可持续发展，必须进一步提高技术含量和附加价值，必须实现知识和制度的自主创新。在这样的背景下，教育的地位和作用，特别是大学的创新能力不得不越来越受到整个社会的高度关注。

关于综合性大学以及法学院的定位以及教育目标，始终存在三种不同的主张或者导向。第一种是追求卓越，培养治国理政的精英。120年前，上海交通大学的前身南洋公学在这个徐汇校园成立，口号就是"自强首在储才，储才必先兴学"，把北京、上海两地的大学堂办成"国家陶冶人才之重地"。尤其是1901年设立特班，目的是"造就桢干大才"。唐文治老校长继承了这样的理念，强调培养领袖型人才是本校的办学宗旨。第二种主张就是加强专业技能教育。1911年12月底，孙中山到南洋学堂徐汇校区演讲，特别强调了实业、科技以及经济管理对于现代国家建设的重要意义。在这样的指导思想下，叶恭绰老校长根据"亟需专才"的原则对本校进行改造，于1921年正式成立国立交通大学。法学教育的本质是培养高层次职业人才，所以特别强调法律思维方式和法律专业技能的训练。针对过去中国法学教育大而化之、脱离实务的问题，教育部在2011年颁布卓越法律人培养教育计划，也是侧重专业化知识和解决问题技能这个侧面。第三种主张则是注重知识创新型人才的培养，这主要表现为研究型人才的再生产机制。

以上三种主张或导向对教育宗旨的理解固然不同，但并非互相排斥。要把精英化、专业化、创新化的三维目标统一起来，必须对本科阶段、硕士研究生阶段以及博士研究生阶段的课程设置和教学方法进行通盘设计，实现不同教育环节的有机联系。无论如何，形成一种自由探讨、专心治学、不拘一格陶冶人才的氛围非常重要。我们必须鼓励学生自发成立各种读书小组，促进教师与学生之间的对话，加强判例的研究和评析，增加经典阅读量和独立思考的时间，同时为学生提供更加丰富的专业选修课。

我很高兴地告诉各位新同学，本院师资结构合理化、国际化水平已经达到了新的高度。目前专业教师总数为65人，其中45岁以下占比59%，具有博士学位的占比97%，具有海外经历的占比78%，在海外专业期刊发表一篇以上论文的占比50%。自2012年以来，学院新引进的教师全部具有海外访学经历，其中90%拥有海外学位。今年又有几位著名学者加盟本院，从9月起将与同学们朝夕相处，包括曾经担任上海市人大法制委员会主任、法学会会长以及社科联常务副主席的沈国明教授，曾经担任北航高等研究院院长、推动政治宪法学派形成和发展的高全喜教授，曾经获得"全国十大杰出青年法学家"和"全球最具影响力的50个知识产权人物"等荣誉称号、担任最高人民法院知识产权庭庭长的孔祥俊教授，耶鲁大学法学博士、优秀的青年法律实证研究者程金华教授、学者型检察官谢杰副教授以及瑞士伯尔尼大学法学博士康允德（Thomas Coendet）特别研究员。

从法律专业技能培训的角度来看，我院除了法律实验教学中心的五位专任教师外，现在已经有三位教授具有很辉煌的业界背景，他们是曾任贝克·麦坚时国际律师事务所全球管理委员会委员、亚太区主席的徐景德教授，最高人民法院的著名学者型法官孔祥俊教授，以及在国际学界非常活跃的上海市检察院学者型检察官谢杰副教授。在专职的实务型教授中，顶级法官、律师、检察官出身者全部具备。举目国内外，可以说这是非常令人自豪的师资构成。我院法律专业技能培训的目标是清晰的，这就是让同学们像法官和律师那样思维。这里我要重点说一下律师职业活动的定位问题。

概而论之，现代法治国家的制度设计，把为当事人自由提供专业化服务的律师定位成秩序运作的枢纽。其理由和内在的逻辑关系不妨概括如下：要使法律规范真正具有效力和权威，必须调动个人运用法律的积极性。合法权益受到侵犯的当事人最有动机监督执法和司法机关的公正与效率，也最有愿望利用诉讼程序寻求救济。在这里，有两根操作杠杆特别重要。一根是民事侵权诉讼，针对的是公民的违法行为。另一根是行政诉讼，针对的是政府以及官员的违法行为。即便个人有动机、有意愿依法维权，但如果缺乏足够的专业知识，仍然可能对审判制度望而生畏。只有律师可以化解个人在动员法律手段方面的畏难情绪，把对法律实施的监督落到实处。

律师受人之托，忠人之事，在强调司法客观、中立、公正的制度背景下，奉行"派别忠诚的原则"(the principle of partisanship)。合格的律师应该以最大限度维护客户的合法权益为己任，可谓公民个人的良师益友。由于优秀的律师精通制度、程序、规范以及具体案情，能够发现和识别在规范灰色地带容易出现的"猫腻"，因而通过为当事人服务的执业活动本身，就可以有效防止在认定事实、适用法律方面的瑕疵、过错以及枉法行径。经过两造律师反复推敲、挑剔、反驳之后的案情和法理，一般没有太多的漏洞可钻，法官据此判决基本上可以办成铁案。由于辩论是公开举行的，判决理由也开放给专家和公众评析，所以律师和法官互相串通、勾结的机会当会非常有限。律师还能通过法言法语表达当事人的利益诉求，并通过判决把个人的利益诉求转写到制度的文本或框架里，在一定程度上推动法律体系不断精密化和不断变革，同时也把各种矛盾和纠纷纳入体制内的轨道进行稳妥处理。在这个意义上也可以说，律师是现代法治精神的主要担纲者，也是法律实施的最佳监督者。律师在正义理念和法律技术上越较真，法治中国的构想就越能有效实现。

众所周知，2020年也是法治中国建设的一个重要节点。民法典编纂作业预计届时将大功告成。作为法治政府的重要标志，行政程序法也预计在这一年之前颁布实施。想必司法改革的收官也将以此为限。当然，从国情和实践的情况来看，困难还是不少的。究竟能否树立现代国家治理体系的架构？能否把十八届三中和四中全会决定描绘的法治宏伟蓝图逐一化为现实？现在我把这两个问题向各位提出来，留给你们去观察、去思考、去探究、去解答。总而言之，希望在你们身上，荣光也在你们身上，责任当然也在你们身上。请大家好自为之！

（2016年9月11日，法学院开学典礼致辞）

蜻蜓与牛虻的隐喻

——第七届卓越法律人夏令营暨
第五届法学英才暑期学校开幕词

今年上海遭遇迟到的梅雨。我想大家更能体会到南宋名臣范成大在诗句里描绘出的意境:"连雨不知春去,一晴方觉夏深。"好一个烟雨江南!

上海交通大学凯原法学院举办首届卓越法律人夏令营是在2011年,至今已历七载。举办首届法学英才暑期学校晚了两年,是2013年,至今已届五回。记得第一次夏令营从全国各地985高校和著名政法院校遴选了56位才俊,到今年,人数已经达到84位。再加上法学英才暑期学校的22位成员,整体规模达到106。如果再加上两位的话,就与《水浒传》一百零八将相等,可以来一场梁山英雄排座次啦!

在这里,我谨代表上海交通大学凯原法学院全体师生,向你们表示最热烈的欢迎!向你们致以最亲切的问候!

本校长期以杰出的工科蜚声海内外。但她的前身却是甲午海战之后清王朝创办的一所法政教育机构。按照首任校长、著名的洋务派大臣盛宣怀的理念，在上海开设的南洋大学堂是要与京师大学堂呈南北相对之势的。它的课程设置"以法律、政治、商税为要"。它的办学方针是培养新政所需的"国家栋梁之材"。在这个意义上，上海交通大学法科的教育谱系不妨追溯到一个多世纪之前的南洋特班。其精神渊源不妨追溯到主任教授蔡元培先生的兼容并包。在这个意义上，上海交通大学法学院的血脉里始终流淌着志存高远、奋发图强的文化基因。

基于上述历史认识，我在2008年9月20日受命担任凯原法学院首任院长之际，曾经以这样一句话来结束自己的就职演说："无论是研究者还是学员，选择凯原法学院就意味着选择卓越——登临送目，正东海南洋波涛急，彩舟竞渡！"从那一刻到现在，八年九个月零十天的时间已经流逝，我的第二任期也即将届满。回首将近九年的发展历程，我们这家年轻法学院始终坚持国际化战略，探索法学教育改革新模式，推动问题导向的跨学科研究，并且着力于教学质量工程和凝聚力工程，搭建各种交流合作的平台，始终保持了高速增长的态势。可以用四个字来概括所有努力的本质特征，就是"追求卓越"。

为了培养卓越法律人才，我们学院从2010年起设立"三三制"法科特班；从2011年起开班卓越法律人夏令营；在2012年法科特班的经验作为中国法学教育改革的新模式之一被写入经中央批准发布的《中国法治建设年度报告》；从2012年起我们学院在QS世界大学法学学科排名榜中连续六年进入世界百强；到2016年，法科特班在校生司法考试通过率高达94%，在全国名列前茅。近些年，我院毕业生质量获得国内外广泛认可，一流律所、国际大企业法务部门主动到我院开展招聘活动的已经应接不暇，一些顶尖机构决定把我院毕业生作为聘用首选，毕业生一次性就业率接近100%，职场满意度为上海院校第一。

为了产出卓越学术成果，我们学院以点带面，提倡问题导向的跨学科研究。据不完全统计，学院在《中国社会科学》《法学研究》《中国法学》三大刊上发表的论文总数居全国法科院校前十，共发表CSSCI论文近900篇、SSCI论文60余篇，SSCI论文发表数位居全国法科院校前三，SSCI论文他引次数名列全国第一，人均论文发表数居全国前六，出版专著共170余部。教师承担国家社科基金、教育部人文社科项目等国家级科研项目60余项。2016年到账科研经费创新高，到账总数位居全国法科院校前五，人均到账数位居全国第一。近五年，教师科研获奖不断突破，在教育部第七届高等学校人文社会科学研究优秀成果奖评选中，本院获奖数位居全国法科院校第八。

为了推动具有发展纵深的国际化，我们学院积极探索"引进来"和"走出去"两种机制。自2009年开办国际教学项目以来，已经与世界一流大学法学院签订实质性合作协议58项，合作内容涉及学生交换、教师交流、科研合作、双博士联合培养、设立合作研究中心等。学院积极发展博士生访学等各类海外留学项目，从2011年开始，共推荐390余人分别前往世界知名学府留学，在读学生出国交换留学的比例位居全国法学院首位。学院与世界著名出版社剑桥大学出版社合作创办的全英文国际学术期刊《亚洲法与社会杂志》是亚洲第一本英文法社会学期刊，在学界获得广泛赞誉，已被世界最重要的引文数据库之一Scopus收录。

  亲爱的学员们，第七届卓越法律人夏令营和第五届法学英才暑期学校今天同时揭幕，是要显示，在我们法学院，高层次职业人才培养和学术型创新人才培养同样重要。南宋著名文人官僚杨万里曾经写过一句广为流传的诗："小荷才露尖尖角，早有蜻蜓立上头。"这句诗最能反映我们夏令营和暑期学校的宗旨。我们就是要像不停起飞、降落的蜻蜓那样，把刚露头的精英都标示出来，编上号，重点呵护，免得他们被埋没在污泥浊水里，免得他们只开花不结果。据说苏格拉底曾经把雅典的知识青年比喻为耽于昏蒙的骏马，需要牛虻的叮咬刺激来驱逐睡意。他认为自己的作用就像牛虻，不断对那些懵懵懂懂或者自以为是的青年发出尖锐的诘问、反驳。作为教师，我们不仅要像蜻蜓，还应该成为苏格拉底式的牛虻，激活学生乃至整个社会的反思理性。当然也希望新同学们能积极回应这样的学与思的挑战，参与对真理的共同探讨。

  现在，我宣布：凯原法学院第七届卓越法律人夏令营和第五届法学英才暑期学校正式开始！

（2017年6月29日）

法治的技术理性与人文情怀

亲爱的2017级新生同学们：

　　昨天，在现行司法考试制度下举行了最后一场大测验。从此国家司法考试制度将淡出人们的视野，进入历史。明年也就是2018年开始施行的新政，是国家统一法律职业资格考试制度。根据这项顶层设计的思路，考生的行业和专业涵盖面将会变得更宽广，考题将更加重视案例分析，以便通过解决具体问题的不同方案来鉴别考生的判断力、推理技巧以及综合应用专业知识的思维能力。或许基于末班车心态，或许因为依依不舍的惜别情绪，刚结束的这次司法考试报名人数达到近65万的空前规模。其中上海考区的报名人数比去年增加13.5%，为了确保考务安全，甚至还采取了人像识别技术。几乎同时，苹果公司为了纪念iPhone问世十周年，发布了新的智能手机型号，特征是采取了全面屏和人脸识别解锁技术，引起网上一片吐槽。很多人半正经、半开玩笑地担心，说隐私权的保障从此可能将以男生不敢睡觉、女生不敢卸妆为代价。

这样两个具有时代象征意义的消息同时传来，互相碰撞，在舆论界激起了不断扩散、渐次放大的涟漪。对于在座各位而言，司法考试的人像识别技术和智能手机的人脸识别解锁技术，标志着法学教育、法律职业资格考试以及关于权利义务关系的研究都正在突飞猛进到一个全新的时代，即大数据、云计算以及人工智能的时代。今年6月初，中央政法委员会组织十几个专家学者到上海、南京以及贵阳考察司法体制改革试点的成果，各地、各机关介绍经验的重点其实已经从司法体制革新悄然转向司法技术革新。智慧法院、诉讼服务综合信息系统、电子质证、案件卷宗流转的云柜互联、智能语音庭审流程、裁量权的数据铁笼、机器人律师，诸如此类的新概念、新现象层出不穷、千姿百态、铿锵作响，既让人感到振奋，也让人顾虑相关的风险和隐患。无论如何，法院都似乎变得越来越像一座座判决工场，法官似乎都变得越来越像在流水作业线上机械作业的一个个办案技工。实际上，在很多地方，审判俨然已经成为法官与电脑工程师共同决定的结果，判决自动生成机制也很容易导致数据算法支配个案司法的事态。总之，审判空间正在发生非常激进的改革，雷厉风行，天翻地覆，并且势必影响今后各种法律机制设计以及法学教育的场域。

这就是你们在走进大学、走进研究生院时所面临的前所未有的大变局。无论你持什么立场或态度，都在身不由己地卷入或者滑进法律的人工智能时代，不得不关注新型信息技术和互联网对人与人的沟通过程以及法律秩序的影响。正是在这样的背景下，大约两年前，凯原法学院成立了司法大数据研究中心，从新学年起还将开设法律与大数据以及人工智能方面的选修课程。尽管如此，我还是要强调，我们不能不从正反两个方面来仔细观察、深入分析、全面评估"互联网+"和"人工智能+"的各种波及效应，在制度和思想上采取未雨绸缪的应对举措。这种技术大变局与五百年一遇的体制大变局相重叠，似乎酝酿着世界结构的大转型。中国有句流传久远的格言："不谋万世者，不足谋一时；不谋全局者，不足谋一域。"这就是万物流转的新时代对你们提出的特殊高要求。这也意味着时势造英雄，在你们这一代人当中很有可能产生出伟大的法学家，引领中国社会开创新纪元，推动全球治理确立新轴心。

一般而言，法律制度的主要功能是形成秩序，解决纠纷，提供明确的预期以及价值正当性根据。所谓国家治理体系和治理能力的现代化，关键在于树立法治理念，规范公权力的运行，培养政府与全体人民共同遵守法律规则的行为方式和思维方式。为此，法律体系，特别是审判制度不得不具有充分的合理性和中立性，以提高整个社会运行的效率和公平。执法者和司法者始终面对的是各种利益冲突和价值冲突，为了有效化解矛盾，法律推理和法律议论必须摒弃唯我独尊的态度，必须善于倾听不同的主张和论证，必须使决定具有普遍说服力，让对立双方都接受和认同。这样的根本特征决定了法学研究的立场和法学教育的宗旨。对于法律的决定过程而言，无论哪一种观点都可以在平等而公开的程序竞技场上提出来，都需要经历说服力比赛的洗礼。换言之，法治的本质是以理服人，而不是以力压人。特别需要指出的是，司法权的中立性注定了对不同利益诉求和价值判断采取兼容并蓄的态度；司法权的终局性注定了要通过辩论的优胜劣汰机制选择出一个正确的最终解决方案。这个方案至少要满足两个要件：第一，在逻辑上完全自洽，决不能出尔反尔、自相矛盾；第二，在价值判断上反映社会的最大公约数，具有最大限度的普遍说服力。

根据上述分析，我们可以断定，法学教育不能仅仅关注专业知识、职业技能的培训，更不能沉湎于对科学技术的信赖和迷思，而应该重视人文精神的陶冶，特别是要致力于形成兼容并蓄、思想自由的话语空间和学术氛围。这正是南洋公学特班主任教授、国立交通大学老校长蔡元培先生的教育理念。到2018年1月，我们将迎来蔡先生诞辰150周年。弘扬"兼容并蓄"的办学原则，坚守"百花齐放，百家争鸣"的人文情怀，就是我们对他老人家的最好纪念。环视当下，在人工智能全面渗透到执法和司法过程中的初期阶段，为了及时预防和克服法律机关的物象化和异化偏颇，尤其应该进一步加强正义理论、哲学、历史、艺术等教养通识课程，鼓励学生研读经典，弘扬公共善的理念，保持和增强洞察力、判断力、公正感、平衡感，鼓励思想创新和制度创新。为此，上海交通大学凯原法学院一直非常重视跨学科研究和学习，支持源社等各种读书小组的活动，并准备进一步改善人文社会科学的选修课程的设置。除此之外，我们近八年来也推动了全方位的法学教育改革和国际化。

从2009年开始，本院积极探索卓越法律人才培养新模式，秉持"高起点、国际化、厚基础、重实践"的标准，现已形成培养学术拔尖创新人才、国际型高端法律职业人才以及复合型法律职业人才三足鼎立的教育格局。我们首创的"三三制"法科特班，使法律硕士教育的定位和内容构成发生革命性变化，受到广泛关注和好评。2016年法科特班生司法考试通过率高达94%，在全国名列前茅。根据2009年公布的教育部学科评估结果，本院并列全国第十，开始迈向法学院校第一方阵。自2012年起，本院在QS世界大学法学学科排名榜中连续六年进入世界百强。凯原法学院毕业生的质量在社会上获得了很大认可，近些年来一流律所、国际大企业法务部门主动到我院开展招聘活动的已经应接不暇，有些顶尖机构决定把我院毕业生作为聘用首选。现在，毕业生一次性就业率接近100%，并且就业层次越来越高。根据上海市教委2012年组织的毕业生满意度调查，本学科位居上海市法学专业第一。

正是在这样的背景下，我院不仅本科生的高考录取分数线一直居高不下，研究生的生源质量也不断大幅度提升。例如在2016年，来自C9和985高校的硕士生生源比例为85.19%，博士生比例为70%。这次我们迎来的2017级新生共有269位，法学本科新生素质的全面性和优异程度更是前所未有的，很多人不仅学习成绩好，而且多才多艺，其中有的甚至身怀绝技。这次入学的国际学生共有53人，其中学位留学生39人，含本科生、硕士研究生和博士研究生，占总数的74%，还有14人是外国的交换交流学生。值得一提的是，随着我国"一带一路"倡议的推行，今年的留学生中有不少来自格鲁吉亚、哈萨克斯坦等沿线关键国家。在这里，我谨代表凯原法学院全体教职员工，对全体新生的到来表示最热烈的欢迎！

欢迎同学们加入上海交通大学法学院这个温馨的大家庭和卓越的学术共同体。从今以后，大家将在这座流光溢彩的大楼里潜心治学、寻友问道，"奇文共欣赏，疑义相与析"。从今以后，大家将在这一方古树掩映的校园里探求法治中国的建设方案，切磋权力运行机制的真谛以及审判的各种技术诀窍。不久前，准确地说是今年9月12日，中国政府的代表在荷兰签署《选择法院协议公约》。这意味着管辖法院将像仲裁机构一样，可以由涉外民商事纠纷的当事人自主选择决定。这也意味着，法院之间、不同国家的制度之间的竞争将会有所增强。参加《选择法院协议公约》，实际上就势必在一定范围内承认当事人享有某种主权，在司法制度中嵌入为消费者（即当事人）服务的新理念，同时也有利于判决在域外的承认和执行。这是我国制度自信的一种表现，也为我们深度参与全球治理、在比较中借鉴和学习其他国家的法治经验提供了一个重要契机。

记得八年前，在2009年初秋，我作为院长第一次在新生开学典礼上致辞。为了形成凯原法学院的文化和精神传统，我提议并诠释了本院"正谊明道，尚法辅德"的院训，试图唤起对本校创办初衷的历史回忆，试图在法律技术训练之外振作一股浩然

凯原法学院

正气，鼓舞同学们树雄心、成大器，齐心协力承担21世纪中国法治的使命。当时，我列举了三位杰出校友作为本院全体师生的楷模，他们是南洋特班的主任蔡元培、学生黄炎培以及曾经在我校任教的法律界第一人王宠惠，分别代表五四运动对"赛先生""德先生"以及"罗先生"的呼唤，代表尚未完成的国家现代化工程项目的三个基本维度，即科学、民主以及法治。我认为，这三个代表就是在上海交通大学推行法学教育的最可贵的精神资源，也是我们学院自强之路的最佳向导。总而言之，"正谊明道，尚法辅德"，这就是上海交通大学法学教育的根本宗旨，也是本院对中国推行法治路线的前景展望，希望同学们牢记在心。

（2017年9月18日，开学典礼致辞）

中国现代大学之魂
——在纪念蔡元培先生诞辰150周年暨
铜像揭幕仪式上的致辞

各位嘉宾、老师们、同学们:

欢迎并感谢大家不顾隆冬的寒意莅临这个小型典礼!

中国著名教育家、民主政治家蔡元培先生在1868年1月11日出生于浙江绍兴,今天是他150周年诞辰的纪念日。我们聚集在这里举行蔡元培铜像揭幕仪式,既是为了缅怀他的丰功伟绩,同时也想借此机会唤起人们对他在上海交通大学留下的珍贵遗产的关注。对我个人而言,还是要了却一桩盘桓心头已久的心愿。

从2008年9月20日就任上海交通大学法学院院长那一天起,本人就试图发掘在理工科强校推进法学教育改革和发展的传统资源。我找到了南洋公学特班的办学模式,找到了蔡元培先生把自由教学、注重个性的课程设置和授课方法引入特班的历史经验,找到了在蔡先生担任国立交通大学校长期间改科设系、实行教授会议制度的治理之道。尤其是南洋公学特班，旨在培养国家栋梁之材，造就像曾国藩、李鸿章那样重视产业和洋务的现代型官僚，课程设置以法律制度和管理为主，构成中国现代法学教育的一脉滥觞，也构成上海交通大学法学院发展的源头活水。从2009年起付诸实施的"三三制"法科特班教育改革方案，正是从南洋公学特班的构想和实践中汲取了制度设计的灵感。

南洋公学特班的创办，其实与20世纪中国教育和学术史上的两个重要人物密切相关。一个是当时的本校代理校长张元济先生。他在1901年4月13日呈文给盛宣怀要求设立特班，一周之内便得到批复，旋即付诸行动。另一个就是特班总教习蔡元培先生，他从9月13日起开堂授课，启发了黄炎培、邵力子等40余名杰出精英。这两位都是上海交通大学人文社科领域稀缺的固有资源，也是校园文化的象征性符号。从2012年春天起，我就提出了在徐汇校区凯原法学楼前竖立蔡元培塑像的建议，在纪念蔡先生150周年诞辰的今天终于如愿以偿。另外，从2017年春天起，为了纪念张元济先生诞辰150周年，凯原法学院开始举办"张元济法学讲座"，迄今总共组织了12期，已经产生品牌效应。我以为，这就是上海交通大学法科文化建设的"二元工程"，目标在于传承民主与科学的理念，彰显"正谊明道，尚法辅德"院训的真谛。

有时我会遐想：假设蔡元培先生一直留在南洋公学任教，或者担任国立交通大学校长的时间更长些，他会不会把上海变成中国"新文化"运动的发源地，他会不会在交通大学而不是北京大学开"学术"与"自由"的风气之先？这是一个非常有趣的问题。但历史却不容许假设。无论如何,有一点是肯定的,在南洋公学主持特班时期,蔡先生同样强调学生要"抱定宗旨"、坚守信念,同样强调大学是"研究高深学问的机构"。在国立交通大学主持校务时期,蔡先生同样致力于矫正轻视纯粹学问、偏重应用技巧的流弊,并且提倡"沟通文理""思想自由,兼容并包",试图造成一个百花齐放、百家争鸣的局面。在这个意义上,蔡元培不仅是新型北京大学之父,也是交通大学乃至中国所有现代大学的高尚灵魂的陶冶者、塑造者。面对当下的浮躁、浅薄以及冥顽,我们特别需要呼吁魂兮归来。

从今天算起,八天之后就是中国高等教育的第一个法规——《大学令》颁布105周年的纪念日。这个大学令是蔡元培就任中华民国首任教育总长之后主持制定、1912年1月19日开始施行的。在我看来,蔡元培先生不经意间就这样把法治教育与教育法治完美地组合在一起,为我们这家古老而年轻的法学院、为我们这座法律图书馆、为依法治校以及依法治国的宏伟工程画出了一组光彩夺目的思想方程式,立了一座永不磨灭的历史丰碑。这一切都让我们有充分的理由坚信:蔡元培精神万世长存!

(2018年1月11日)

包容、守正以及创新
——在北京大学法学院2019年毕业典礼上的致辞

尊敬的老师们，亲爱的同学们、家长和亲属们，各位嘉宾、朋友们：

首先我要对2019届全体毕业生表示热烈的祝贺！很荣幸应邀参加这样一场盛大的典礼，与大家共享欢乐的时刻。

北京大学法学院邀请我作为校友致辞，也许有两点理由。第一，我和潘剑锋院长同样在1979年考入北京大学法律学系。很遗憾，那时还没有学位礼服制度，也没有仪式感很强的毕业典礼。这是我们那一代学子的青春缺憾。今天，我有机会在燕园参加这样的盛会，心情就像银发老人补拍婚纱照那样激动。第二，我和妻子骆美化都是北京大学法学院的毕业生，请到一个人就等于请了两个校友，是效用最大化的安排。由此可见波斯纳法律经济学影响之深。但学院在不经意间也释放了这样的信号：博雅塔下，未名湖畔，不仅好读书，也不妨充分感受浪漫。然而这个信号在毕业典礼上才发布似乎有些为时太晚。

去年的5月4日,我曾经回母校参加"双甲子"校庆。故地重游,物是人非,的确感慨良多。今年,全国又在以不同的方式纪念五四运动100周年。人们都知道,举世闻名的五四运动发祥于北京大学;却很少有人知道,1919年5月4日担任学生大会主席的是北京大学的法科学生廖书仓;也很少有人知道,北京大学法律学系其实就在1919那一年正式成立,距今恰好100周年。法律学系设在三院,设在那个沟通东西方、放眼看世界的译学馆旧址。五四运动学生领袖之一廖书仓也曾经在这里担任法律学系讲师,专攻刑事法律政策。由此可见,作为新文化运动的"五四"不仅追求科学和民主,同时也暗恋法治。

人们都知道北京大学是清末变法图强的产物,从此母校与祖国的命运沉浮密切相连;却很少有人知道奏请设立京师大学堂的是刑部侍郎李瑞棻,即当时主管全国公检法司的常务副首长。在这个意义上可以说,北京大学一开始就注重法政等经世致用的学科,其法学教育和研究的出发点是一个东方古国的改革与开放。蔡元培先生在出任北京大学校长后,进一步革故鼎新,明确指出大学的目的是研究高深学问,进行知识创新,为此必须坚持"思想自由,兼容并包"的办学方针。他还特别强调"入法科者,非为做官","宗旨既定,自趋正轨"。我认为,这样的包容、守正以及创新,就是北京大学法学院最宝贵的精神财富,也是中国现代政法教育和研究的不朽灵魂。

1979年盛夏,全国人大常委会颁布七部法律,构成中国重新回到现代法治正轨的重要标志。就在那一年,我和同届学友们一起走进当时的北京大学法律学系,发现到处充满了对未来的憧憬和蓬勃向上的朝气。几乎每个黎明,图书馆前都排着长队等待开门时刻。几乎每个夜晚,校园里都有各种学术讲座和沙龙。几乎每个周末,都可以参加丰富多彩的公益性社团活动。正是在这样的背景下,法律学系79级2班的查海生结识了英文系的刘军,演绎了一段海子与西川以诗会友的佳话。很遗憾,法律与诗歌的梦幻组合最终在1989年的春天以惊天惨剧画上了休止符。在我看来,海子的诗句"我有一所房子,面朝大海,春暖花开",其实就是卡尔·施密特海洋自由观的形象表达,也反映了中华民族对海洋生存方式的朦胧向往。但具有讽刺意味的是,在今天,这个著名诗句已经蜕变成沿海城市房地产开发商的流行广告词。

关于北京大学法律学系,难忘的往事还有李克强学长从国家治理的角度研究系统论、控制论、信息论。在此基础上,他还与人合写了关于法律实务计算机化的论文,在1981年五四科学研讨会上宣读后引起极大的轰动。实际上,这篇论文在某种程度上引领了法律学系的跨学科研究风气,也为"北大法宝"——法律信息检索系统——做了一定的思想铺垫,甚至对今天的大数据、人工智能与司法之间关系的研究仍然具有借鉴意义。在同一系列研讨会上,我宣读的论文的主要内容是质疑和批判斯大林时代御用法学家维辛斯基的法律学说,主张法律的定义应该在统治阶级的意志之外寻找正当化根据,强调社会最大公约数和客观规律对法学研究的意义。尽管这篇文章在当时引起了一些争议,但赵震江、刘升平、姜同光、陈立新等老师的包容、鼓励、支持，给我以勇气，也让我终生感激。那真是一段难能可贵的百家争鸣时期，当局也很有些兼听则明、不拘一格降人才的恢宏气度。世界各国，包括帝制下的古代中国，至少在大学范围内允许师生享有自由思辨和清议的特权，本来就是一个不言而喻的真理。没有知识和思想的试错空间，哪里会有创新和社会进步？

特别值得一提的是，恢复高考后的所谓"新三届"学生与饱经沧桑的老教授之间形成了"隔辈亲"的特殊师生情缘。当时陈岱孙、冯友兰、季羡林、王力、朱光潜等扬名海内外的学界泰斗都还健在，清晨和黄昏的校园小径常有他们的身影缓缓飘过，的确"望之俨然，即之也温"。记得龚祥瑞先生讲授的比较宪法和行政法是77、78、79三个年级合上的大课，那可算得上"听其言也厉"了。每次开讲前，各班课代表都会提前做好教室准备，轮流拎去保温瓶为老师泡茶续水。上课时所有同学都聚精会神聆听和做笔记，生怕漏掉任何一个关键的知识点。在具有国际视野的著名专家罗豪才、沈宗灵、王铁崖、芮沐、甘雨沛、张国华等先生的周围，也总是聚集着一群群的学生求教和讨论问题，有时还会发生不同意见的争执。即便毕业之后，师生间也保持着密切的联系，生动反映了20世纪80年代的理想性、多元性、包容性以及知识体系的薪火传承。

今天，在这个毕业典礼上，在纪念五四运动爆发和北京大学法律学系成立这两个"一百年"之际，我再次想到北京大学法学院的精神及其传承的问题。毋庸讳言，目前的世界已经进入宏大叙事解构的时代。在碎片的废墟上，人们沉醉于自拍和自爱。在价值丧失的空白中，人们更容易趋近功利，把货币和权力当作衡量是非的尺度。在中国法律服务市场的某些角落，甚至正义和规范也可以成为私下交易的对象。你们一旦踏出校门，马上就将面对这些骨感的现实，课堂里的原理和知识顿时显得有些缥缈虚幻。老于世故的好心人会规劝你们收敛锋芒，得过且过，甚至为了前程而用酒精麻醉批判理性。但是，我要说，随波逐流的浮萍，毕竟不是北大法学院毕业者应有的人生！引领中国乃至世界秩序重构的潮流，需要激情，需要理性，需要有重量的责任感。在时代的前沿奔走呐喊，这才是北大人的使命所在！然而我同时也要弱弱地提醒你们，别忘了法国象征派诗人保尔·瓦雷里的这句意味深长的中庸告诫："世界因崇高而有价值，但却与平凡同在；思想因激进而有价值，却与温和同在。"

你们即将迈进的这个社会场域，"黑天鹅"正在不断掠过天空，"灰犀牛"更是成群结队走来。自2008年以来，中国崛起，伊斯兰激进运动勃兴，俄罗斯介入叙利亚局势，英国脱欧，美国特朗普总统的推特治国和贸易战，这五大因素正在改变全球格局。近三年来，世界充满了越来越多的风险性、不确定性、流动性。过去人们注重的是财富分配，所以"双赢"的思维更具有吸引力；现在人们不得不注重风险分布，所以连"双输"也成为操弄格局的政策选项。在中美两国无法达成贸易协议和妥协的情况下，"一球两制"（one world, two systems）或许就会成为现实，世界必将不再是过去三十年歌舞升平的样子。即便中美两国达成贸易协议,未来也可能出现的状态是,在无序的海洋里,点缀着无数个自组织的岛屿。人类的精神结构呈现出多层多样的形状。总之,在历史巨变的过程中,仅仅擅长法律专业技巧的小智慧并不能解决社会转型的大问题。除了既有的营商模型,现代法律职业的存在方式也势必受到严峻的挑战。亲爱的本届毕业生们,迎接全新的挑战,引领时代的潮流,你们准备好了吗?

从20世纪末开始,更复杂的互动关系,就在传统人际关系网的基础上,不断编织一张全球化的巨型网络,形成一个法律人感到新奇和困惑的另类制度空间。特别是大数据、物联网、区块链以及5G通信技术,推动人工智能迅速进化和网络化,并促进现实场景与虚拟场景之间不断反馈,最终形成了一种非常复杂的信息实体交融系统(cyber-physical system,简称CPS)。社会的结构因而发生质变。法与社会之间的关系也因而发生质变。

本来,法律的功能是简化社会的复杂性,对行为的后果和取向进行预测。但是,当机械学习的数据输入不间断地高速进行时,对输出的预测就已经变得非常困难了。而在深度学习的场合,人工智能系统不仅按照既定的算法和指令进行数据处理,还采取多层次脑神经网络的模型和方法,自己从大数据中发现和提取新的特征量,揭示未知的问题、样式、结构以及原理。也就是说,人工智能已经从他律系统开始转化为自律系统,摆脱外在控制。特别是在人工智能网络之间的相互作用及其连锁反应不断进行的情况下,预测、理解、验证、控制就会变得更加困难,甚至出现黑箱化现象。换言之,大数据造成了某种高度透明化的社会，但对大数据的处理却很可能受制于算法黑箱。这正是数据驱动时代的一对根本矛盾，也对现代法治国家的制度设计提出了空前的挑战。

透明社会与黑箱算法，这构成一个奇妙的悖论。这个悖论也意味着法律与社会范式创新的历史性机遇就在眼前。如果说北京大学法学院的精神是守正、维新，那么大胆的创新也属于一种正宗的继承。亲爱的毕业班学弟学妹，人类已经生活在数据驱动和人工智能网络化社会中，人类正站在世界的结构发生数百年一次巨变的转折点上。因而期待你们能够乘势而上，开辟出一个法治和多元正义观的新纪元！此时此地，我代表全体校友为各位送上毕业季最美好的祝福，并为你们的出征壮行！

（2019年6月25日）

第二辑
陶冶英才的模型

日本"法科大学院"改革成败的教训

在整个20世纪,日本的司法考试制度始终以"高门槛,强诱因"为特征,颇有点像并且越来越像中国帝制时代的科举。20世纪60到90年代,司考合格者的数量限定在每年500人的规模,合格率始终只有2%~3%左右,通往法律实务界的入场券是极具竞争性的。即使到了增调过名额的2000年,日本93所综合大学法律系的毕业生总数已经达到45 000人,也还是只有大约1 000人通过司考从事法官、检察官和律师的职业。这样的状况持续下来,客观上或多或少有利于提高法律人的职业威信和精英意识,有利于在轻法嫌讼的文化氛围里形成依法治国的机制,但也容易造成法律与社会之间的隔阂。

法学教育也随之定型,应试色彩很浓,没有足够的时间和条件来进行真正意义上的高级职业培训。法科学子们头悬梁、锥刺股,寒窗苦读的目标似乎只是金榜题名。然而除极少数能跳过司考的龙门外，大多数学员还是要以企业或行政机构任职为归宿，因此法学本科教育的宗旨就不能囿于培育职业法律人，还要向社会输送各种知法守法的新型公民，很难朝着专精化以及加强思考力、创造力、决断力的方向发展。在这一体制下，研究生院的课程和教学方式是按照培养研究型法律人才的需求而设置的，结果高级职业教育只能在司法考试之后，在附属于最高法院的司法研修所里进行，并且特别侧重于具体的法庭技术、实务诀窍的传授。如此法学教育，与霍姆斯描绘的那种"采取有威严的方法教授法律，培养伟大的法律家"的法学院蓝图相比较，很有些渐行渐远的趋势。

日本内外的社会格局，在进入21世纪之后，发生了一连串的巨变，相继波及法律系统。在经济全球化以及新自由主义思潮的影响下，缓和事前的行政规制、加强事后的司法救济成为制度改革的主导性思路。企业法务以及涉外诉讼的需求急剧增加，当然要对法律人提出新的课题和质量标准。律师事务所向大城市过度集中引起了权利保障的地域性漏洞，甚至出现了一些"零律师""独律师"的乡镇。医疗事故、环境污染事件以及消费者权益纠纷的大量出现也开拓了法律服务的新空间。诸如此类的深刻变化导致两种呼声同时响起：要大幅度增加法律人的数量，要大幅度提高法律服务的质量。为此，必须对司法考试制度和法学教育制度进行大刀阔斧的改革。

围绕怎么改的问题，各界是存在不同看法的。当时的主要选项包括：(1)保持其余制度条件不变，只提高司考合格率以增加法律人的规模，完全通过法律服务市场的淘汰机制去达成新的平衡；(2) 仿照医学院模式，把法律本科与职业教育结合起来；(3) 废除法律本科或者使之改变为人文教养之所，全面引进美国式法学院的建制；等等。经过各方面的协商和妥协，最后采取了所谓"法科大学院"（graduate school of law）的设计方案，即保留法律本科，暂时也不废除司法研修所，但在研究生层面另行增设高级职业教育机构，把人才选拔方式从司法考试这一个"点（关卡）"转成专精化教育的"线（过程）"。在这个强化法律职业教育的前提条件下，把每年司法考试的合格者人数从2000年的1 000人增加到2010年的3 000人，并对应考资格提出特定要求。反过来，按照这样的规模和70%～80%的司考合格率，每年法科大学院毕业生的规模需要限制在3 800～4 200人的规模，因此需要对设置法科大学院的综合大学进行甄别和严格掌控。

只容许全国一流大学开设数量有限的法科大学院的设计方案，在讨论和实践的过程中受到了来自不同方面的挑战，并逐步被修改。对于各大学而言，能否办法科大学院构成一项重要的评价指标，关系到品牌信誉，在出生人口锐减而校际生源竞争激化的背景下甚至还关系到地方大学的存亡。对于地方政府而言，如果建立法科大学院，就可以改善区域法律服务的状况，防止"零律师"和"独律师"事态的持续和扩大。因此，地方大学和地方政府联手到中央职能部门进行公关游说活动，力争获得开设法科大学院的许可证。另外，竞争自由的理念、校际公平的原则、法学教育开放性的诉求也颇具影响力。反复博弈的结果是，法科大学院的实际规模比原先的计划扩大了很多。到2006年,获得授权的大学共有74所,其中国立大学23所、公立大学2所、私立大学49所,招生指标也从预想的4 000人左右大幅度增加到5 825人,多出46%的编制。

第一次新司法考试是在2006年实施的。揭晓的结果,法科大学院毕业生的合格率仅仅是48%,比预想的80%低了很大一截。2007年,司考合格率又降到40.2%。2008年再降到33%,合格者有2 065人,离当初设定的3 000人目标值相距颇远。这三次考试都不合格,因而失去参加司法考试资格的法科大学院毕业生人数是241人,这个数字今后势必不断增大。预计2009年的司考合格率还要降到大约20%的程度。有些法科大学院合格者始终为零或一两名,不得不面临关闭或合并的可能。上述这些事实都表明,法科大学院并没有像所期待的那样有效地确保毕业生的质量,也很容易在社会压力下或多或少违背初衷而逐步向司法考试培训的方向倾斜。

毕业生在缴纳昂贵的学费和刻苦钻研之后却不能找到理想的出路时,就会产生不满,后来者报考法科大学院的意愿也会受到挫伤。为此,2008年9月,日本中央教育审议会提议减少法科大学院的招生人数(2009年减少18%,名额分摊到各校),以及合并一些绩效不彰的地方性大学的法科大学院。日本辩护士联合会则建议减少司考合格者人数以确保质量,并把法科大学院的编制压缩到4 000人左右。这些举措当然有其合理性,也已经开始付诸行动,但如果操之过急,处理不当,就有可能进一步削弱法科大学院的吸引力，引起优秀人才流失的连锁反应。

此外，日本法科大学院还带来了一个问题，这就是在强调应用型教育和实务训练之余，培养研究者的渠道在不同程度上被堵塞，法学理论发展的可持续性得不到充分保障。由于优秀的本科毕业生纷纷进入法科大学院，以培养学术型人才为宗旨的法学硕士课程已经很难找到素质良好的教育对象了，甚至还出现了除留学生外无人报考的冷清场面。如果法科大学院的毕业生在三次参加司法考试都落第之后才转而从事法学研究，也会严重损害学术型人才的声誉，造成理论水准的下降。

概括日本法科大学院改革的经验和教训，以下几点是特别值得留意的。其一，在法律领域推动高级职业教育改革之际，必须把司法考试的指挥棒效应也纳入视野之中，根据适当的合格率和需求量来确定招生规模，不可贪大求全。也就是说，要推行真正意义上的高级法律职业教育，切忌一哄而上，最好是从较小规模的精英班起步，以适当的速度渐次增长。其二，应该明确不同层次、不同类型的法学教育的目标，厘清本科、学术型研究生班、应用型研究生班之间的关系，尤其要避免把高级职业教育与备考培训班以及实务操作技术的传授等混为一谈。为此，要在课程设置、教学方法等方面有所创新。其三，在强调法律职业教育的同时，也可以把学术型人才的培养提到新的高度上来重新认识，为法学理论的发展和创新预留充分的空间。

基于上述认识，我认为中国进行法律职业教育改革的最佳模式是"三三制"，可以充分吸收日本法科大学院的优点，避免其短处。所谓"三三制"是指,打算成为法官、检察官、律师等的那一部分法学本科生在三年级结束时通过特别素质考试获得连读资格后,开始接受三年的"本硕贯通"的高级法律职业教育。这意味着要以6年时间精心塑造真正合格的职业法律人。教育的基本理念是要让学生具有良好教养、高尚品格、鲜明的正义感和责任感,能够掌握精湛的专业知识和操作技能,善于进行法律思考、沟通、说服、谈判以及规范创新。

其余的大多数毕业生预定到企业和政府部门工作,须按照现行制度修完本科四年级的课程并准备公务员考试或者进行就职活动。另外,还有少数希望从事学术事业的本科毕业生则通过选拔考试进入"硕博贯通"的法学研究生课程。在以"本硕贯通"和"硕博贯通"这两种方式对研究生层面的应用型人才培养和学术型人才培养进行区别之后,4年制的法学本科教育也应该以提供多层多样的教学内容和不同的职业规划为目标,大幅度改进课程设置和教学方法。

(2009年5月18日定稿,载《法学家茶座》第27辑)

培育一代国际型法律精英

当前,中国企业正在推行"走出去"的发展战略,不仅把产品销售到全世界,而且还积极到海外投资。因此,中外企业之间的合作和纠纷都在不断增多。20世纪80年代美日之间曾经出现过的那种经济摩擦,正在中国与美国以及中国与其他国家之间频繁发生。经济摩擦往往表现为法律摩擦,或者会大量转化成法律摩擦。这意味着市场竞争必然伴随着制度竞争和法律技术的竞争。所以,充分理解和娴熟应用国际通用的游戏规则,进而有理、有利、有节地参与游戏规则的修改和制定,对中国在竞争中立于不败之地具有极其重要的意义。这就对法学教育提出了很明确的要求——必须培养一大批能够适应国际化时代要求的法律人才。但现行的法学教育方式能否充分满足上述要求,还是一个问题。

另一方面,按照入世协定,海外的跨国法律事务所会在2015年大举进入中国,势必对中国的法务市场产生极其强烈的冲击。

与此相应，海外的著名法学院从2009年就开始瞄准北京、上海以及长三角区域，势必在中国的法学教育领域引起地壳运动。无论如何，我们法律人才究竟能否适应这样激烈的国际竞争局面，怎样才能培养出一批具有国际眼光和高度专业知识的法官和律师，在法律职业教育方面应该做什么样的改革，如此等等也都是问题。

应该承认，1977年恢复高考后，尤其是最近十年，中国法学教育发展是很快的。到20世纪末，全国综合性大学法律院系共有240余所，然而十年之后就激增至640所。如果把5所政法大学（中国政法大学、华东政法大学、西南政法大学、西北政法大学、中南财经政法大学）也计算在内，法律本科毕业生总数已经由2000年的4万余人增加到2009年的将近20万人。如此迅速的规模扩张已经引起三大问题。第一，名不副实，存在大面积的教学质量问题。第二，供过于求，具体表现为司法机构能提供的新职位每年只有两万来个，法科毕业生就业率自2002年起就低于平均水平，甚至滑至末位。第三，用非所学，已经就职的大多数人都在从事与法律无关的工作，真正从事法官、检察官、律师等法律职业的只有10%。

虽然现在看不到一个非常全面的、权威性的统计数据，但是根据了解，实际上全国法学院毕业生中大概只有30%～40%在与法律有关的部门就业。如果这样尴尬的局面不能尽快扭转，法学教育就将面临严重的信誉危机。

但是，法科毕业生求职难并不能简单地等于法律职业人才过剩。实际上，真正具有专业素养的法律人才以及高端法律人才一直严重不足,导致在技术含量较高的法律服务领域,尤其是新类型案件处理方面形成了非常明显的卖方市场。另外,国际型法律精英的匮乏,既与经济全球化的态势不相适应,也妨碍中国在外交舞台上发挥应有的作用。因此,今后法学教育改革的主攻方向应该是改进高层次法律职业教育,培育一代国际型法律精英。

变化,在2009年已经开始。首先表现在容许法学本科生报考法律硕士的政策变化上。紧接着高层次法律职业教育的概念走进公共话语。可以说,以法律硕士向法学本科毕业生开放为契机,中国的法学教育正在迈进新阶段,力图切合21世纪中国社会发展的实际需要,力图应对全球化制度竞争的严峻挑战。为此,综合性大学法学院的教育目标也应该及时地进行调整,在确保学术空间的前提下,逐步把重点转移到高层次法律职业教育方面,培养一批富于正义感、责任感和高尚情操,具有深厚的教养和学识,娴于法律技术,善于进行创造性思考的治国安邦的政法精英人才,造就大量的具有国际眼光和专精学识的法官、检察官、律师以及企业法律顾问,并根据这样的思路来调整课程设置和教学方法。

无疑,我们需要明确一个基本问题,即综合性大学法学院的人才培养,究竟是以输送具有法律基本知识的通用型毕业生为教育目标,还是以根据职业法律家的素质要求训练学生为目标?在美国,法学教育的目标是单纯明快的,就是培养律师,而法官、检察官等其他法律实务工作者又都是从律师中遴选的。因此,法学教育的应用性和专精程度都很显著。这样的专才教育的制度设计有利于提高法律秩序担纲者的技术含量,也决定了职业法律家的规模比较大。但在日本，法学教育的目标是比较模糊的，并没有确立职业法律家的标准像并以此为圭臬。因此，法学教育的通识性、理论性以及政法一体化程度较强。这样做的好处是职业法律家本身的规模不必很大，各行各业都有初步具备法律知识素养的人群在配合国家制度的运作，但通才教育的弱点是难以在国际化、全球化的制度竞争、法律技术的格斗中胜出。

当前，中国综合性大学的法学教育规模已经很大，而教育目标却很模糊。因此笔者认为，有必要按照职业法律家的素质要求明确教育目标，并在这个过程中让法学教育规模自然地回归到适当的规模。也就是要沿着从通才教育到专才教育的路线加强课程设置的专业性和实用性，根据训练职业法律家的需要改变教学方法，并且扭转司法考试决定一切、教育过程算不了什么的风气。

对于中国法学教育模式的探索，笔者认为首先要在教学模式上有所转换，从竞相增加规模和压低成本的"同一化指向"改为强调质量和扩大选项的"差异化指向"。其次，可采取"三三制"本硕贯通培养的新模式，即法律本科教育在第三年结束之后，从第四年开始分流。也就是说，读完法学本科大三的学生中，倾向于到企业或者政府就业的学生，将继续在现有的体制下接受四年的法律本科训练；而另一部分准备从事律师、法官、检察官职业的学生，经过一定的选拔手续，从四年级开始转入高层次法律职业教育轨道，加上硕士的两年，一共接受三年的专业化训练。

笔者的基本设想是：法学院的四年制本科教育必须提供多层多样的教学内容，增加学生的可选择性，并在最后阶段开始分流；高层次法律职业教育的三年期间则必须逐步采取统一的标准化教材和教育方式。这意味着在"三三制"之下，法学教育的前三年采取多元化教学菜单，后三年采取统一化教学菜单，对主要专业课程采取反复涂染、逐步深化的培训方式，并加强对话式教育和有计划、有步骤的实务训练。在高层次法律职业教育的课堂教学方面，应该扩大选课范围和提供法学前沿科目，提高教研的国际化水准，增强综合性论述能力（包括法学知识的体系化和精深化、基本主张的严密论证、案件的细致分析、限时事务处理的技巧、说服力等方面）。在实务培训方面，拟通过实践教学专任教师与实务界兼职教授分工合作，形成判例教学法、模拟教学法、诊所教学法、实习、海外培训的"一条龙"体系。

在现阶段，我们需要特别注意的是防止这样的偏颇：一谈应用型人才就以为只需多让法官、律师给学生讲课，或者把学生放到法院、检察院以及律师事务所去自由实习。这种单纯经验主义的主张是对高层次法律职业教育的极大误解甚或歪曲，迟早会给中国未来的法制发展带来严重的不良后果。由于中国采取成文法体系，事实上一直在进行大规模的法律继受和学说继受，目前又面临激烈的国际制度竞争和法律技术竞争，所以有必要大力提高应用型人才的学识水准，有必要大力加强大学研究生院的体系化教育功能，有必要在上述前提条件下考虑如何加强法学院与实务部门之间的互动与合作。

（刊载于《法制日报》2010年6月11日）

中国法学教育改革的理念和路径

一　以卓越计划推动法学教育改革

在21世纪最初的十余年间，国内外格局发生了巨大变化。社会需求越来越多种多样，应对方法和整合机制也必须有所创新。"走出去"战略使中国企业不得不面对全新的投资环境、大量的贸易摩擦以及复杂的决策风险，从而不得不更加关注合规性内控、经营法务以及顾问律师的作用。2008年爆发的金融危机使中国政府参与全球治理的时间表大幅度提前，制度、人才等国际竞争力问题日益凸显出来。2012年，把权力关进制度的笼子里成为高层的基本共识，法治秩序的建构再次被提上议事日程。以这些大趋势为背景，教育部适时推出"卓越法律人才教育培养基地"建设计划，目的非常明确，就是要通过法学教育改革迎接市场化、多元化、国际化、法治化的时代挑战。

迄今为止，我国法学教育对本科生与法律专业硕士生的培养目标和课程内容没有清晰的界定，导致高层次法律职业教育体系实际上并未成型，甚至存在不少认识误区。在授业上主要采取"满堂灌"的讲义形式，偏重背诵条文、标准答案以应试，缺乏专业素养和技能的训练。科目设置、教学方法等比较因循守旧，与法律实务和社会需求脱节，与国际标准相比更是相去甚远。在法学院数量剧增的过程中，重数量、轻质量的风气很浓厚，导致低成本扩大再生产的同一化模式普及。到2010年，设置法学本科的高等院校数达640所，在校生大约35万人，加上各类研究生就是近50万之众，但平均就业率却在文科各类专业中排在末位。据悉法科毕业生的年平均司法考试合格率设定在大约10%，但司法考试合格者中却只有半数从事律师、法官、检察官工作；法务低端市场的人才供应严重过剩，但法务高端市场的人才却极其匮乏。不得不承认，法学教育的投入、产出以及需求之间的关系是显著失衡的。

由此可见，必须通过比较大胆的改革举措使法学教育消肿、回归到适当规模，进而明确法学教育的目标和方法，否则就难以满足建设法治国家、参与全球治理、实现合规经营、解决各类纠纷等重大社会需求。"卓越法律人才教育培养基地"建设计划，为今后我国法学教育改革，特别是为本科教育与高层次法律职业教育的合理统筹规划和有机衔接提供了很好的抓手或者实验平台，可以有力地促进从同一化模式（追求数量和压低成本）向差异化模式（强调质量和增加选项）的转变。所谓差异化模式，就是在确保知识技能的教育质量和标准规格的前提下鼓励创新,根据对法律人才多种多样的需求进行各具特色的分类培养,把通识与专才这两个侧面密切结合起来。

基于以卓越法律人才培养计划推动我国法学教育改革的上述认识,对今后发展的方向不妨进行如下设定:(1)通过正义论、法律职业道德等教育科目以及社会公益活动加强认同感和基本素质的熏陶。因为法律理念虽然抽象、难以捉摸,但对于解释共同体的形成、卓越人才的培养、洞察力和综合判断力的提升都具有重要意义。(2)通过改进课程设置、教材、参考资料等一系列配套措施建立合理的法学基础知识体系,除了16门核心课程之外,还要适当开设学科交叉课程、综合应用课程以及知识前沿课程。(3)采取判例教学法、对话教育法、谈判教学法、诊所教学法、模拟教学法、解决个案作坊教学法等加强职业技能的培训。鼓励实体法教师和程序法教师、专职教师和实务部门兼职教师共同开设"统一战线"(unibus)课程,以增强学生打破既定的学科壁垒、纵横自如地运用各种知识和经验解决实际问题的能力。(4)为了拓展学生的国际视野和思想选择范围,有必要重视国际法、比较法、国别法的课程,加强与外国相关机构的交流,提供留学和访学的机会。

二 "三三制":法律人才培养模式的创新

因为我国法学教育规模很大,但毕业生中只有极小一部分从事律师、检察官、法官等职业，多数是到企业、政府部门等就业，所以本科阶段的人才培养目标不能限定在法律职业素养和技能上，不妨适当模糊处理，与此相应课程的内容方法也需要多样化。而真正的高层次法律职业教育应该放到研究生阶段进行，按照少而精的标准大幅度压缩规模、提高质量。不言而喻，这正是"卓越法律人才教育培养基地"建设计划的基本意图。为了实现上述意图，需要重新定位法学本科教育以及非法学本科的法律硕士教育，否则就会引起混乱。相比较而言，诉讼律师、检察官、法官更需要专精化培养，可以放进"法本—法硕"的制度通道；立法者、行政官员、非政府组织领导人、商务律师、政府顾问律师、企业管理层、公司法务总监、国际纠纷解决机构的高层职员等更需要复合化培养，可以纳入"非法本—法硕"的既有范畴。在法硕阶段的卓越人才培养计划里，虽然毕业生的就业渠道也不妨多种多样、不拘一格，但教育目标却应该是明确的、统一的、特定的，这就是造就理想的职业法律人（特别是律师）。

在通盘考虑"法本—法硕"的制度设计时就会发现，法学本科阶段的法律类课程有必要适当减少，学习时间也有必要适当缩短，而把专业教育的重点转移到研究生阶段。法学本科教育应该更加侧重基础法律课程以及其他社会科学知识的吸收，要求学生掌握信息处理技术和多种外语，并通过人文教养与专业知识的交融来培养作为守法公民的基本素质以及解决涉法问题的能力，特别是表达、沟通以及进行妥当判断的能力。在研究生阶段进行的高层次法律职业教育，其目标是培养富于正义感、责任感以及专精的学识,具有国际眼光,善于进行创造性思考的卓越法律人才。着重培养的法律职业能力包括对复杂的事实关系进行整理、发现事实的重要性和关联性的能力;根据事实关系正确调查收集法律、判例、规则的能力;为了满足客户的需求而正确地把法律适用于事实的能力;碰到伦理问题和棘手问题能够妥善处理的能力;以书面或口头形式对事实和意见进行适当表达的能力;在有限的时间里有效完成工作的能力;等等。再考虑到体系化实习和海外留学(例如取得美国法学院L. L. M.学位)的需要,两年的时间肯定不够用。

基于上述分析和判断,上海交通大学凯原法学院在"法本—法硕"类型的法学教育改革方面进行了模式创新,从2009年开始筹办"三三制"(3+3)法科特班。法科特班是针对培养卓越法律人才的需求而进行的专精化本硕贯通培养,即选择优秀生源从法学本科四年级开始,提前进入硕士研究生阶段的法律职业课程学习,接受较为长期的体系化、专精化的职业教育。具体做法是,从修满三年的法学专业本科生中选拔一定数量的优秀生源,从本科四年级开始提前进入硕士研究生阶段的学习,以本硕贯通培养的方式让学生接受高层次法律职业教育,用包括本科阶段在内合计六年的连续时间获得法律硕士学位。法科特班的基本定位是主要面向司法和涉外法务方向的高层次法律职业教育,特别强调以下三方面能力的培养:第一,国际视野以及法律分析和判断能力的培养;第二,作为法律高端职业从业者的实务技能的训练;第三,作为法律秩序担纲者的职业自觉性和精神的陶冶。相对于目前体制内较为便捷的法本法硕"4+2"模式,"3+3"模式的法科特班避免了法学专业本科生第四年的粗放式实习等的时间浪费,使高层次法律职业教育在时间上更好地得到衔接,在内容上更精深、更充实,并能有充分余裕来为半年的体系化实务训练以及海外名校留学(例如中国法硕与美国L. L. M. 双学位项目)或研修提供更合理的制度安排。

"三三制"法科特班的学生无法通过在每年1月举行的全国统一的硕士研究生考试来进行选拔,而只能通过免试推荐的方式在本科三年级结束时进行择优录取。考虑到体制内对接的便捷性,在试办的前两年,法科特班的学生限于上海交大凯原法学院的优秀法学本科生。法学本科生三年级结束后,凯原法学院依据学生前三年的成绩积点排名和综合素质测试成绩,选拔一定数量(15名左右)的学生进入特班。从2012年的第三届开始,法科特班除继续面向本院优秀本科生选拔外,也通过每年7月的卓越法律人夏令营和9月的推免复试选拔一定数量(目前25名左右)的来自国内其他名校法学专业的优秀本科生。对被遴选进入法科特班的校外同学,实行在学分制基础上的课程修读的弹性制度。具体说来,被遴选进入法科特班的校外同学,原则上在原属学校取得本科学历和学士学位后再正式进入法科特班学习,可与本校法科特班同届同学修读课程,也可与本校特班上下届的同学修读课程;对于某些选修课,可以在严格条件下承认校外录取生在原属本科学校四年级期间所修读的相应课程的学分,但最多以15学分为限。

"三三制"法科特班设计的特征是严格把握入口(选拔优质

生源）和出口（提供更多机会），并对卓越法律人才的个性化成长和职业生涯规划进行适度的流程管理。这种模式不仅适合于"法本—法硕"教育，还可以扩大到"非法本—法硕"教育领域。经过反复协商，从2012年开始，上海交通大学凯原法学院与本校外语学院联合面向全国高中毕业生招生（暂定每年招收20名），也采取六年一贯制本硕贯通培养，总体定位为复合型高端涉外法律人才。具体安排是本科前三年在外语学院培养，以充分掌握两门联合国通用语言或小语种以及国际商务专业知识为主要目标；本科第四年和研究生阶段两年共计三年在法学院接受高层次法律职业教育；其间分别获得外语学士和法律硕士学位。如果能争取到教育部支持，还拟从全国其他涉外类高校三年级学生中招收外语、外贸、外交等专业学生，并解决学制、学位对接问题，从而进一步扩大复合型高端涉外法律人才的选拔范围和培养力度。事实证明，"三三制"作为中国法学教育改革的一种模式的确具有可复制性、可推广性以及较广泛的示范效应，并且可以用于跨学科联合培养卓越法律人才。

除公、检、法、司等传统法律职能部门和律师事务所外，法科毕业生从事行政管理、公共管理、企业管理等工作的人数相当多，但是法学院的课程很少针对这种需求进行有计划、有体系的设计。因此，今后的法学教育改革还应该根据社会的多样化需求去培养卓越法律人才，调整课程设置，尝试与公共管理学院、经济管理学院等联合开设专业必修课或选修课。在我国海外投资日益活跃以及中外贸易摩擦日益频繁的情况下，凯原法学院在"非法本—法硕"教育改革过程中，把培养卓越的企业总法律顾问和公司律师作为重点目标。为此，我们从2010年起在日本东京设立了企业法务海外实习基地，于2011年5月成立企业法务研究中心，并在教学体系上区分出知识产权法、商事与金融法以及涉外经济法等若干基本模块，开设了特色专题的系列课程。如果能达成协议，完全可以通过"三三制"模式与相关学院（例如工学院、国务学院）联合培养企业法务和政府法务方面的人才。实际上，凯原法学院正在筹备与本校安泰经济管理学院共同创办新型的跨学科"企业法律风险管理"学位项目，设计方案已经完成，只待批准。

三 法学课程设置需要新思维

迄今为止，中国法学院的教育内容始终偏向书本知识的传授，培养应用型人才与研究型人才的区别在课程设置和教学方法上都没有充分反映出来。虽然成文法需要注重原理以及概念、命题之间的逻辑关系，但过分强调体系性学习就很容易忽视理论与实践之间的关联，无法在法律实务界形成人才辈出的局面。同样的批评之声在德国、法国、日本、韩国也可以听到。另一方面，判例法国家的教育以判例为素材，更强调实用性以及法律思维方式和操作技能的训练，但却存在过分注重诉讼、私法以及个人的问题，没有充分留意到法律职业的组织化、产业化所带来的深刻影响。实际上，兰德尔判例教学法尽管不是使用宪法、法律、学说,而是使用上诉审的判例作为素材,但在通过绵密的分析和逻辑演绎把法理适用于具体的事实这点上与成文法体系的教育方法是一致的。而这样的法学教育方法已经不能适应越来越复杂多变的、充满风险性的社会现实。因此,法学教学内容和教学方法的改革似乎正在成为一种国际通行的现象。

就教学内容而言,在这里尤其值得重视的是美国哈佛大学法学院在经过三年调查研究和参照医学院、商学院、公共政策学院的改革经验的基础上,从2006年开始启动的比较根本性的课程体系改革,被认为是自兰德尔判例教学法实施以来的第二次法学教育大革命。其中一年级课程设置上最重要的变化包括:(1)把国际法、比较法作为必修科目。目的在于使法科学生从一开始就对世界的法律格局有清晰的认识,并在国际社会的框架里正确定位本国法。这一必修科目可以从已经开设的国际公法、法与国际经济、宪法与国际秩序、比较私法学说与制度、中国法(或其他外国法)等课程中自由选择。(2)鉴于立法权和行政权不断伸张的现实,"立法与管制"也被确定为必修科目。这一课程讲授的重点是职业法律人如何正确处理与成文法、行政规则之间的关系,特别是司法机关和法律执行机关解释和适用规则的方法。(3)开设必修科目"解决个案作坊"(problem solving workshop)。这是法学教育史上没有先例的创新,彻底改变了低年级教室的景观,得到教授和学生们的高度评价,势必对美国乃至其他国家也产生深远的影响。

"解决个案作坊"是指参加者在有一定实务经验的专职教师

的指导下处理某个案件或问题的授业方式，是把理论与实践密切结合起来的核心课程。在这里，学生就像律师那样，从接受客户委托阶段起逐步解决现实问题，一切都从零开始进行准备。在处理个案的整个过程中培养学生洞察世事、应用知识、进行判断的能力。按照教学设计，一个案件大概花费3天时间进行团队作业和讨论，每个团队由4至5个学生组成，以3周时间共解决7桩案件。一般做法是：在第一天早上的课程上简单说明案情，并把有关的法规、案例的清单和论文等参考资料发给学生，然后是各团队分头作业，原则上必须在傍晚各自提交作业结果。第二天早上两个小时的课程是讨论头天布置的作业以及讨论案件，随后继续分头作业，并在傍晚前提交第二次作业报告。第三天早上对案件进行最后讨论并结束这个案件，紧接着开始另一案件的处理。由于案件解决方案是集体在很短的期限内提出来的，造成一种紧张的、刺激性的氛围，更能调动学生的积极性和创造性。在哈佛大学法学院2010年的课程设置中，"解决个案作坊"共分为7个专题，即行政法与合同法、金融监管与国际金融、财产法与冲突法、网络法、法与经济学、纠纷解决制度、法律职业的制度与伦理。在每个专题之下再分为由4至5人组成的作业团队。

哈佛大学法学院高年级课程设置改革对原有的必修科目增加了更多的选择余地，使学生在选课表的确定上享有非常大的自主权。为了防止学生自由选课导致知识结构的失衡，学院发布的指导手册通过不同类型课程的学分策划来进行调整。选课向导的方法主要有两种。一种是对所有科目和研讨班进行区分，归为18种类型，每一类型都有独立的选课菜单。另一种是确立高年级研究项目，为特定领域各种科目的学习顺序提供建议。例如2011年设置的研究项目是6个，包括法律与政府、法律与商务、国际法与比较法、法律与科学技术、法律与社会变迁、刑事法与正义。每一个研究项目都涵盖了基础科目、高级课程、研讨班、相应诊所体验、关联研究领域、交叉学科等等。这些改革举措固然是立足于美国的条件，未必符合其他国家的法学教育的情形，但对于我国培养卓越法律人才的课程体系改革还是很有借鉴意义的。

近年来，上海交通大学凯原法学院根据培养卓越法律人才的需要，也对课程设置进行了较大幅度的改革，其中很重要的一环是加强实务技能的训练。为此成立了法律实验教学训练中心，配备了五位专职教师负责这项工作，并且精心构建了崭新的教学模式，为学生提供了若干套富于魅力的选课菜单，涵盖实践课程、诊所教育、模拟法庭、谈判训练、竞赛项目、法律援助中心等不同模块。据统计，全院涉及实践教学的专任教师已达23名，在法学院课程体系中技能培训课程所占的比例达到20%。与政府机关、仲裁政法机构、行业组织、跨国企业、上海排名前20名的律师事务所合作，迄今已建立25个"实践教学基地"和"海外实践教学基地"，每年定期派出150余名在校研究生、本科生深入基地实习。2010年秋季学期，凯原法学院开设知识产权法模拟法庭课程，用中英双语教学，主要面向法律硕士。从2011年起借鉴哈佛大学法学院的经验，与著名律师事务所合作开设了"法律谈判"课程。从2009年就开始酝酿参照格拉斯哥模式建设"虚拟律师事务所"系统,从2014年起将其作为法科学生的选修课着手筹备。这个项目设计的目的是让学生利用网络环境,在多人、多线程的虚拟环境中,训练处理复杂法律纠纷的各种方法和技术诀窍。

四 法学院的重新洗牌和评价标准

20世纪60年代是美国大学不断扩张规模和讴歌繁荣的黄金时代。在那段岁月里,青年人口剧增,高等教育预算膨胀,就业市场高腾,高等教育想不崛起都难。但到80年代初,招生难、就业难、大学财政亏损突然袭击了该国高等教育界,1989年的在校生人数比1983年减少了40%,到1997年再减少60%,令人惊愕不已。到90年代,青年人口减少的结构性变化也引起了日本大学的生存竞争激化,国立大学的独立行政法人化和私立大学的改组就是在这样的背景下被提上议事日程的。与此形成鲜明对照的是中国高等教育持续20余年的规模扩张。但是最近,随着人口出生率下降和社会高龄化,大学紧缩的不安也开始在中国浮现。如果在不久的将来中国大学有可能面临衰退和破产的危机,那么规模已经过于庞大的法学教育界就势必首当其冲。在这个意义上,教育部的"卓越法律人才教育培养基地"建设计划是富有前瞻性的,涉及未来15年间院、校、系布局的重大调整,也会进一步刺激法学高等教育界的竞争行为,并通过淘汰机制提高法学院的经营水准以及人才培养质量。也就是说,卓越计划终将引起中国法学教育界的重新洗牌。

在优胜劣汰的过程中，评价、认定、排名等活动的重要性会凸显出来，并必然在不同程度上影响资源分配。因此，如何设定合理的、具有权威性的质量标准体系就是一项不容回避的基本作业。数量的衡量和比较很容易，但质量包含着难以计测的价值，例如传统、信誉、校风、品牌效应、对毕业生的支援、获取募捐的实力等都会对高等院校的社会定位产生很大影响，如何确定相关的指标是非常复杂的问题。对于"卓越法律人才教育培养基地"建设计划而言，质量更加重要，因为在概念含义上，"质量"就意味着杰出的表现或者绩效。对教育成效评价的主体可以是大学、学院、管理者、教员、大学协会等（第一者的自我评价），也可以是学生、家长、毕业生雇主、企业等（第二者），但最重要的是标准认定机构、独立评价机构、大众传媒及考前辅导学校等的市场评价（第三者）。可以说，第三者评价是教育和研究的质量的基本保障。一般而言，由教育主管部门、法律部门、法律服务利用者等组成的机关，作为独立的第三者来对法学院的质量进行持续性评价和认定，是维持质量水准的适当方式，具有更强的公信力。

国立大学及其法学院的评价一般是由政府的主管部门来进行的，其主要目的是维持和改善质量、决定资源分配的份额、对教育管理层问责以及信息公开。为此需要设立一定的国家标准以确保评价的客观公正。尽管各种评价标准体系有所不同，但客观性指标大都包含以下内容：（1）研究——匿名评审杂志等的论文发表数、论文被引次数、专著出版数、国际学会等嘉宾讲演数、研究生的论文和学会报告数、研究成果的应用状况、政策咨询报告采用数、科研项目和科研经费数；（2）人才培养——毕业生在学术研究以及社会上的活跃程度、毕业生在国外大学或研究机构就职的情况、进修生接受的情况、学位授予情况、在培养卓越法律人才的课程和教学方法等方面下的功夫；（3）国际化——学位留学生派遣数和比例、短期留学生派遣数和比例、接受外国学位留学生数和比例、外语授课的科目数、授予留学生学位数、教授的国际经历、外语论文发表数、与国外学者共同研究的状况、外籍教师的比例；（4）社会贡献——接受奖学金、捐款、委托研究、共同研究的情况，业界、企业对教授的委托，法律援助和法律咨询，参与政府、公共机关决策咨询的情况，国际机关咨询活动；（5）运营条件和机制——组织机制的效率、外部评价的实施情况、教育和研究的环境和支援（图书馆、信息技术及相应的设施和设备）；等等。

至于主观性较强的质量评价，很难用一套具体的指标来规范，关键在于确立自我评价、相互评价、外部评价的方式或者机制以及可持续性。例如让每位教师定期（每年或每三年）就自己的教学和研究活动提交书面报告，由学院进行评价，并把评价结果向全体教师报告；教师互相听课或观摩教学，并进行评价；学院对自身的教育和研究也定期进行自我检查和外部评价，并公布有关数据，履行说明义务。对于法学院而言，司法考试合格率也可以在相当程度上成为教学质量评价的一个重要指标。换个角度来看，司法考试实际上有可能发挥法学教育指挥棒的作用，因此必须使这两种制度的改革联动起来。如果司法考试制度和人事制度存在比较重大的缺陷,法学教育改革无论怎么做,都会在效果上大打折扣,甚至还有可能导致卓越法律人才培养计划失去现实意义。

(2013年5月8日,刊载于《中国高等教育》2013年第12期)

重新认识国际化时代的大学评估

一 为什么学科评估和各种大学排名榜日益盛行？

21世纪中国经济的荣衰，在很大程度上取决于知识、技术以及制度设计的创新。也就是说，产业的可持续发展、社会福利的提升将主要依靠脑力竞争定胜负。而脑力的培育、聚集、作用的最重要平台是高等教育和尖端研究，这两者的结合点就在大学。于是不难理解，政府为什么要不断加快建设世界一流大学的步伐。

其结果是，最近十余年来高等教育受到前所未有的重视，大学，特别是重点大学的影响力越来越大，经费规模也越来越大。高额的投资当然也要求相应的回报，因而对高校进行成本计算、绩效检查以及问责的必要性也随之日益加强。这正是考核、评估、排名榜以及指标管理大行其道的原因或者社会背景。为此，

1993年颁布的《中国教育改革和发展纲要》规定:"建立各级各类教育的质量标准和评估指标体系,各地教育部门要把检查评估学校教育质量作为一项经常性的任务。"教育部在2002年制定了《普通高等学校本科教学工作水平评估方案(试行)》,确立新的考核指标体系。十年之后,教育部下达《关于全面提高高等教育质量的若干意见》,着手进一步完善人才培养质量指标体系。

在中国的教育界,绝大多数资源的分配由政府一锤定音。为了使计划和预算方案更加言之成理、持之有据,中央和地方的行政主管部门必然倾向于把各种任务指标和结果鉴定作为相关经费这块蛋糕切割给予的依据。既然大学的考核、评估是与资金投入的额度直接挂钩的,那么各高校就一定会积极迎合这样的考评。于是乎,行政主导下的教育发展也就有了方便的抓手。在这个意义上,考评倒是有利于提高管理绩效的。没有这样的数量化指标管理,就很难有如此迅速的大学扩张和跨越式进步。但反过来看,与预算分配挂钩的考评则会进一步推动大学的行政化,并不断扩张主管部门的权力。因为排名既是诱因,也是一种隐性权力,更是调整高教界行为趋势的指挥棒。

显而易见,这里存在"高校对学术自由、教育特色的追求"与"有目的、有计划的政府重点投资政策"之间的紧张关系。如果政府对大学干预太多、问责太强,最终将会损伤乃至扼杀大学的自主性和活力。

另一方面,随着市场机制的导入,整个社会也更加重视对教育的投入、产出以及研究成果进行测定和比较,围绕威信、捐款以及学费的战术性竞争对于大学的重要性也越来越凸显。在招生以及就业等方面，应试培训机构、信息产业、猎头公司以及大众传播媒介可以从大学院系、专业的评估和排序中找到大量商机，因而会非常积极地利用行政部门的权威数据库，并自主进行一些调查分析。实际上，正是政府与市场的联手作用把大学教师和研究者推进了一个"考核指标万能的时代"。

毋庸讳言，研究和教育的功能本来很难定量化，也很难全面进行数值测定。在强调学术创新和人才培养特色的多元化时代脉络之中，对所有大学的价值按照统一的简单标准进行排序往往是无意义的，甚至会带来很大的副作用。但是，我们又不得不正视这样的事实：大学在本质上对社会声誉和信用度的依赖度很高，嫌恶良莠不齐、滥竽充数的状态，需要借助某种显性的尺度来分辨竞争的胜负方，区别不同档次，确保一定的品位。

教育的性质决定了供给方与需求方的信息非对称，学生及其家长对教师的专业水平、授课的内容、毕业证书的含金量往往缺乏必要的、充分的了解，因而在填报入学志愿时特别需要可供参考的判断材料以防止教育欺诈。在这个意义上，排名榜也可以被理解为防止"文凭厂商"（diploma mill）泛滥成灾的学位信用屏障。

另外，在全球化时代，大学之间的竞争跨越国界，越演越烈，优胜劣汰的压力也迫使大学自身非常在意各种各样的评估和国际排名榜，需要通过某种可以观察、可以比较的位次来证明自己的存在价值。尤其在大学向上流动的意愿增强之际，评估资料的有用性会更加凸显。而量化指标和考核数据（例如新生质量、生师比、研究生入学成绩、专职教师与博士学位取得者的比例、教师的素质和待遇、论文发表数、被引次数、科研项目数、课题经费数、获得奖项的次数等等）能让评估显得客观、公正，具有可比性和可沟通性。

所以绝大多数大学、院系以及教师们对基于评估的序列化（包括各种国际性排名榜）多半持欲拒还迎的态度，考生家长和传媒则起到推波助澜的作用。

二　作为评估对象的学术质量及其衡量尺度

对研究和教育进行评估，对象当然是质量。根据伍德豪斯（David Woodhouse）在1999年所做的专题研究报告，所谓质量，通常与卓越、杰出的表现联系在一起，但现在更重视切合目的这一方面。无论如何，质量这一概念都包含不可能仅仅用数量加以测定的价值，卓越、杰出、目的都与价值的内涵密切联系在一起，更有赖于实质性判断。在教育质量以及管理质量方面，数量化指标管理（例如Dublin Descriptors，ISO 9001:2000 on education）还是相对比较容易接受的，但在学术质量的标准上就更难免发生仁者见仁、智者见智的争议。

然而我们面对的现实情况是：评估的宗旨在于保证质量，但评估的方法却不得不一概采取测量数值、指标等形式。越想进行客观的、公正的评估，越想避免主观任意性、争议以及攀比现象，就越倾向于把质量转换成数量指标。因而在某种意义上也可以说，没有数量就没有质量。毋庸讳言，对目前中国绝大多数高校而言，数量和规模的发展还是当务之急，所以具体指标管理的方式不可能也不应该废止。但是，如果缺乏反思理性和审慎安排，这样一味做下去的结果却很可能本末颠倒，甚至使大学评估出现异化，脱离质量的价值内涵，脱离教育和研究的初始目的，流于机械化的形式主义。也就是说，我们试图追求内涵式发展，但采取的方法却主要是片面强调数量，推动各高校、各院系围绕各种统计数据进行竞争。当这种竞争走火入魔之后，就变得像在不断演绎那个乌鸦披上各种珍禽的羽毛到上帝面前参加选美竞赛的《伊索寓言》故事，令人哭笑不得。这正是当今中国大学评估的质与量的悖论。

概而论之，学术作为是一种高尚的精神活动，包含沟通、创新以及批判这三重含义。在理念的层面，学术的本质不是对既存事物的理解和传达，而是对用于理解对象的语言本身不断进行重组和创造，从而不断改进人们观察和认识世界的范式和工具性框架。学术发展的方向应该是普遍性。因为记述的知识内容是不应该被记述者的主观任意性所左右的，而是可以重复验证或者反证的。

学术普遍性的具体表现是，任何人按照同样的方法或程序，都可以得出同样的观察结果。任何人，只要他属于同一知识共同体，都可以理解学术成果的含义，必要时也可以参加对话和辩驳。所以，从事研究的人不能仅仅站在自己的立场上思考和论述，而必须站在普遍性的立场上，使自己的认识和表达对他者、对沟通活动都开放。自说自话、盲目的信仰以及价值观的宣传，理应与高校里的学术活动无缘。尤其对理工科而言，强调批判理性、客观性以及普遍性的上述学术观是不言自明的公理，所以正确结果的检验和质量的评估都是比较容易进行数值测定的。

然而文科主要以人或者人际关系为研究对象，需要通过特定的文化背景、脉络中的含义以及历史演变过程来把握知识的内容。换个表述，人文社会科学领域中的真理必须在研究者与研究对象以及其他主体之间的可变性关系中来把握，具有相当的不确定性或者不完全性。实际上，至少从海森堡（Werner K. Heisenberg）或者哥德尔（Kurt Gödel）以来，即便在理工科领域，普遍化、形式化理论的局限也已经广为人知，遑论文科。这么说当然并不等于完全否认普遍性和放之四海而皆准的真理的存在，也不等于采取彻底的相对主义立场。这里指出的只是长期以来认识论上的一个盲点。

从范式转换的角度来看，文科的学术活动不得不以存在复数的记述体系、复数的正确答案、复数的普遍性、复数的真理为前提，不断探讨使原理以及道德判断正当化的适当理由——例如托尔明（Stephen E. Toulmin）提倡的"优化求证法"（good reasons approach）。文科研究的乐趣恰好在于多层多样的话语空间及其重叠和交汇，在于沟通行为的开放性，在于对话内容的丰饶和色彩斑斓。文科研究的醍醐味可以被理解为话语的因势利导，主要通过一系列越来越具有普遍性的对话和沟通来达成共识，更准确地说，就是罗尔斯（John Rawls）所谓的"反思均衡"（reflective equilibrium）以及"重叠共识"（overlapping consensus）。不难想象，贯穿于这类对话和沟通中的基本原理是公正（fairness）。在这里，公正就意味在自我与他者之间具有实践意义的、比较相对化的普遍性。因而研究就是不断追求公正的实践，特别强调对话和沟通的伦理（包括与 fair play 相关的程序性伦理）以及对不公正的批评。

尤其是在法学界，几乎所有研究都属于实践性知识的范畴，几乎所有成果都与"善与权衡的技艺"相联系，因此相应的对话和沟通自始至终都包含价值的评判。在法学院，特别是在成文法系的高层次职业教育机构，与法律相关的知识主要由两大部分组成，即法教义学（与规范对应）与法社会学（与事实对应）。

法教义学采取以法律为教条的立场，以法律体系的无谬性为前提，并试图在毫不怀疑从法律规范中能找到正确答案的基础上建构一个自洽的、没有矛盾的体系。例如德国普夫塔（Georg F. Puchta）的概念法学奉行逻辑至上主义，通过法条的三段论推理、内容包摄技术以及个案中的概念计算来解决审判问题，轻视社会环境和历史背景对法律思维的意义。但是，进入20世纪后，法教义学不能适应日益动态化、复杂化的事实以及社会需求。于是在德国出现了自由法学运动，在美国出现了法律现实主义运动，试图克服法教义学的僵化问题。

其结果是法官的裁量权大幅度伸张，法律规范不再具有绝对真理的地位。正如哈特（Herbert L. A. Hart）所说，司法如何在

"确定的内核"(core of certainty)与"怀疑的阴翳"(penumbra of doubt)之间保持客观性、公正性成为法学的时代任务。在预测判决的呼声中,法社会学应运而兴。法社会学强调作为科学的法律观和作为工程技术的法律观,与理工科的思维方式颇有相通之处,侧重批判理性、客观性以及普遍性。但不得不指出,法学的主流毕竟是规范本身而不是与规范相关的现象或事实,而法社会学的研究范式近些年来也在发生从结构到过程、从功能到含义、从客观性/主观性到主观间性(intersubjectivity)的变化。

总之,在人文社会科学领域,也包括在法学界,研究对象具有不断增大的复杂性、多元性以及互动性,不可能一言以蔽之,也不可能同理而论之。因此必须承认不同记述和不同逻辑的并存以及各种各样的排列组合,必须为学术保留一些暧昧的、非决定论的空间。当然,这实际上也在提示人们,文科的研究活动不应该在某一专业的疆域内故步自封,要注重学科交叉,要注重不同知识领域之间的结合与互动,要注重在众多主体交涉中形成的共同建构。

对于人文社会科学而言,学术的本质是发现或者邂逅未知对象,与之进行对话,进而通过沟通和诠释不断实现话语体系的自我更新或者革命。通过与他者的交流而实现相互理解,在反驳和商谈中进行知识创新,并通过含义的解释达成共识,这一切都要求索绪尔(Ferdinand de Saussure)、乔姆斯基(Avram N. Chomsky)之流的语言理论作为新的研究范式。在这样的视野里,任何词汇、概念、命题、理论以及逻辑都不是绝对的,研究方法也更具有动态性,强调怀疑和批判。简而言之,什么都有(兼容并蓄),但并非有什么都行(思想交锋)——这才是人文社会科学的创造性和竞争力的本质性条件。为此,文科的发展特别需要自由和宽容的环境。正因为结论的可能性是复数的、不那么透明的,所以对文科研究的评估也就很难数量化。

三 教师和研究者的考核与数量化指标管理

然而当今的文科研究和教学根本就无法逃避大学管理层下达的任务指标和量化要求,遑论比较容易进行数字化管理的理工科。各院系也不得不层层进行压力传递,对所有专业教师采取严格考核和奖惩的措施。其结果是,无论从哪个角度来看,当今中国的校园都变得越来越像企业厂区,形成并且不断发展福柯所描绘的那种规格化的权力关系。在一定目标管理模式之下,教育和研究的各种活动都被分解为一系列的量化监控指标,在每一个具体环节和时点都在进行观测、统计、登记以及考核。

环视中国各高校,似乎所有学者和专家都在相当程度上被视作脑力工人,薪酬待遇大都与任务数值指标完成情况挂钩,基本上是实行某种计件工资制,甚至类似农村集体经济体制下的工分制。在现阶段,这样的做法或许是必要的、有效的,也符合学术共同体尚未成型、难以开展坦诚的和高水准的同行评价之类的国情。但不得不指出,如果这样的评估体系过于全面、严格以及长期存在,没有相当比例的非竞争性收入作为坐冷板凳专心向学的物质保障，同时也没有为实质性判断留出足够的回旋余地，就很有可能使那些不善于或者不屑于钻营指标的一部分真正的研究者日益边缘化，导致学术精神的枯萎。

在大多数高校的考核与评估中，期刊论文的重要度远远高于专著，理由是经过专业编辑筛选，特别是匿名评审之后录用的稿件比出版社相对自由发行的书籍在质量方面更有保障。为此对各种杂志也进行了分级排名，并确立一篇A类期刊论文折抵几篇B类、C类期刊论文之类的规则。这样做固然有其合理性。问题出在把这些标准绝对化，以及操作的机械化上。

由于存在详细的数量化指标可以逐一对号入座，人们不再考虑对论文和著作的内容是否有真知灼见进行实质性判断的必要性。在相当程度上可以说，是期刊编辑或者指标自动化测量系统在直接决定一个教授的研究成果评价、一个青年学者升迁荣辱的命运。这样的光景在绝大多数外国高校或者健全的学术界是不可想象的。虽然美国的大学也强调论文数、发表期刊的影响因子以及被他人引用的次数，但在人事评审之际，更重视的是同行对研究内容的实质性判断。例如哈佛大学采取的方式是设立特别委员会或常设委员会（通常由七人组成）对教授候选人进行长时间的调研和讨论。日本的大学则由三名以上的教授对候选人的研究和教学情况进行详细考察，分别提出实名书面审议报告，并在全体教授会议上进行讨论。

在中国的有些地方，一本大部头专著可能只被视同为两篇CSSCI论文，对在非SSCI类的海外（例如欧洲和日本）著名期刊连载的论文的评价甚至可能被贬低得不如某些非学术性权威报纸、杂志的短文，甚至某位行政长官的几个批字。对特定报刊文摘资料刊物上的转载进行加分和升级的规定也助长了各种非学术活动，甚至精巧的利己主义投机行为的积极性。

假如严格用这样一系列奇特的组合标准来逐个衡量，有些国际学界泰斗、诺贝尔奖得主恐怕也是无法过关的，甚至当不了当今中国的教授。例如囊括世界上所有数学大奖的俄罗斯天才孔采维奇（Maxim Kontsevich），没有本科毕业文凭，一些代表作只有预印本，证明米尔诺猜想的论文迄今为止只有网络版，仍未正式发表。又例如美国制度派经济学家科斯（Ronald H. Coase），仅凭两篇开创性论文获得诺贝尔经济学奖，毕生研究成果只有一本论文集。既然这样的人根本就无法在目前中国大学那种急功近利的氛围里生存下去，那么我们也就不难找到解答所谓"钱学森之问"的些许线索。

科研资助项目的有无和档次高低对高校教师职称晋升也具有决定性意义。站在大学的立场上看，竞争性资金的获得对于研究和教育的发展非常重要，当然要鼓励教师去争取，具体手段就是把获得科研项目数和金额作为考核和评估的指标，并通过与职称晋升挂钩的方式增强教师的内在动因。这样的做法倒也是无可厚非的。然而我们必须清醒地认识到，经费增加了并不等于教学和研究的质量就一定会相应地提高，尽管经费的重要度在不同学科间有些差异。如果片面地把科研项目作为评价指标并且过度强调经费规模，改进教学和科研这样的初衷和政府政策就有可能被扭曲，申请项目不知不觉地蜕变成获得资金的手段，并且不断刺激花钱的欲望，甚至引起大面积的学术腐败。结果很可能是资源投入更多了，成果产出却未必增加，创新更无从谈起。

近年来，为了创办世界一流大学、支持知识创新，政府加大了对教育和研究的资金投入，毫无疑问这是值得欢迎的动向。为了分配不断增加的经费，有关行政部门往往会增加各种开支理由，例如各类智库遍地开花，跟出版社联手建立的文库也蔚为大观，还有短期、中期以及长期的发展规划以及不同层次的申报和审批手续等，并通过预算诱导和制裁举措来驾驭大学、研究所以及出版社。各高校和院系也闻风而动，把为了花钱而增设的大量项目又转化成新的考核指标和排名榜，以增强教师和研究人员找钱的动机。如此循环反复，势必把好事办砸，形成一个越来越大的、自娱自乐的评估磁场，把大家都卷入某种围绕层出不穷的圈钱指标而进行的大竞赛，助长学界的浮躁。在这个过程中，实际上行政权力的活动范围在不断拓展，与教育部正在推动的加强大学自治性和院为实体的改革颇有南辕北辙之势。

四 高等教育的全球竞争时代与评价方式改革

互联网上的慕课平台，世界著名大学的中国校园，来自境外的招生广告，这一切都在警示我们：高等教育已经进入全球竞争时代，因而也就不得不面对国际学科排名榜的压力。这也意味着考核与评估本身是无从回避的。但是，我们不可能继续停留在国内语境里，重复现有的那些行政化色彩极其浓厚的指标游戏。这么说并不是要否定考核、评估、排名以及数量化指标管理。关键的问题在于怎样改进考评的主体、方式、标准，以及怎样确保教学和研究质量，从而真正推动内涵式发展。在相当程度上，这个问题也不妨转换成评估标准国际化之议。在国际社会，对大学的评价是否应该由政府来进行，是否应该跟预算分配直接联系起来，学者之间是存在很大争议的。例如荷兰大学协会的高教研究专家费洛伊恩斯汀（A. I. Vroeijenstijn）博士在1995年出版的关于高等教育评价和问责的专著中，特别强调基于大学自治原则进行考察和鉴定的意义，反对行政性排名。

在日本国立教育研究所担任过部门负责人的喜多村和之教授曾经对大学评估的构成因素进行分析。他把评估的目的分为组织或个人的自我诊断、功能的自我改善和提高、质量保证、资质认证、设置许可、检查鉴定、消费者（学生及家长）保护、入学选校、预算分配、资源有效利用、监督、问责、管制、政策评价、成果鉴定等等。评价的主体则分为第一者（包括院系、管理者、教职员在内的大学以及大学团体）、第二者（学生、家长、雇主、企业等）、第三者（标准认定机构、大学评估机构、资源分配机构、大众传媒、应试产业、信息产业）以及作为监督机关的政府等四种基本类型。评价的方式包括：合格认定、审批、特许、设置许可、成绩或绩效的测定、排名榜、区分等级及其他。从各国的实践来看，自我鉴定、匿名审查、第三者评估以及实地考察是进行大学评估的主要手段。评价的标准既有客观资料，也有专家的主观评分以及不同标准的组合。从上述因素可以了解到，大学评估的确是非常复杂而困难的作业，尽管力争采取客观的、多元的标准，但还是很难完全排除主观的价值判断。

为了防止考核与评估的异化，必须把数量化指标管理与大学的基本功能以及知识反馈机制密切结合起来。包括学术和科技在内的知识体系的形成和发展主要包括三个方面，即知识的发现和创造（研究）、知识的传授和继承（教育）以及知识的应用（社会服务）。在研究和教育这两个方面，从学术自由和大学自治的角度来看，第一者的自我检查和自我鉴定是非常重要的。对研究的质量保证而言，除了第一者评价外，第二者评价和第三者评价也都同样是不可或缺的。实际上，在各种指标的确立和考核过程中，研究最受重视，也相对比较容易测量。而对教育的质量，应该更多地侧重第二者评价（例如对学生进行关于每一课程及每位教师满意度的问卷调查，雇主或企业对就业学生的评判）。在这里，最根本的是大学三种基本功能的充实以及教育和研究的质量提升，考核和评估只是为了达到上述实质性目的之手段。决不能反过来，把各种指标的显示度作为大学管理的目的。

现阶段的中国高校，为了实现赶超型发展的宏愿，还是有必要对教师和研究者进行考核、对学科进行定期评估，并为此制订发展规划和任务指标体系的。即便从外部环境来看，这些做法也是可以理解的，很难轻言放弃。对于那些能够达到乃至超过任务指标的人，当然应该给予适当的评价和奖励。但是，如果数量化管理完全采取"一刀切"的方式，在指标设定上缺乏关于大学评价理论和方法的周密考量，那就会出现事与愿违、有名无实的结果，压抑研究和教育的生机和创新力。

最理想的教师和研究者应该充分兼顾形式要件和实质要件，但这样全面的人才毕竟为数不多，真正有学术卓识而又完全达到所有指标要求的可谓凤毛麟角。一些独具洞察力的杰出学者往往个性也非常强，与高度行政化的各种指标很难吻合，如果拘泥一格、求全责备就势必扼杀不少潜在的天才。因此要网开一面，通过加强学术批评、同行审查、承认代表作的价值、容许理由正当的破格等方式，为那些有真知灼见和不可替代性的人物留下实质判断的机会。曾记否，蔡元培和陈独秀聘任并未受过系统教育却有宗教和哲学造诣的梁漱溟到北京大学持教，吴宓和梁启超力荐才华横溢却不满足形式要件的陈寅恪就职清华大学国学研究院导师，但愿这类慧眼识人的佳话不至于成为民国时代之后的绝响。

另外，在目前的大学薪酬体系中，固化收入比重太小，竞争性、时效性的津贴部分比重过大，不利于安心做学问。在国外大学，教师的定额月薪或年薪就足以维持中等偏上的体面生活，每年还发放没有竞争性的书籍购买经费、参加学术会议的差旅费及其他研究资金，尽管金额不大，都是平均分配的。科研项目资助以及竞争性资金纯粹是为研究需要而申请，而不必伴随着其他短期利益的计算。即使没有这些经费来源，一个学者（尤其在文科领域）也可以毫无障碍地从事日常研究和教学。我们也应该适当提高非竞争性收入和经费的额度，否则宁静、纯洁、高雅的学术氛围就难以形成和维持。

如果固定月薪的金额本身不足以维持生活和工作所需，必须另外争取大量竞争性项目经费和奖励资金，而这些资源本身的规模很有限，评审的行政性质很强，并且与任务指标挂钩和伴随着额度不小的配套资金或奖励金，那就不难想象人们的行为方式会围绕这样的资源分配过程发生何种变化。在压力和诱惑之下，寻租、贿买、交易、回扣、徇私等各种现象势必防不胜防，其结果只能是"逼良为娼"、斯文扫地。在这样的氛围里，数量化指标管理越严格、竞争越激烈，学术的环境污染也就越严重，那些卓越的、清高的或者钻牛角尖的教师和研究者就会面临越来越多的困惑、尴尬、窘迫。换句话说，在这种游戏规则下的驱动力越大，恐怕离建设世界一流大学的既定目标反倒越远。

（2014年6月20日定稿，
载《清华大学学报》［哲学社会科学版］2014年第5期）

创新需要批判思维和更宽松的研究环境
——点评钱颖一《大学的改革》

我初识钱颖一教授是1992年之春,在斯坦福大学,通过北京大学校友王友琴教授介绍。当时他到经济系任教将近两年,学术成就颇引人瞩目,而我在日本神户大学法学院任教不久后到斯坦福的法学院做一年的访问学者。我们再次相逢就要等到十几年之后了。由于清华大学公共管理学院获得国际著名学者青木昌彦教授和丰田财团的支持,在2005年秋成立了产业发展与环境研究中心,钱颖一教授就任理事,我受聘学术委员,从此我们几乎每年都要在理事会与学术委员会联席会议上见面。虽然听说过他作为清华大学经济管理学院的院长正在推动教育创新的试验,但一直不太了解具体情况,也没有机会向他求教。

不久前收到钱颖一教授的新著《大学的改革》,鸿篇巨制,九十万言,使我得知他关于中国教育制度改革的理念、思路、部署以及实践,很受启迪和鼓舞。这一皇皇大作上卷是学校篇,侧重大学的治理结构、学科布局以及教育方针；下卷是学院篇，反映了清华经管学院十年来变迁的不同侧面。在中国教育三十人论坛上，我也曾先后听到钱教授讲过从毕业生的"均值"与"方差"上反映出来的我国教育导向问题以及大学的内部治理与外部治理，这些观点在书中都有更详细、更周密的论述，可让人反复咀嚼品味。

一　从通识课到宽松的学术环境

利用假日我通读了《大学的改革》全书，对学校篇的一些重点章节还进行精读，获益良多。钱颖一教授提出的办学理念是"大学为学生"，主张学生教育应该优先于教授研究，可谓针砭时弊的中肯之论。记得我在2008年9月从日本到上海交通大学就任法学院院长时，部署和推行的第一项工作就是法学教育改革，随后被凝练为"三三制"法科特班的试行举措，起初也曾经遭到部分同事的质疑。因为在教育部和学校的评估指标体系中，研究容易测量，学术荣誉和人才计划的属人性还可以使相关教师终身受益，但教学却没有多少显示度，往往吃力不讨好，所以把重点转移到教育容易引起意见分歧。无论如何，大学必须坚持学生本位，注重人才培养的长期绩效而不是"短期功利主义"，在这一点上我是完全赞同钱教授意见的。

那么在人才培养方面，中国大学改弦易辙的关键是什么？钱颖一教授认为，关键在于学什么、怎样学以及为什么学这三个基本问题。他的思路是，要克服"短期功利主义"，必须重视普林斯顿高等研究院首任院长弗莱克斯纳指出的那种"无用知识的有用性"，也就是庄子所说的"无用之用"。正是这样的知识需要并且能够进一步激发学生的好奇心和思考力。好奇心是创新的驱动装置。历史也证明，只有在中国人对未知世界充满好奇心的时候，华夏文明才会活力四射、精彩纷呈，反之则会萎靡不振。好奇心的具体表现是有欲望、有能力提出好问题，并且具有丰富的想象力，即不断设想具有多种可能性的问题答案。思考力主要表现为独立思考和批判性思考的行为方式，特别是敢于和善于挑战已有的结论。

为此，钱颖一教授非常留意本科的课程设置和教学方法改革，尤其是借助通识课程来克服"死记硬背"和"大量做题"那样的应试教育对个性的压抑，对好奇心、想象力以及批判性思考的摧残。根据这样的宗旨，他提出了选择通识教育核心课程的三条原则，即能够改变思维方式和世界观的课程，而不是可以立竿见影的实用课程；必须以成熟学科为基础，能够兼顾体系性和深度；必须覆盖足够宽广的领域，而不能局限于很窄的话题甚至当下热点。根据这三条原则，管理类、法律类（法学理论除外）、工程类的课程以及系列讲座都不适合成为通识教育的内容，而应该把文学、历史、哲学、艺术、社会科学（包括经济学、政治学、社会学、心理学、正义理论等）、自然科学（包括物质科学和生命科学）列入核心课程的范围。

钱教授认为，杰出人才也好，创新人才也好，其实都不是在课堂里能够教出来的，而是要在充满书香、人文情怀以及自由学风的环境里"熏陶"出来。因此，教育制度改革应该换个角度来考虑人才培养问题，着力于创造一种有利于人才脱颖而出的环境。这种环境的主要特征是鼓励个性发展，承认学术自由和思想解放。是不是鼓励个性发展，有一个很简单的判断标准，即能否容忍怪才、偏才、异端、奇谈。如果硬要把学生放到同一个模子里去铸造，试图磨平人们的棱角，就无法伸展个性和多样性，也就不可能出现创新和卓越。学术有没有自由，思想受不受禁锢，也可以采取一个简单的判断标准来衡量，这就是能否容忍试行错误以及说些"不合时宜的话"。

二　综合性大学的治理结构与学科布局

要营造这样一种环境，就应该改变教育制度设计，对治理结构、行政机制以及人事系统进行重构。

钱颖一教授参照中国经济改革，特别是国有企业改革的经验，提出了中国大学刷新治理方式的十六字方针："办学自主，政校分开，教师治学，校长治校。"在他看来，办学自主并不意味着封闭式的"大学自治"，而构成"去行政化"的真正内涵。政校分开的制度化目标是形成社团法人治理结构，校董会既要拒绝行政主管部门的直接干预，也要防止被"内部人"控制。政府对大学的职责将转化为宏观的政策指导以及审计监督。教师治学的内容包括教学项目的设计、教师聘用和职称晋升的学术标准制定、捍卫学术自由等,但学科和院系的设置、教学和研究的资源配置等属于行政管理问题,不应由学术委员会来讨论。校长治校的优势是让决策摆脱既得利益格局的羁绊,关注长期合理性以及充分兼顾利益相关者各方的诉求。这些的确都是精辟之见。

从法学的角度来考虑大学的改革,依法治校原则当然也非常重要。根据我的理解,坚持法治、尊重高等院校章程的目的主要就是在保障办学自主权和学术自由的同时实现合法、合规;赋予大学以社团法人的独立地位,可以让大学在"去行政化"的同时承担起经营和自律的责任。而确立一个能兼顾自由和纪律、效率和公平的大学治理结构,关键在于妥善处理大学管理层、教授会以及学生这三者之间的权利义务关系。从管理层上看,决策主体(校董会)、校长以及监察机构的制度设计具有决定性意义。另外,如何在管理层与教授会以及学生及其家长之间达成适当的、精妙的均衡是治理结构设计的核心课题。

关于学科布局和学院设置,钱颖一教授提出了三层次结构的设想。第一层次是三大基础学科所在的学院,包括以数(学)、(物)理、化(学)、生(物)为主体的自然科学,以经(济)、政(治)、社(会)、心(理)为主体的社会科学,以文(学)、(历)史、哲(学)、艺(术)为主体的人文门类。第一层次各学科的水平是衡量综合性大学整体学术水平和声誉的最重要指标。第二层次是四大关键职业学院,即法学院、医学院、工学院和商学院,对社会的影响尤其深远而重大。这四大关键职业学院的水平是衡量综合性大学整体绩效和贡献,特别是科研水平和研究生培养水平的重要指标。第三层次是其他职业学院。这样的分析框架对于我们厘清问题状况、决定改革的优劣顺序是大有裨益的。

所有职业学院的教育质量都受制于所属大学的第一层次基础学科的水平，与此同时也要对接相关行业的需求，因而首先必须明确教育的目标和方法。钱颖一教授对经济管理学院的改革与发展提出了大量真知灼见，并进行了成功的改革实践。这些思路和经验对法学院也是很有参考价值的。在我看来，法学教育改革的基本方向应该是借助第一层次的通识教育课程和法学基础教育科目，再加上社会公益活动，加强职业认同感和基本素质的熏陶，加强对法律思维能力和批判理性的培养。另外，针对目前中国法学院校开设的必修课数量太多，而选修课数量较少且范围较窄的问题，有必要减少核心课程的数量，增设学科交叉课程（特别是法律相邻学科的课程）、综合应用课程以及知识前沿课程，并且重视围绕判例和问题的对话式教学方法的采用。

三　工科强校发展文科的路径

基于在上海交通大学和浙江大学的工作经验，我完全赞同钱颖一教授的如下判断："像清华大学这样的曾经以工科为主的院校要想建成一流的综合性大学，就必须建立一流的自然科学、社会科学和人文科学，别无选择。"但是，不得不承认，具有工科传统和工科思维优势的大学要发展基础学科，特别是人文和社会科学，的确面临很多困难和挑战。正如钱教授所正确指出的那样，人文社会科学的建设所需资金较少，而且主要用于师资聘用；但问题是在文科中选择优秀教师的难度比理工科中更大，因为判别标准较为主观，随机性很强。工科强校往往习惯于用数量化、刚性化的客观指标来衡量教师，这就很容易在不经意间造成人才结构的扭曲。另外，人文社会科学的发展虽然以个体为单位，但却更在乎整体的氛围，需要比理工科更为宽松、自由、灵动的学术环境。工科强校重视组织性、规格以及效率，或多或少会压抑有强烈个性、有鲜明特色的学者。再者，工科强校注重实业和实用，在考虑文科发展时也习惯于强调文科的有用性，甚至期待文科为理工科服务，这些都不利于"无用之用"的伸张。

固然，无论是文科还是理工科，学术真理的检验标准都是任何人按照同样的方法或程序，可以得出同样的观察结果。用法学的语言来说，就是"同案同判"。因而从事研究的人不能仅仅站在自己的立场上思考和论述，而必须站在普遍性的立场上，使自己的认识和表达对他者、对沟通活动都开放。但文科主要以人或者人际关系为研究对象，需要通过特定的文化背景、含义脉络以及历史演变过程来把握知识的内容。也就是说，人文社会科学领域中的真理以及相应的价值判断必须在研究者与研究对象以及其他主体之间的可变性关系中来把握，具有相当的不确定性或者不完全性。

由此可见，文科的学术活动不得不以存在复数的记述体系、复数的正确答案、复数的普遍性真理、复数的价值判断为前提，鼓励思想和意见之间的竞争，并反复探讨正当化论证的适当理由。实际上,文科研究的乐趣也恰好就在这样多层多样的话语空间以及沟通行为的开放性之中。文科研究的真谛可以被理解为在主观与主观互相碰撞和博弈过程中话语的因势利导,主要通过一系列批判思维、论证性对话、基于推理的沟通活动来达成共识。尤其是在法学界,几乎所有研究都与"善与权衡的技艺"相联系,因此相应的对话和沟通自始至终都包含价值的评判。因而在人文社会科学领域,必须承认不同记述和不同逻辑的并存以及各种各样的排列组合,还有必要适当为学术保留一些暧昧的、可辩驳的、非决定论的空间。

对于人文社会科学而言,学术的本质是发现或者邂逅未知对象,与之进行对话,进而通过实证和诠释不断推动话语体系的自我更新或者革命。通过与他者的交流而实现相互理解,在基于逻辑推理的反驳和商谈中进行知识创新,并通过对含义的解释达成共识。在这样的视野里,任何词汇、概念、命题、理论以及逻辑都不是绝对的,研究方法也更具有动态性,强调怀疑、反思以及批判。简而言之,什么都有,但并非有什么都行——这才是人文社会科学的创造性和竞争力的本质性条件。为此,文科的发展特别需要自由和宽容的环境。

从这个角度来解读《大学的改革》一书,我觉得钱颖一教授有两段话是特别振聋发聩的。他说:"中国自秦汉以后的文化传统强调服从权威、尊重师长,容易抑制独立思考。中国文化传统中也缺乏以实证和逻辑推理方式做分析性的论证。这些因素都不利于批判性思维的养成。"不言而喻,批判性思维是超越引进和模仿、自主进行原始创新的源泉,同时也是领导力的基础。所以他特别强调大学本科教育,主要是人文社会科学教育在陶冶批判性思维方面的重要性。他指出:"中国需要一批具有世界眼光、良好素养、知识渊博、胸怀远大、有世界影响力的领导者。如果我们今天再不进行大学本科教育的深刻改革,二十年后的中国将不会出现大批科技创新人才以及对中国和世界有影响力的领导者。"这样的"盛世危言"非常值得我们认真倾听和记取。

(2017年1月2日,刊载于《文汇报》2017年1月20日)

"本科法学核心课程案例百选"系列教材总序

法律秩序运作的基本模式有两种。一种是规则本位的,即成文法体系。另一种是法官本位的,即判例法体系。无论采取哪种模式,从法律面前人人平等的原则出发,实际上都会把同案同判作为司法公正的主要标准。这就势必最终导致尊重和援用既有判例的倾向。

当然,先例拘束力的强弱程度会因国度、文化传统的不同而有所不同。例如在英国,作为最高审判机构的贵族院以及上诉法院的先例曾经具有绝对的拘束力,较高审级的先例对下级的审判也具有绝对的拘束力。直到20世纪后半叶,英国法院才开始有权修正自己的先例,从而使得其对后续判决的拘束力有所缓和、削弱。同属判例法体系的美国虽然也奉行遵循先例原则,但在适用上却更有弹性,更注重通过审判进行规范创造和制度改革。而在采取成文法体系的欧陆各国,制度并没有明确法院援用判例的义务，下级法院也享有打破先例进行审判的自由，一切以抽象的法律条文为准绳。尽管如此，出于司法统一的考虑，参照既有判例来审理案件也成为欧陆各国审判机构的普遍现象。

一般而言，先例或者既有的判例是指在解决具体纠纷时就法律问题所做的具体判断，也就是由法庭给出的法律结论，或者由法院系统宣示的法律定理。为了确保判断的正当性，防止主观造成偏颇，判例除了陈述结论和定理外，还必须通过论证提供判决理由。为了确保判断的可问责性，防止心证过程黑箱化，在判决理由之外还往往会列举法官的补充意见、少数意见乃至反对意见。因而在研究判决时，我们应该区别判决理由与法官意见，但同时又有必要把这两个方面都纳入视野之中，以便更准确地理解判例的内容以及预测其后的判决。如果说同案同判是正义的主要诉求，那么通过判例的拘束力来预测判决进而促成司法统一就是题中应有之义。因此，判例也就自然而然在事实上获得了某种程度上的法源性。

判例具有因地制宜、因时制宜的灵活性，有利于在具体语境中权衡不同情节和利害进行法律适用，所以中国自古以来也颇重视以事例补充法律、以条例辅助法律的机制。在清代甚至还一度出现过轻律重例的倒置现象。在现代中国，自20世纪末叶开始，通过典型案例、参考案例、指导案例等形式和实践经验的累积，逐步形成了具有鲜明特色的以案例指导司法的制度。2010年11月26日，最高人民法院发布《关于案例指导工作的规定》，将近五年后又订立了该规定的实施细则，标志着指导性案例制度的正式确立和定型。现在推广的这种指导案例制度显然与法学界通常所说的先例或者判例不同,是最高人民法院从各地报送和推荐的实例中筛选出来并进行加工处理后,由审判委员会审定并发布的。这似乎是把韦伯式的"理想型"方法用到判例重构和汇编方面。

在中国的权威话语中,指导案例不是裁判根据,而只能作为判决理由;可以参照适用,却没有规范的拘束力。的确,指导案例也发挥统一司法尺度的作用,但主要体现为精选样板、加工判文所发挥的示范意义。与之形成对照和互补的,是由最高人民法院审判委员会制定并发布的司法解释。按照规定,法官应该在判决中援引相关的司法解释作为裁判根据,并把司法解释的适用情况作为法官人事考勤的一项指标。如果说司法解释是作为裁判根据的法律的细则化,那么指导案例就是判决理由的一般性参考框架,是在权衡不同事实、价值以及利害关系时适当增减调整的砝码。通过指导案例,法律推理的话语空间可以保持适当规模,权利和规范的创造活动也被限定在一定范围之内,这就会增加司法的协调度和精确度。

无论是先例、判例还是指导性案例,都是值得研究和推敲的,因为它们都浓缩了事实与规范以及结论三者之间的互动关系。透过它们还可以观察办案法官或者最高人民法院怎样按照一定要件对事实进行选择和建构,也可以找到解释、议论、沟通与法理之间的对应关系及其各种不同的组合方式。在这里,存在着规范形成和续造的动态,不断推陈出新又环环相扣,促成法律体系的进化。在这里,书本上的法律与实践中的法律互相交错融合，呈现出多层多样的状况，法律解释也会在特定的语境里发生微妙变化。由此可见，如果不对具体案件中的事实进行细致的观察和分析，就很难理解现行制度的运作，也很难对法律的解释和判断进行适当的评价。如果不深入探讨判例、案例，就很难正确把握权利义务关系的实际构成，也很难对法学理论进行反思和创新。在这个意义上，也不妨把判例理解为法律的一系列实验，是法学知识创新的重要渊源和取之不尽的素材。

由此可见，判例、案例的研究对于法学理论以及各种部门法的学习和知识创新具有非常重要的意义。无论是司法还是法学教育，进一步发展的关键在于采取切实手段尽早形成和完善判例研究和评释的机制。因为日常化的判例研究和评释很容易让违法审判以及制裁畸轻畸重的问题显露，可以大幅度减少对审判人员和案件进行监督的制度成本，并酿成司法者各自审慎行事的良好氛围。为了不使案例指导流于肤浅甚至流于形式，也必须使判例研究与大学等机构的学术活动和教育课程密切结合起来，把判例评释作为培养法科学生的基本内容，让他们的专业生涯从有深度的、规范化的判例研究起步。应该采取一些切实有效的措施鼓励研究生和青年学者发表判例的解说和批评，承认有关成果具备不逊于学术论文的价值，这样做下去对法学研究和司法实务的改观都会产生较深远的影响。

正是出于上述认识，上海交通大学凯原法学院高度重视和大力推动分学科或跨学科的判例研究会，在以"三三制"法科特班为抓手的课程设置改革和教学方法改革过程中也一直强调判例评释,并曾经策划编辑有关的课本和参考资料。很幸运的是,我们的努力以及从2015年底开始酝酿的关于不同专业领域"判例百选"系列的构想获得了高等教育出版社的欣赏和支持。感谢陈建华副社长、部门负责人姜洁和于明编辑等的鼎力支持,在2017年启动了与法学类权威教科书配套但又具有一定学术独立性的16本判例和案例系列教材的编写出版计划,由学科负责人担任各卷主编,从本院以及全国组织案例评释撰稿人。在执行总主编蒋红珍副院长的积极推动和精心协调下,法学判例和案例精选系列教材编辑委员会多次开会商讨,形成了基本统一的体例和模板,但又给各卷主编们留下一些自由裁量的空间。

通过各位主编和来自全国不同大学的撰稿者们的共同努力,现在这套判例和案例精选教材终于陆续付梓。借此机会,向参与这项工程的所有专家学者、提供行政支撑的凯原法学院教务办公室、我们的战略合作伙伴高教出版社及其责任编辑、慷慨提供研究资助的文宣基金表示由衷的感谢!但愿这套判例和案例精选教材对法学教育内容和形式的改进、法理研究的深入以及庭审指向的司法改革都有所裨益。

(2019年4月28日)

文科的学术范式创新与集群化

一 在理工科强校发展文科的重要意义

缺乏人文精神的大学很容易蜕变成专业知识和技术的培训基地。缺乏社会科学的大学不可能陶冶批判理性，因而也就不可能进行真正的创新。缺乏那种空灵的、思辨的人文社会科学氛围的大学则无从测量"心灵的深度"，难以形成卓越的气质。因此，文科的发展状况对于建设世界一流大学具有非常重要的意义。

一般而言，近代化、产业化以来的文科主要包括如下三个方面：(1) 人文艺术，例如语言、经典、哲学、文学、美术、音乐等等；(2) 基础性社会科学，例如历史学、政治学、经济学、社会学、人类学、心理学、地理学等等；(3) 应用性社会科学，例如法律学、经营学、管理学、教育学等等。在既有的理工科强校振兴文科，往往需要明确的战略部署乃至行政推动。众所周知，麻省理工学院（MIT）的思路是以自身的优势为杠杆——"文科的发展不能是漫无边际的，而要培植与工程、科学及数学直接相关的文科"。所以MIT特别注重文理交叉融合的跨学科平台建设，创立了探索信息技术潜力、促进数码人文发展的超级工作室（hyper studio），以深化政策科学研究为目标的贫困行动实验室（poverty action lab）。但是，清华大学的思路却有所不同，采取了尽量补短板的木桶学说——"一所综合性大学的整体发展水平受制于最短的木板"。于是乎，国学院、"清华简"应运而生，并且成效显著。

二　文科学术范式创新的基本方向和切入点

然而进入21世纪之后，在突飞猛进的科学技术的影响之下，人类社会的结构以及精神面貌正在不断发生剧烈的变化。通信技术、互联网、大数据、云计算、区块链、人工智能、基因工程、虚拟技术，造成了信息和实体的交错融合和数据驱动的经济，整个社会的智慧网络化正在引起生产方式、生活方式、思维方式以及治理方式的深刻革命。这就决定了人文社会科学必须进行范式创新，打破原有的学科分野，进一步促进文科与理工农医的交叉和融合。在这样的过程中产生的新文科并不是在原有的文科中添加一些新兴技术，而必须塑造一套新的价值观、世界观、人生观，并且推动实质性学科交叉、真正进行跨界协同的复合型研究，进而创设新的学术领域。在这个意义上也可以说，新文科的基本特征是问题导向的，为了解决问题而进行多学科、跨学科的密切合作以及对未来的创造性构想。因此，从方法论的角度来看，新文科强调的不再是功能分化，而是机制整合以及不同因素之间的串联和互动关系。因此，新文科势必会呈现出那种所谓卓越集群（excellent cluster）的形态，来自不同学院和学科的研究者为攻克重大问题而在一个多元框架下聚集、组合在一起进行打破既有樊篱的尝试和协作。

在新文科的视野里讨论上海交通大学的人文社会科学发展途径，我认为不妨在社会理工学领域寻找突破口和制高点。例如在理工科院系集结研究者团队与文科院系合作，采取实验、实证、模型、模拟、数理分析、数据驱动等方法，从社会系统工程和行为科学的角度研究价值、网络、管理、风险以及最优化决策。应该鼓励采取系统思考方法，在不同因素的相互关系和组合方式中发现、考察、认识、理解、分析、解决、评价各种社会问题，找出系统的最佳组成方式以及最有效率的运营方法和机制，建立包括博弈在内的不同模型并用以模拟、设计、管理、预测以及优化。应该鼓励借助神经认知科学方法（neurocognitive approaches）从事行动经济学、行动政治学、行为法学的研究和教育。还应该促进以"巧用技术的技术"为特征的经营工程学的成立，并注重科技和企业经营的ELSA（ethical, legal and social aspects）问题的探讨。为此，有必要建立若干个校级文理交叉融合的跨院系卓越集群，海洋、健康、人工智能、城市治理就是很适当的切入口和平台。城市治理应该侧重对未来城市模型的多学科协同研究，侧重对老龄化社会的生命伦理、生命科学、医疗护理、年金、生活质量（QOL）、可持续发展、循环型社会等各种综合性问题以及能源和粮食危机的解决。

三　新文科驱动的两轮：大数据与人工智能

物联网形成大数据，各类数据挖掘和分析工具的发达和普及，使文理交融的科学研究正在转向数据密集型的"第四范式"，引起计算社会科学的勃兴。所谓计算社会科学，是在计算机科学、认知科学、社会网络分析、数据分析、多媒体技术、区块链技术、机器学习、复杂性建模、模型识别、社会仿真实验等新兴方法支撑下开展社会现象研究和行为识别而形成的新型跨学科领域。海量数据、数据全集乃至完全数据的采用，基于大数据的决策支持系统的形成，给社会科学研究开拓了空前广阔的发展空间。人们将更多地通过数据来发现和认识问题，通过解读和分析数据包含的信息来做出判断。如果说数据是还没有进行评价的素材，那么信息就是在特定场景里进行评价后给选择和决策提供的参考资料。信息的普遍化形态就是知识。人文社会科学特别关注的是采取名义尺度、排序尺度、间隔尺度、比率尺度等进行编码的数据，因为这样的数据可以为判断和决定提供更充分的信息，有利于系统思考方法以及社会系统工程学的发展。

庞大而复杂的数据处理、分析、应用必须借助人工智能。在这里，数据的规模和质量与人工智能存在非常显著的正比例关系：大数据越多、越好，行为履历和数字化档案就越丰富，因而人工智能的预测能力也就越强，人工智能的应用范围也就越广阔。由于我国的体制机制有利于大数据的收集和利用，人工智能的发展理所当然具有非常突出的比较优势。这也注定了人文社会科学必然受到人工智能更深刻的影响，特别是算法黑箱化与问责原则之间的冲突，并且不得不正视人工智能应用方面效率、理性、公平、人道等不同价值取向之间的关系。从文科与理工科交叉融合的视角来看，协同研究的主要目标是追求"可说明的（explainable）人工智能（EAI）""可信赖的（trustworthy）人工智能（TAI）"以及避免"算法独裁"（algocracy）（约翰·达纳赫的表述）。但是，自然形成的数字鸿沟势必带来政治上的代表性偏差，巨大的电商平台势必改变经济上的市场竞争机制，遗传信息的利用很可能复活血缘和身份的社会定位机制，对带有偏误的既有数据进行机器学习很可能导致算法歧视、系统偏误的维持以及网络人的阶层固化。另外，在法治层面，人工智能作为规则嵌入系统可以实现一种貌似非强制的行为控制和社会控制；以深度学习和智能网络化为背景，原则上的人对自动决定过程的监督和介入也不得不以人工智能来替代，最终出现以人工智能监控人工智能的叠床架屋事态乃至人类失控。

四 透过区块链和网络来思考价值取向问题

上述这一切都意味着，大数据和人工智能的普及将很有可能在相当程度上改变近代化以来人文社会科学的理论前提、价值取向以及研究方法，改变社会的生活方式和制度设计。鉴于智能网络化的现实，为了坚持以人为本的精神，2018年实施的欧盟《通用数据保护条例》承认个人享有对基于大数据的人工智能档案提出异议的权利，规定如果数据管理者不能出示充分的正当性根据和履行说明义务，就必须中止电脑系统的处理。这个欧盟规范还承认，数据主体有权不服从那种仅仅根据人工智能而自动化做出的决定，并明确指出，数据管理者不得通过假装有人介入和监控的方式来规避这项"人工智能时代的抵抗权"。但在另一方面，鉴于强大的隐私权会分割数据－虚拟空间、限制人工智能的发展，探索与人工智能时代相适应的宪法观的主张也迟早会被提上政治议事日程。具有经济价值甚至被视为通货的数据应该私有还是公有也会成为法学的重大争论点。在这种场合，个体尊严、隐私权、选择自由以及民主参与机会也许需要通过区块链技术来实现和保障。也就是说，我们可以用区块链技术来制衡智能技术，捍卫近代人文社会科学的基本精神。此外，在机器人的功能与人类能力相匹敌时，在人机混合状态日益普遍化直到越过某个临界点（例如复制人出现）时，在人工智能开始具有一定程度的自我意识乃至精神作用（特别是高仿真智能人出现）时，机器人的法律人格和人权的讨论也将带有现实意义。

"互联网＋"导致全球网络化。5G移动通信系统进一步促进了万物互联互通和网络的智能化。从20世纪90年代开始，以社会学通过米尔格拉姆（Stanley Milgram）的实验发现"小世界现象"(small world phenomena)为契机,诞生了网络科学(science of network),过去难以描述和解释的一些物理现象、化学反应、物种谱系、脑神经结构、传染病扩散途径、社会组织原理等都可以通过网络这个共同概念来理解和研究。社会网络分析成为新文科的重要领域之一。网络是互相联结的节点的集合物,并使社会关系的位置具有不同的距离。每个节点既是结网的中心点,也是网络结构的转换点,后者的本质是注重节点在整体结构中的功能。因此,决定节点动向的逻辑与其说是命令毋宁说是协调;网络只要能不断产生新的节点和相应的联结,就构成动态的开放结构。从法学的角度来看,网络意味着契约关系、通过沟通达成共识的结合方式以及交易的组织化方式;网络具有双向性或者双务性,势必助长关于主观间性的思维方式;网络会导致边界模糊,因而也具有无序化的风险。一般而言,网络的本质是跨界和复杂性。因此,从网络的角度来看,在文理交融基础上形成的新文科不可能是冷冰冰的机械论或决定论的,相反要从非线性、能动性、创造性的视角来认识自然界,在奇特现象和演变趋势的层面把握客观规律,拒绝那种单纯系统的分析方法和还原主义立场。

五 新文科复合型人才培养模式的探索

从新文科人才培养的角度来看,有必要开发适合中国条件的博雅教育模式和通识课程设置,现阶段的授课内容不妨以信息沟通技术(ICT)为特色,并且推动数字人文的发展。为了适应文理交叉融合、进行复合型研究以及创建新学科的需要，还可以考虑进行教学体制改革，在研究生阶段培养文科与理工科双学位的学术型人才。当务之急是扩大选修课的数量和履修自由度，尽量开设跨学科和多学科性质的选修课，拓展学生的视野和越界能力。政策科学类的选修课以及解决问题工作坊也有助于提高学生的洞察力、表达力以及操作技能。应该把研讨班（演习班）制度正式导入文科教育现场，普及对话式教学方法。还应鼓励学生自由组成读书小组和兴趣小组，最大限度地包容不同的知识组合方式。

最后顺便说明一下，上述主要观点其实在2012年8月30日召开的上海交通大学文科发展暑期务虚会上已经口头报告过，今天根据新文科概念来重新审视，所说内容似乎并无过时之感，有些主张还颇有中肯的预见。当然，鉴于大数据、人工智能、区块链、网络科学突飞猛进的现状，我对原先的个人意见还是做了不少修改和补充，感觉思路变得更加清晰了，重点更加突出了，建设的举措也更有针对性。应邀参加思源湖畔笔谈，坦率陈述一些不成熟的看法，目的是抛砖引玉，就教于大方之家，尚祈读者诸贤不吝赐教。

（2012年8月30日初稿在上海交通大学文科发展暑期务虚会上口头报告，2019年12月25日改定。刊载于《上海交通大学学报》［哲学社会科学版］第28卷第1期）

第三辑
书斋内外的风景

近代国家的原型：
罗马—梵蒂冈—佛罗伦萨寻踪记

一 一次设定了具体目标的游览

　　2007年法社会学世界大会结束后，我于7月29日的清晨搭乘AZ423航班离开柏林。碰巧有位正在美国自费留学的与会四川法官的回程航班几乎同时起飞，我们相约在候机大厅里会合并闲聊了一阵。这位聪明的小伙子似乎更喜欢海外的校园生活，有点"乐不思蜀"的样子。在法官地位崇高的欧美社会，像他这样"走回头路，吃二茬苦"的事情肯定让人感到不可思议。但我到法院做过调查，知道基层司法的生态环境，理解他的苦闷和选择。

　　我的航班在10点半准时抵达罗马的达·芬奇机场。落地后听到的第一句意大利话是寒暄用语"巧"（Ciao＝喂，好吗）。出了机场大门就换乘列车进城。在站台等候下趟车次时，一个拉丁族裔、愤青打扮的小伙子从旁边走过。突然发现他身上有刺青，朝向我的那条臂膀上刻着阴阳太极图和汉字"少林拳"。忍不住一乐：呵呵，愤青的刺青，从此东风西渐了。

就在这个瞬间，有个印度人走上前来跟我凑"巧"了："喂，是中国人吗？"我看了看自己手里摇动的沪产大折扇，一面是竹叶兰草的水墨写意，另一面是郑板桥的行书题词"难得糊涂"，点头承认了，并反问一句他来罗马有何贵干。回答是会朋友、做生意，听说在罗马也活跃着很多中国人。又忍不住一乐：印度商帮和中国商帮，自古以来就是欢喜冤家呀。真如谚语所说的那样——"条条道路通罗马""不是冤家不碰头"。世界上最富于贸易才干的两大人际关系网络，转过去，绕回来，几经纵横捭阖，又一次在这里会师了。全球化的格局，今后莫非真的要向唐竺时代回归？换句话说，世界经济的未来还是得由中国和印度这两个亚洲大国来牵引？

我预约的酒店在列车中心站附近，很快就办完了住宿手续。会议期间的柏林很凉爽，晚上有风，特别是碰到阴雨天时，还得加件外套甚至毛衣。但在南国的罗马，气候与北京差不多，7月底很炎热。由于正午时分烈日当空，所以在酒店淋浴更衣后，先到附近找一家餐厅坐下来，要了一杯冰镇啤酒、一份拼合沙拉、一盘肉末西红柿酱通心粉，独自悠闲地用餐。等暑气稍微减退些才结账离开。

这次顺道访问意大利，除观光外，还想采取蜻蜓点水的方式实地考察一下作为近代国家秩序原型的历史遗迹，感悟一下那些被称为"统治技艺的天才"的古罗马人的制度创意。所以与此前到欧美诸国访问之际的临机应变或漫游不同,事先特意查找资料确定了三大看点:(1)从古罗马政治到现代意大利实现统一的权力结构以及罗马法精神;(2)在罗马从和平共处的多神教转向基督教化一神教之后出现的以梵蒂冈教廷为顶点的普遍教会组织;(3)佛罗伦萨市民社会的自由与文艺复兴运动。正好对应于社会系统的三大媒介物,即权力、信仰以及市场。跟这些目标没有什么关系的名胜古迹大都暂时割爱了。

二 公共空间里的象征性互动

罗马的历史不妨从公元前6世纪共和国奠基时算起。到西汉王昭君含怨出塞时,那里的共和制开始转为帝制,罗马的建筑材料也开始弃砖瓦而改用大理石。当晋朝高僧慧远在庐山东林寺组织白莲社之际,罗马突入"三国演义时代"——分为东、西罗马两帝国以及罗马教会。在宋太祖赵匡胤"杯酒释兵权"与山西镇国寺万佛殿竣工的那两年间,神圣罗马帝国就宣告成立了,并且虚虚实实地一直延续到19世纪。

另外,继罗马三神殿在各殖民地普及之后,梵蒂冈教廷始终维持着一个宗教上的"永恒罗马"君临全球信徒。俄罗斯东正教还在莫斯科缔造了"第三罗马"。更重要的是,近代民族国家体制的建立以及法律秩序的近代化,基本上都是以文艺复兴后对罗马法的继承、接受或移植为主要内容的。

由此可见,罗马对西方文明的影响是何等深刻和悠久。难怪大文豪歌德在第一次访问罗马时也难抑激动心情，吐露出"我终于到达世界的首都"这样的不慎真言——须知他还身居魏玛公国宰相之位呢。就像要为同胞歌德的兴来之笔做解释似的，法学家鲁道夫·冯·耶林其后郑重其事地宣称罗马曾经三次统一过全世界：第一次以国家权力，第二次以教会权力，第三次则是前面已经提到的罗马法继受。他们都深知德国的落后，需要向罗马全面学习并在此基础上图谋发展。当然，他们都不可能预见一百几十年之后会出现狂人希特勒，罔顾"罗马成城，非一日之功也"的古训，企图仅凭军事力量立马让柏林取代罗马变成新的"世界首都"。

我在抵达罗马的当天下午两点钟左右用完午餐后，立即乘坐第40路巴士到这座城市的中枢区域——威尼斯广场。歌德在他的《意大利纪行》中曾经把威尼斯表述为"海狸共和国"，是个一语双关的巧妙隐喻。海狸，总是在水上漂行和生息的哺乳动物，小巧玲珑却很能吃苦耐劳。它们经常口衔树枝、木片、石块游泳，一碰到适当的地方就立即筑坝搭窝，乐此不疲。在大诗人看来，海狸忙来忙去的身姿，就像在运河边以及大海上勤勉地筑城、航运以及不断修补被潮水破坏的房屋基座的那些威尼斯人。但是，海狸们殚精竭虑建立和维持的威尼斯共和国，却在1797年被拿破仑的军队攻陷，从此消亡了。这个号称威尼斯的广场，似乎含有追忆故国往事的情思，因而也就充满了勤勉智慧与征服蛮勇之间的张力。

到站下车后，首先映入眼帘的是白垩岩砌成的新古典式宏伟建筑意大利统一纪念堂，简称"维托里奥"。整体设计洗练、严谨，以崇峻取胜，各种构成部分的方圆虚实布局、横竖线条以及弧形排列的圆柱都很优雅，塑像和雕饰也都精致而奢华。统一纪念堂虽然正式冠名"维托里奥·埃马努埃莱二世纪念堂"，但强调的两大基本主题却是爱国主义的胜利和劳动人民的胜利。

与此形成鲜明对比的是纪念堂大门正对着的那栋碉堡般的红楼。主体建筑只有三层，加上塔楼部分是六层，除第二层之外，所有的窗户都小而稀，显得比较低矮、简朴、封闭。红色碉堡号称"威尼斯宫殿"，有点名不副实，与"海狸共和国"的形象相去更远，除非从共和主义者对抗帝国体制压力的坚固堡垒这一象征性意义上来理解。这么说倒也不全是臆断，因为它本来是威尼斯共和国驻罗马大使馆。但更广为人知的是，这座独特的楼房在第二次世界大战期间曾经被墨索里尼作为办公场所，共和的堡垒反倒变成了新帝国的堡垒。那位不乏农民的朴质和人情味的"柔性法西斯主义"独裁者，很喜欢在这里与最忠贞不渝的情妇珂拉蕾塔幽会，更喜欢站在碉楼的第二层阳台上向聚集在广场、情绪高昂的大众发表讲演，博得一浪高过一浪的欢呼声。

在威尼斯广场，一边是国家统一的欢欣和通过勤劳实现复兴的理想的象征，另一边是军事独裁政权从出征到战败的耻辱的标志，怎能不充满对峙的张力？一白一红，一高一低，一开放一封闭，这两座具有纪念意义的建筑物之间的地理距离极近，但在审美心理上却有霄壤之隔。这么巨大的历史水位落差不断地给人视觉冲击，或许也可以让游人产生出反思和惕悟的动能？

但我更感兴趣的则是体现国家的制度设计和充满了关于规范秩序的象征性符号的古罗马广场遗址。为了尽快到那里去,我绕到统一纪念堂右侧,在英姿勃发的人物雕像之间拾级而上。顶端豁然开阔,是米开朗琪罗设计的宏伟瑰丽的首都广场。在古代罗马,这里曾经是祭祀最高神丘比特的庙宇,也是在公元前387年与凯尔特入侵者展开殊死决战的最后堡垒的所在地。正殿为罗马市政厅,自15世纪起与两厢的配殿合成世界最初的美术馆。转到市政厅后面,经过表现罗马建国传说的母狼哺乳雕像后顺着捷径的台阶下坡,就看到壮观的历史画卷逐一展开了。

三 在历史废墟上探索权力合理化的思路

在入口处,面对东南方向,右手边是比邻矗立的金融机构和商业交易中心的列柱以及最高政治机关元老院的残垣断壁,象征着国家权力与经济实力(特别是对广域通货和信贷的控制)之间的密切关联。中间那座宏伟精致的浮雕石牌坊是在公元203年建立的、保存状态很好的塞维鲁凯旋门(Arco di Settimio Severo)。左边就是当时最权威的法律专家、自然法哲学的创始人西塞罗曾经发表过雄辩的讲坛(Rostri)——这个称呼的原意是破浪引航的船首,隐喻着思想指针、意见领袖。似乎在古罗马,法学者与公共知识分子往往一身二任。这座高级讲坛离集市和娱乐场所不远,任何市民都可以随意来倾听演说和参与议论,实际活动的情形可能更像当代英国的海德公园。在那个时代,统治精英与草根阶层之间是存在活泼的沟通渠道的，并非"堂上一呼，阶下百诺"的关系。

紧挨着的废墟被认为是最重要的祭祀农业神的殿堂，每年12月在这里举行仪式时，人们都要互赠礼物（后来演化为圣诞节），甚至连奴隶也可以获得与主人同等的待遇，稍有失礼之处也不以为忤——显而易见，古代罗马人虽然阳刚宣武，却同时也很能怀柔崇文，很懂得一张一弛之道。

再往前走一段路，在左侧稍远处，留存着一座非常宏伟的楼房——公会堂的遗址，这是当年审理诉讼案件的法庭。据罗马法研究者介绍，从共和制时代开始，审理刑事案件，大都由随机抽选的五六十名陪审员做出判决，有时甚至让市民集会进行公判，颇带那么一点"疑狱泛与众议之"以及"群众专政"的味道。但民事案件都是由两造同意的一个审判员做出判决，以求高效解纷、即时救济。到了帝制时代，审判权逐步专门化、职业化，由国家权力垄断，并且越来越具备形式合理性。无论是共和制还是帝制时期，审判者都要到神殿宣誓，也容许人们自由旁听。从遗址看到的公会堂与自由辩论的讲坛之间的距离是这么近，那么当时舆论对司法的影响如何？后来，罗马法中的程序正义、形式理性以及精密技术的优势又是因为什么契机、如何确立的？这实在是些令人饶有兴趣的问题。

我沿着中央的神圣大道往角斗场方向行走，在炫目的阳光照耀下有时会产生幻觉，似乎能从对面的游客群里隐约看到凯旋的罗马士兵和欢呼的群众队伍迎面走来，很多人还戴着闪亮的金属面具。据统计，罗马帝国时代曾经举办过320次凯旋仪式，人们都是以丘比特神殿为目标在这条中央繁华路上游行。我现在的走向相反，是背对崇高，面对世俗以及带有血腥气的大众狂欢场所。

就在我走出一片橄榄树和夹竹桃的树林、能清楚地看到现存最古老的石雕牌坊提图斯凯旋门（Arco di Tito）以及圆形角斗场的一刹那，几个背着大包裹的汉子飞奔着擦身而过。在附近的游客都还来不及反应时，他们立即分别消失在废墟的沟壑壁垒里，去踪不明。紧接着警车呼啸前来，在汽车通行道终点停住，跳下几个警察，东张西望后站在那里束手无策。显然，刚发生一起团伙抢劫案，在光天化日之下，离作为埃及女王的绝代佳人克莱奥帕特拉与恺撒谈情说爱的地方不远……

在角斗场的附近，没想到又碰到那位印度人了。他要利用抵达后的半天闲暇参观主要名胜，所以打声招呼就分手了。有几个露天货摊出售饮料食物，我去点了个自选"三合一"冰激凌消暑，这时才留意到附近还站着一个摆地摊卖手工艺品的中国小贩，彼此微笑问好。等依序排队轮到我走进角斗场时，太阳已经快要落山了。斜射的夕晖拉长了、加深了门洞、窗眼、回廊、围墙、拱顶、圆柱、台阶以及石缝间长出来的荒草的阴影，变幻的明暗对比不仅凸显了建筑物的立体感，也进一步渲染了怀古的苍凉气氛。

角斗场能容纳九万观众，与北京奥运会主会场"鸟巢"的规模大致相当。只是那时的观台分为不同等级，寓秩序教化于娱乐之中。赛台是活动的，设有地下室和乐池以及变换场面的机关。

我在观台和赛台之间上上下下，绕行了一圈，不断咀嚼着拜伦的诗句：

> 只要有角斗场，罗马就会存在。
> 在角斗场崩溃的时候，罗马也就随之垮台。
> 如果罗马衰亡了，世界也将趋于颓败。

虽然遣词用语很夸张，但的确意味深长。

在古罗马，市民的余暇其实或多或少也是有组织性的，以收揽人心、维持士气、加强社会凝聚力。其中最重要的形式除了到奢华的公共浴场放松身心外，就是晚宴后到角斗场观看剑术竞技、战车较量、人与猛兽的厮杀，寻求感官刺激。营造和维持角斗场的费用主要由富豪、高官以及名士的捐款充填，所以地点离著名的富人小区帕拉提诺丘陵、埃斯奎里诺丘陵以及类似四合院布局的独立府邸（多姆斯）群落（例如奥雷阿府邸）不远。即使贫民也享有"吃面包、看马戏"的福利资格，在齐声欢呼中发泄日常生活中的不满，同时也在对文艺活动捐款人喝彩致谢时溶解阶级之间的隔膜。每次赛事都由执政官亲自宣布开幕，并以投掷被称为"马帕"的布帛为信号。可见在那里，角斗"乃经国之大业，不朽之盛事"。

娱乐和游戏里有政治，对这一点墨索里尼也是心领神会的。他的那个所谓"柔性法西斯主义"，最大的特点就是政府重视民众的余暇生活。在一定意义上，美国举国上下对橄榄球场和棒球场的热衷，日本声势浩大的春秋相扑比赛、高中棒球队夏季甲子园联赛以及职业棒球循环大赛，中国农村各地流行的端午划龙舟激烈竞争，或多或少也都发挥着类似的功能。

四 价值的软实力以及宗教的组织化功能

7月31日清晨，在游人稀疏的时刻，我来到梵蒂冈教廷的圣彼得广场。沿着284根多利亚式圆柱和140座天主教圣人雕像撑起的回廊漫步一周后，迈进圣彼得大教堂的正殿。明媚的旭日光芒从穿窿天顶的圆洞里倾泻下来，把祭坛和各礼拜堂门口装饰的教皇徽章——峨冠和通往天堂的钥匙——映照得辉煌夺目，而在阴翳里一切则显得更加庄严肃穆。不知为什么，这时我的耳畔突然产生幻听，似乎飘来了"文化大革命"期间的一首流行歌曲的声音："一把钥匙打开了千把锁呀，心中升起了红太阳啊……"

所有的墙壁都装饰华丽，并悬挂着巨幅油画。我首先要寻找和欣赏的是米开朗琪罗的青年时代杰作《教殇》(*Pietà*)。这一美术精品表现的是圣母马利亚抱着基督尸体恸哭的场景，整个画面笼罩着某种能够化悲痛为力量的神奇氛围。简直不能想象，一个二十来岁的艺术家竟能把人类的本质情感和为信仰而牺牲的英雄主义精神表现得如此深刻、如此精彩！看来歌德对天主教权威和盛典的腹诽——"请不要遮盖高深艺术和纯洁人性的太阳"——不无某种过于情绪化的成分，虽然他的警诫还是很有道理的。

不言而喻，最惊心动魄、让我盘桓良久的还是在西斯廷教堂的内殿、举行教皇选举的公共礼拜堂正面墙壁上的蓝灰色基调的《最后的审判》以及穹窿天盖上的《创世记》故事组图。以六年时间精心琢磨描绘,米开朗琪罗的鬼斧神工在这一组壁画里发挥到顶点。尤其是"原罪和逐出乐园""洪水中的诺亚方舟"以及"在地狱入口处的挣扎和逃避"等部分,气势磅礴,构图和设色都极其精妙,的确无愧"可视化的《神曲》"之誉。而"德尔斐的巫女"却色彩华丽,人物的形态表情充满了人情味和青春活力,与其他部分的庄重威严形成鲜明的对照。

圣彼得大教堂里面有一个礼拜厅正在举行讲经活动。门口的警卫人员戒备的目光四处扫射,严禁摄影和喧哗。某位年高德劭的高级圣职者在侍从轻声吆喝开路和先导下经过,大家都肃静、回避、行注目礼。我发现,大教堂里几乎所有的神父都身材伟岸、气质高贵、举止端庄,让普通的人们望而生敬,仿佛都通过了经院考试和仪表选拔赛,只有德、才、貌三好的胜出者才能在这里获得任职资格似的。

在左侧通往宝物馆的小厅里,有一面大理石墙壁,镌刻着历代教皇的姓名和在位期间,右下方留有一些空白处,可以补充"今上教皇"以后的谱系变迁。这让我联想起2003年初春在曲阜孔林看到的历代素王嫡传谱系图石碑,下方也留有将来继续镌刻的余地。不同的是,教皇是通过选举程序从各国德高望重有才能成就的候选人中产生,而咱们的衍圣公是世袭的,正当化的决定性根据只是血缘关系上的嫡长子,防止超凡魅力递减和不肖子孙出现的手段主要是"有教无类"的信念以及礼乐陶冶。

途经瑞士兵站岗的哨位,从这个世界上最小国家的邮局寄出明信片后,我走到埃及方尖塔和喷泉托盘柱前停留片刻。随即沿着教皇书斋和梵蒂冈宫殿的墙根排队去参观了梵蒂冈美术馆。尽管曾经去过伦敦的大英博物馆、纽约的大都会博物馆、巴黎的卢浮宫、维也纳的艺术史博物馆以及柏林的佩加蒙门博物馆等巨型宝库,但还是为历代教皇收集的艺术品的规模和质量感到惊叹不已。

在这里,令我印象很深刻的是希腊和罗马的各种形式和风格的雕塑。其中表现被巨蛇缠咬的拉奥孔及其孩子的那种痛苦挣扎的姿势和表情的群像最令人难忘。该作品创作于仿希腊人文主义时代的晚期,自古就闻名遐迩,实物在1506年从黄金宫殿室内被重新发现后,引起了很大的轰动。正如18世纪名著《古代艺术史》的作者温克尔曼所说:"那真是艺术的惊人杰作,最大的痛苦产生了最高的美感。"

另外,按照那个很得毕加索推崇的文艺复兴时期美术家拉斐尔的画稿而编织刺绣的十面教皇壁毯,陈列在光线幽暗的展室里。远望似乎不足为奇,但就近仔细欣赏会发现的确是巧夺天工,与杭州织锦、苏州刺绣可有一比。在能充分展示宗教美术流变和极致的绘画馆珍藏里,更吸引我的倒是拉斐尔特别展室里的名画《雅典学院》,把教育和研究的尊严、品位以及一个民族的哲学思维成就对文明进步的重要价值表达得淋漓尽致。埃及的考古发现和艺术遗产我已经看过不少,但这里许多石雕和器物的形状、风格、图案非常特殊而神奇,与一般印象很有些差异,显然都是罕见的极品。

下午从梵蒂冈博物馆出来后,我转往圣天使堡。途经"中华民国驻教廷大使馆"门牌,想起民国时期著名法学家吴经熊先生也曾在20世纪40年代驻节此地担任公使,并以翻译《圣经》来安身立命,不免生出一番感慨。圣天使堡这座古城的外形很像碉堡,曾经是教皇居所,也被用作监狱和抵抗敌对势力的壁垒。在这里,可以看到天主教会组织的另一侧面,令人记起中世纪的黑暗。我去的时候,正在举办历代教皇个人用品展览,有些饰物的工艺精美到令人难以置信的程度。

离圣天使堡不远有一座建筑物极其气派,是我在罗马看到的除意大利统一纪念堂和梵蒂冈教廷之外最宏伟庄严的华厦。一查地图,果然不出所料,这就是意大利最高法院。于是,那幅绘画杰作《最后的审判》所展示的审判者决断的神圣色彩和执行制裁的威严气氛又在我眼前浮现,使理想与现实制度、信仰与规范秩序之间的界限变得有些模糊了。

五 营利、奉公以及慈善志愿者精神

佛罗伦萨(旧译翡冷翠),文艺复兴的发祥地,也是我向往已久的城市。7月30日清晨,我乘上快速列车,在10点半左右抵达"花都"S. M. N.车站。由于是星期一,乌菲齐美术馆及其他主要博物馆都关门谢客,令人颇遗憾。但这倒让我有时间在这座小古城里转悠,寻找市民社会、世俗生活以及文艺事业的特征。

首先参观的是美第奇家世世代代的菩提寺——圣洛伦佐教堂。我更感兴趣的倒不是其中展现的富豪气派，而是这个名门望族持续好几代人的行为方式。

稍有西方近代历史知识的人都知道，美第奇家以经营药材发迹，成为欧洲的首富、最大慈善家以及佛罗伦萨市容的造形者。在大街小巷漫步，到处可以看到美第奇家的徽章——百合花和药囊。文艺复兴时期的许多雕塑家、画家、诗人、哲学家以及科学技术研究者，都是因为这一家族的资助和庇护而成才并闻名天下的。世界上最早的孤儿收养院和未婚母亲居所也在这里设立。美第奇家不仅散财于科学艺术和社会福利，而且还善于多角化经营和放贷获利。他们与毛纺织业主一起发展银行业，使佛罗伦萨在13至15世纪成为欧洲的金融中心，对西方世界经济的影响不亚于今天的华尔街。美第奇家以及工商业主还参与政治甚至直接主掌权力。他们通过《正义法规》放逐贵族豪门，推行市民自治——最能体现这种新政治秩序和自由氛围的就是米开朗琪罗雕塑的那座雄赳赳、气昂昂的大卫像。

绕着圣洛伦佐教堂漫步，我反复想起的却是电视连续剧《大宅门》里的镜头。影片中的白家也以药店成就功业，也与王侯有交往，也对社会产生了各种影响。如果有人把同仁堂与美第奇家的发展历史和行为方式进行比较研究，一定会获得很多有趣的发现，可以从中找出东西方企业、市场以及国家的制度变迁过程的特色和成败原因。

往东南方走过几条街巷，就是被称为文艺复兴之花的圣母百花大教堂，佛罗伦萨的"花都"别号也由此而来。教堂正门前是洗礼堂，据说诗人但丁曾经被抱着通过那两扇金碧辉煌的"天国之门"在其中受洗。在正门左侧矗立着乔托钟楼，被但丁在《神曲》中赞美为"前所未有的完璧"。站在不同的角度反复观看，可以说这三座建筑互相构成了和谐的整体，真是艺术创意的极致。

我在圣母百花大教堂、钟楼以及洗礼堂盘桓良久，然后到佛罗伦萨共和国时代政务院的广场。在自由奔放的大卫像前我碰到了在电影《英雄》里扮演"秦始皇"的演员陈道明及其助手，寒暄几句，照相留念后分手。接着我就沿着阿诺河畔的街道信步漫游。

六　普遍化的信用关系与工具理性

在离著名的旧桥不远的地方，我看到一间非常有趣的老铺。只有一个人照看店面，依然采取传统的手工技法制作书籍、图册以及文具，并对古书善本进行修缮，为它们包牛皮。

我在货架上找到一本印有米开朗琪罗作品和署名落款的素描册、一本印有诗人但丁头像的草稿本作为纪念品买下来，总共只花了区区10欧元。但我没有想到，对这样的一次性外国小买主，铺主不仅没有任何轻慢、强求搭配以及欺诈的举止，而且居然会郑重其事地用印有名画图案的包装纸分别精心裹起来，在接口处贴上金色的标签，再用当地特产的植物纤维细绳捆绑一下，各插入一张不同设计的名片，然后装进特制的艺术装饰性很强的纸袋里。用将近一个世纪之前出厂的打字机式售货机计算和印出发票后,也放进纸袋,然后笑眯眯地交到我手里。

这时的我,真有说不出来的感情在心里涌动。在这里,能体味到一种真正的自由市场经济的精神——敬业、诚信、带有美感的优质服务。或许这就是小小佛罗伦萨能够成为欧洲商业中心并以文艺复兴扭转乾坤的诀窍?

我在圭恰尔迪尼大道的一家餐厅吃了一份当地风味的比萨馅饼,然后走进附近的大理石工艺美术作坊。在这里,有三个工匠在一丝不苟地用各种大理石、彩色矿石制作镶嵌画,按照图样打磨碎片、拼贴、修饰。墙上挂满了他们的作品,极其精致。有一幅黑底黄色月季图,颜色的层次非常丰富微妙,花瓣叶柄的形状线条也飘逸得很,不亚于铁线描和工笔彩绘的那份细腻,完全不像是大理石制作的。还有一幅马赛克佛罗伦萨风景图,离远些看,比起照片或油画的逼真性也相差无几。罗马那些宏伟建筑里的装饰品,都是大批艺术家和工匠这样成年累月呕心沥血制作出来的。但另一方面,在这里也可以看到实用知识和技术的积累和发展已经达到何种高度,看到商人气质与匠人气质的融合。

更饶有趣味的是作坊里的各种精巧工具。在柏林音乐博物馆,我也曾对制作古钢琴、风琴以及小提琴等的各具用途的大量工具留有深刻印象。中国匠人心灵手巧,但制作工艺品和乐器的工具却没有这么丰富精致,主要还是靠悟性、经验、灵感以及祖传秘方,较难稳定地控制质量和传承绝活儿。在工具理性方面,中国文明与西欧文明的差异的确很明显。虽然今天的情形已经截然不同,在精密机器和尖端技术的某些方面中国已经到达了世界前沿，但传统的价值取向依然影响着产业发展。20世纪90年代末，很多日本公司开始对中国经济的竞争实力感到恐慌；但在调查中国企业生产母机和开发新技术的能力之后他们松了一口气，甚至还有人竟敢放出"今后二十年可高枕无忧"这样的大话。

显而易见，佛罗伦萨孕育的并不是单纯的重商主义；商人不仅仅靠初级的价格竞争（例如恶性杀价或哄抬物价）以及奸商机巧来赢利，更主要的是通过对质量、技艺以及附加价值的追求不断推动产品的改良，导致技术革新和产业结构升级，在控制质量和稳定价格的基础上获取更大利润。

据日本的意大利史学家清水广一郎教授研究，为了确保信誉，商业文书主义早在中世纪时就渗透到佛罗伦萨厂商的家庭内部，在有血缘关系者之间也签订利益分配的协议，明确相互间的权利和义务，真正做到了所谓"亲兄弟，明算账"。到15世纪末，复式簿记方式和会计以及公证制度都已经完备，甚至还出现了处理家族财务的实务指导手册。在当时的市民中，"随身携带笔墨，把一切交易行为和收支都立即记录下来并制作成文书和证据资料"成了普遍化的行为方式。另外，佛罗伦萨的城市法也洋洋大观，成文规范汇编成册厚达好几百页。

七　作为成功关键的人才竞争

在夕阳里，我来到圣十字教堂，此处相当于这座古城的先贤祠。在这里，有客死异乡的但丁的纪念堂。还有艺术家米开朗琪罗、音乐家罗西尼、政治思想家马基雅维利、科学家伽利略等276位名人的棺墓。这些才是真正的、各国公认的大师，为人类文明的发展做出了不可磨灭的贡献。

通过这座典型的佛罗伦萨文艺复兴时代的精美建筑以及那些死得其所的民族英魂，我们已经能大致猜出美第奇家的葫芦里究竟装的是什么样的灵丹妙药了。作为慈善家和赞助人，美第奇们所做的不仅仅是慷慨解囊，而且还与作为捐赠对象的文人墨客、艺术家、学者们形成了同呼吸、共命运的密切关系。也就是说，庇护人与受益人构成了一个强韧的共同体，从而酝酿出某种适合天才发育的自由氛围。那时彼地，即使庇护人是国王或教皇，艺术家和学者也敢采取"此处不留爷，自有留爷处"的态度，有时则因对设计方案的意见不合拂袖而去。

我们知道，对文化和学术的支援并非斥资营利，本来就是无法计算投入产出的，因而也就不能太在乎失败的风险。当然，出资者必须慎重选择赞助的对象，需要具备能够准确判断是不是人才的眼力和见识。但这样的发现很难依赖某些确定的外在指标，也根本不能进行短视的收支计算。试图以产业化方式制造大师和研究成果，结局多半是"播下龙种，收获跳蚤"。相反，那些自发的、真诚的、不急功近利的捐赠和资助才能真正有益于文艺繁荣，促成人才辈出。而人才一旦大量涌现，就将推动社会迅猛发展以及各种事业的成功，客观上还是对投资有所回馈的。

关于这一层道理，其实中国人也早已领悟。唐代的文豪兼思想家韩愈曾经写过关于人才与识才之间关系的杂文，指出：

千里马常有,而伯乐不常有。故虽有名马,祇辱于奴隶人之手,骈死于槽枥之间,不以千里称也。马之千里者,一食或尽粟一石,食马者,不知其能千里而食也。是马也,虽有千里之能,食不饱,力不足,才美不外见,且欲与常马等不可得,安求其能千里也。策之不以其道,食之不能尽其材,鸣之而不能通其意,执策而临之曰:"天下无马。"呜呼! 其真无马邪? 其真不知马也。

很多人在读到这段文字时,可能会记起这位韩昌黎本人或者欧阳修等一大批文豪屡遭罢黜迁徙的故事,也许还会联想到现代物理学家束星北、法学家杨兆龙的命运。为什么在中国很漫长的历史时期内这种状况一直难以改变,无数优异人才不得不在反复遭到贬逐的旅途上颠沛流离、消磨年华甚至埋骨流放地?为什么从15世纪开始,中国与欧洲之间在社会进步方面的各种差距会越来越显著?在目前的全球化人才竞争和制度竞争里,中国究竟能否再次胜出?我带着这类问题踏上回程,透过列车的窗口看着群星灿烂的夜空,回味这一天的所见所闻,好像有了些顿悟。

(2007年8月5日初稿,2008年8月9日改定)

续写"法与社会"运动的新篇章
——在上海交大法社会学研究中心揭牌仪式暨国际研讨会上的主题介绍

21世纪初叶的世界,正在经历分化和重组的巨变。法律与社会的关系,从来没有像现在这么重要,也从来没有像现在这么难以捉摸。

在全球化浪潮的冲击下,各种疆界变得模糊了,以民族国家为前提的现代法治秩序正在遭到严峻的挑战。与此同时,各种风险不断增大,迫使政府纷纷加强临机应变的治理。似乎一切都流动化了,到处留下些不可预测的混沌。但在另一方面,秩序构成原理依然显示出坚韧的连续性。无论是现代范式,还是传统文化,都保持着既定的轨道,特别是地方知识和情境思维仍然在很大程度上支配着人们的行动方式。而且,作为对全球化的回应,本土性认同反倒有所抬头。

总之,围绕法律与社会的关系,呈现出了一种非常复杂的事态，有待我们去解读、认识、把握。在这样的时代，法社会学以其跨学科的特性，以其研究手段和认识框架的丰富多彩，当会有更大的用武之地。准确地描绘出目前这样复杂的、难以捉摸的关系和相互作用的实际状况，妥当地决定制度变革的方向和具体举措，这就是现阶段法社会学的使命。

正是基于上述考虑，上海交通大学凯原法学院设立了法社会学研究中心，并在今天召开了以"二十一世纪'法与社会'运动在中国"为主题的国际研讨会，试图通过多样化的学术视野和分析方法来应对规模空前的世界结构变动以及法律与社会的关系日益复杂化、动态化的格局。

大家都知道，在20世纪中期的美国，伴随着"新政"之后的全面崛起，出现了一场波澜壮阔的跨学科、跨国界的知识运动，被称为"法与社会"运动。今天来到这里的嘉宾劳伦斯·弗里德曼教授，就是当时的领袖之一。随后我们将请他在基调讲演中以当局者的身份对这场运动进行回顾和评价。从行为科学到结构功能主义以及系统论，再到文化解释，法社会学的研究范式一直在变化和发展。但是，基本的立场主要有两种：一种强调对法律现象的科学认识，另一种强调以法律为工具推动社会的变革和发展。虽然在是否保持价值中立的问题上存在着差异，但实际上发现真理、检验功能的研究活动往往构成改革的契机，并为改革提供客观的、作为前提条件的知识。反过来，改革过程中提出来的各种问题也可以刺激研究活动，推进知识的长足进步。正是这两种立场的并存、互动以及适当平衡为法社会学带来了非常充沛的活力。

大家或许都知道，20世纪80年代中期，中国也曾经出现过一场高歌猛进的"法与社会"运动。今天在这里聚首的郑成良教授、齐海滨教授、朱景文教授、梁治平教授、高其才教授，还有未能与会的赵震江教授、沈宗灵教授、张文显教授等一大批学界翘楚，就是当时的核心力量。法社会学在20多年前的勃兴，以制度的合理化、科学化以及促进改革和开放为动因、为目标。尤其是社会变迁和法制改革，成为"法与社会"运动参加者们最关心的主题。可惜由于种种原因，法社会学的这种进取势头遭到挫折，相关研究也有消沉，也有扭曲。

今天，上海交通大学凯原法学院成立法社会学研究中心和召开国际研讨会，基本宗旨就是弘扬法社会学的一贯理念，在21世纪的中国续写"法与社会"运动的新篇章。鉴于世界格局的巨变和复杂化，我们将把科学认识的焦点聚集在风险社会的特征以及法治范式的探讨上，把推动改革实践的焦点聚集在新一轮司法改革的实证分析以及机制设计上。换句话说，交大的法社会学中心准备突出"风险法制"和"审判正义"这两条主线。但是，我们对研究的对象、方法以及主张不会预设任何前提，将始终坚持兼容并包、学术自由的方针。

本次国际研讨会的主题是"二十一世纪'法与社会'运动在中国"，既体现了对20世纪的美国"法与社会"运动的呼应和继承，也体现了一个更加开放、更加自信的中国对于21世纪秩序重构的责任感和具体行动。根据与会嘉宾自主申报的发言题目，今天的研讨会分为六个专题。

第一专题是"全球化与法律的比较社会学研究",试图推动中国学者与外国学者就法律现象进行深入对话,促进相互理解。第二专题是"全球化时代的法律新问题对中国的挑战",反映了中国与世界在法律领域的互动关系。

在第三个专题"中国法律现象的实证性研究以及分析工具"这一节里,为了满足"工欲善其事,必先利其器"的需要,着重探讨科学认识的方法论,并展示经验性研究的实例。而第四专题则与在中国推动制度改革的实践有关,涉及立法权和审判权。这两个专题充分体现了"法与社会"运动的两种基本立场——科学认识与改革实践——的区分和观照。

接下来的第五专题主要讨论社会结构的多元化与相应的协调机制等理论的、实践的问题。第六专题的对象是与法律有关的含义处理,涉及文化传统和沟通的语境以及解释性转折。有关论文充分展示了法社会学在描绘、解读极其复杂的法律现象方面的可能性和优势。

现在言归正传。我宣布:刚揭牌的上海交通大学凯原法学院法社会学研究中心立即正式启动首次研究活动,关于"二十一世纪'法与社会'运动在中国"的国际研讨会从此刻开始进入实质性的议程。

（2009年9月13日）

为了东亚的经济整合
——在上海交通大学企业法务研究中心成立仪式上的致辞

尊敬的米仓弘昌会长和张杰校长,
日本经济团体联合会的各位嘉宾,
兄弟院校和合作单位的朋友们,
老师们,同学们:

  在这风吹新绿层层生的春日,凯原法学院喜迎东瀛贵客,欢庆企业法务研究中心的成立,欣欣向荣的生机显得特别盎然。我谨代表上海交通大学凯原法学院全体师生向出席揭牌仪式的各位高朋嘉宾表示热烈的欢迎和由衷的感谢。

  自建院以来,上海交通大学凯原法学院奉行"正谊明道,尚法辅德"的宗旨,以建设国际一流法学院和培养卓越法律人才为基本目标,在校领导和各方面支持下迅速发展。2010年更是硕果累累。这一年,我院顺利获批教育部法学一级学科博士点、国家高等学校特色专业建设点,并且作为沪上唯一的法律硕士专业学位研究生教育综合改革试点在设立"三三制"法科特班等方面也取得了突破性进展。这一年，我院推行全方位的国际化战略，面向海外留学生的中国法硕士班和暑期班相继开办，与若干所世界一流法学院达成了实质性合作协议。这一年，我院的问题导向跨学科研究也格局一新，海洋法律与政策研究中心获得国家社科基金重大项目，正在朝着国家政策智库的方向发展。法社会学中心直接与世界学术重镇合作，试图引领中国法治秩序构建的思想潮流。今天成立的"上海交通大学企业法务研究中心"，今天开讲的"经团联企业法务高级系列讲座"的首次课程，也是我院法学教育改革、国际化以及问题导向跨学科研究的一个重要环节。

众所周知，当前我国企业正在按照"走出去"的战略方针到海外投资经商，随之而来的还有中国与外国之间经贸摩擦的日益频繁。在这样的背景下，迫切需要培养大批优秀的企业法务人才，包括跨国公司法务总监、政府经济主管部门官员、企业高级管理者、商务顾问律师等，也迫切需要对减少经贸摩擦、解决法律冲突的机制进行深入的研究。换言之，我国特别需要高层次法律职业人才为企业的国际化路线护航。但是目前，中国法学院乃至社会各界似乎还没有充分认识到这项事业的重大意义，迄今为止还没有采取必要的、有力的应对举措。为此，凯原法学院秉承上海交通大学"敢为天下先"的光荣传统，挺身而出，将把培养企业法务人才的需求作为下一步法律职业教育改革的重点，在法律专业硕士培养方面凝聚新的特色方向，进而搭建企业法务的研究和交流平台。据我所知，在国内成立一个像我们这么高规格的企业法务研究和教育机构还是首次，具有重要的历史意义。

与此相应，凯原法学院在4月28日下午召开的中国法律服务全球化高峰论坛上，还联合盈科律师事务所，与上海市知名商会、协会、大型企业，签署了五份"长三角企业海外投资法律服务战略合作备忘录"。我们将以上海为中心，辐射长江三角洲区域，整合国内外各种法学教育资源，进行关于涉外企业法务的高端培训。我们也希望得到欧美和日本企业界和法律界的响应和支持。日本商界在上海常驻的人士已经达到六万多，超过纽约居全球第一。日本企业驻上海办事处或运营中心已经接近八千家。中日两国的经济合作正在迈进一个崭新的阶段。因此，我们相信，经团联米仓会长和张校长在为我院企业法务研究中心揭牌的同时，也会揭开中日两国有识之士携手进行企业法务双向高端培训的序幕。

尊敬的米仓弘昌会长和张校长，各位来宾，在企业需要带着法律专家走出去的关键时刻，在中国的经济首都上海，在工科优势和国际色彩极其突出的交通大学，凯原法学院设立企业法务研究中心，可谓占有了"天时、地利、人和"。因此，我们没有理由不成功。在各方面的鼎力支持下，我们必定会成功。再过一年，美轮美奂的新法学楼将在徐汇校区落成，我们法学院将举行庆祝建院十周年的典礼。希望那时大家再次光临，让我向各位汇报全院师生共同努力结出的硕果。

此时此刻，我谨代表凯原法学院全体师生，向关注和支持法学院发展的各位领导、朋友以及嘉宾表示诚挚的敬意和谢意。最后我祝愿上海交通大学企业法务研究中心顺利运行,祝愿经团联企业法务高级系列讲座圆满成功,祝愿中日友好关系日益巩固和发展,祝愿以经济和法律为基础的"东亚共同体"将在我们这一代人的手中诞生,将改写世界的历史!

谢谢各位。

(2011年5月4日)

悼念沈宗灵教授

按照北京大学法学院和法理学科教师的预定计划，2012年2月25日要举办沈宗灵教授九十寿辰庆祝活动。我一直在期盼这个盛典的到来，希望到时候向恩师献上感谢和鲜花，希望借此机会与分散在各地的学友们欢聚畅谈。但万万没有想到，就在还差9天的时候，却传来了沈老师已经仙逝的噩耗。实际上，2月16日那个上午，我正在北京出差。午餐时还与老同学赵利国回想在燕园读书的往事。但万万没想到就在几乎同一个时刻，沈老师悄然离开了现实世界，从此以后完全走进了历史记忆。虽然我们可以把"高寿善终"作为理由来安慰亲属和朋辈，尽管我们知道这样的分别作为自然规律无法避免，然而当冷酷的事实一旦呈现出来，我还是感到太突然、太遗憾。离庆寿活动近在咫尺，转瞬间情景全非，更增添了无常的慨叹、后悔的念想。

我从高中时代开始，就对哲学理论抱有浓厚的兴趣。进北大后，选课和阅读范围也比较偏重法理学、西方法律思想等研究领域。沈老师是当代中国法理学科的奠基人之一，他给高年级讲授的"西方法律思想"是当时中国最能反映世界法哲学前沿动态的课程，自然令我景仰。20世纪80年代初期，北大的法理学研究生由张宏生教授和沈宗灵教授共同指导，两人隔年交替承担主要指导职责。我们那一年级是轮到张老师为主，沈老师为辅。但我在考取研究生之后立即被教育部派到海外留学，两位导师中张老师又去世较早，加上研究领域和志趣的关系，我实际上跟沈老师的接触更多些。我在留学和在国外大学任教期间，回国时总会登门拜访沈老师及其他有关老师。每次到中关园的沈府，书桌上永远摊着撰写中的稿纸或者正在阅读中的专业书籍，老师永远端坐在书桌前。师母泡上茶、端出糖果就离开，只留下我们俩海阔天空地聊。他有时会询问日本的法理学和比较法研究的近况，有时会让我寻找一点参考资料，有时会约我参加国内的研究活动。沈老师话不多，但句句深刻到位，给我启迪很大。

我第一次与沈老师交谈是在1981年秋天。那年春天的北大五四科学讨论会上，我发表了批判苏联权威法学家维辛斯基关于法的本质的论文，引起一定范围内的轰动和争议。讨论会刚一结束，很多老师和同学都前来跟我交谈，其中有78级的齐海滨，他对我的主张给予热烈的支持。我和海滨交谈很久，并从此成为好友。但也有一位研究生从意识形态的角度提出严厉的批判，甚至还贴出了大字报。系主任赵震江教授很欣赏我的这篇处女作，建议我好好修改一下，争取能够在《法学研究》上发表（最终结果是被退稿了）。赵教授后来还在各种场合奖掖我，这样的知遇之恩令人感铭肺腑。为了改好原稿，我把文章抄写本递交给沈老师，请他提出批评和修改建议。沈老师在阅读之后约我到他住处面谈。这是我们第一次近距离接触。他对文章的问题意识和内容给予了肯定的评价，但也指出了一些弱点，并在最后建议我不要一开头就做大题目，可以抓住较具体的、较小的问题进行研究。这个建议使我茅塞顿开，获益匪浅。至今我指导研究生时，也往往建议他们聚集焦点、以小见大。后来我的专业兴趣转向法社会学，在相当程度上也受到了沈老师翻译的庞德的著作《通过法律的社会控制》的影响。

1987年夏天，法哲学和社会哲学国际协会（IVR）的世界大会首次在亚洲召开，地点选在日本神户。筹委会邀请沈老师、人民大学法学院的孙国华教授作为中国代表参加这次盛会，我从日本就地出席，是第一次参加国际性学术研讨会，并有幸被安排与沈老师在同一个分科会场宣读英语论文。由于中国学者首次参加IVR大会，所以各国学者很关注，好几位世界法哲学界泰斗和主要流派代表人物都到场听报告。沈老师的发言赢得了热烈的掌声。从此中国法理学界与IVR建立了制度性联系。1990年IVR中国分会成立，沈老师名至实归当选为首届主席，为法学理论研究的国际化做出了不可磨灭的贡献。我也正是在这次神户大会上引起了日本乃至欧美法学者的某种程度的注意，并导致后来博士研究生一毕业就立刻被神户大学法学院聘为副教授。更重要的是，神户大会使我有机会与中国法理学的两位巨匠在较长的时间里进行从容的交流。我陪着沈老师和孙老师参加了在大阪城举行的篝火能乐晚会,游览了留学所在地京都的名胜古迹,介绍了一些民间友好人士和学者与之餐叙。事后我写了一篇关于IVR1987世界大会所反映的海外法学理论前沿动向的详细综述,请沈老师修改补充后不妨以我们两人的名义发表。沈老师不做任何修改就直接推荐到《法制日报》了,坚持要编辑部以我个人的名义连载发表。由此亦可见他的清高品格,令我肃然起敬。

对于赵震江老师、我、海滨以及其他朋友在20世纪80年代中期推动法社会学运动的努力,沈老师是非常理解和支持的,并且实际上发挥了学术精神领袖的作用。或许是在国内的海滨大力促成的结果,他不仅为1986年和1988年的全国主题研讨会提供了精彩的发言稿和论文,还直接参与某些组织性活动。1988年下半年,我通过热衷国际文化事业的日本资产家冈松庆久先生募集到一笔不菲的捐款,用于筹办北大比较法和法社会学研究所,当时沈先生不仅慨然允诺担任首届所长,而且还在20世纪90年代初期策划了若干次具有重要意义的学术活动。他对这笔经费的使用也非常节俭和谨慎,花费不多,但每次活动都列出具体支出项目,通过我转交捐款人,给外国朋友留下了极好的印象。沈老师以实际行动树立的信赖关系促使冈松先生后来给北京大学进一步提供更大规模的捐助,并对访问日本的中国各类学者给予了更加热情的接待。

1993年1月,我的代表作《法律程序的意义》简版由张志铭编辑在《中国社会科学》发表。几乎同时,这篇长达7万余字论稿的全文由贺卫方主编破例在《比较法研究》1993年第1期上刊登。沈老师以及龚祥瑞老师等对这篇文章的观点都非常关注,给予了强有力的道义支持。龚老师还在他的新著中多处引用和推荐。

有关的基本主张酝酿颇久,其实大概在神户大会之后不久就基本成形了。1988年初,法学界的元老余叔通先生访问日本京都,我就跟他提到过把社会转型期的价值问题转化为程序问题和技术问题进行处理的思路,他很有兴趣。年底,中国经济体制改革研究机构到日本考察,在东京的晤谈中,我也强调了法律程序的特别意义,似乎引起了较大的共鸣。深交的朋友们都劝我把这些看法整理成文发表。但因为忙于博士论文写作、社会活动以及就职后的讲义,一直没有动手。把博士论文提交出去了,经过两年授课讲义案也成形了,到美国斯坦福大学访问的这一年使得我有充分的时间做自己想做的事情,加上老朋友齐海滨的怂恿和大力支持,我决定把自己的大思路整理成文。我正式开始动笔写作程序论是在1992年5月20日,从此一发难收,整整个把月,真可谓废寝忘食,写得非常兴奋。当时我只随身带了一台日文语言处理机,只能用笔书写草稿。海滨就把我的中文手稿拿去,由他自己和一位北大留学生分别用计算机中文软件打字录入。还有一位颇有影响力的老朋友资助我们召开了专门针对这篇论文的小型研讨会,周其仁、甘阳、崔之元等风云人物都参加并从不同的立场和视角发表了精辟意见。不出意料,这篇论文在国内发表后掀起了较大波澜。

1993年晚春,我和王绍光、齐海滨一同回母校。到阔别已久的法律学系转了一圈后，我和海滨又联袂到中关园拜访沈老师。一见面，沈老师就提到我刚发表的程序论，称赞这篇论文写得有见地，论述也很精密，使得20世纪90年代初比较沉寂的学界有了活气，可以理解为从社会大动荡转向制度建设的一个标志性成果。但是，沈老师也提醒我，程序的意义也不能强调得太过分，还要重视实质性内容，重视道德和意识形态的意义。他还说，尤其是在中国，价值问题往往比形式和程序问题更重要。我很感谢他的提醒，同时也解释说，正因为在中国与道德等相关的实质性价值判断太受重视，才需要特别强调程序的作用，这也许有一点矫枉过正，我会留意的。沈老师还很注意我在论文中提到的一些西方学者，例如尼克拉斯·卢曼。我告诉他，1987年在IVR神户大会上，他来做过讲演，我们应该在会场见到过的。在分手之际，沈老师约我为他主编的《法理学》教材提供一章篇幅的稿件，我愉快地接受了他的邀请。

2007年的初夏我到北京时，得知沈老师已经从中关园搬到远离北大的上地小区里居住了。我请在清华法学院任教的师弟赵晓力副教授告诉我地址和具体的行走路线，准备在处理完预定的工作后去看望老人家。罗豪才老师在接见我时也特意提醒：沈老师搬出中关园后有点与世隔绝了，你这次在北京如果时间充裕的话就去探望他。我说已经了解到沈老师的新住址，一定会去拜访他的。在一个阳光明媚的上午，我打的到他住的小区，按照门牌号码找到他的府邸。师母开门，他就站在入口处迎接我，非常高兴。师母说，这里较僻静，生活设施也还可以，遗憾的是跟老同事、老朋友见面畅谈的机会减少了许多；虽然沈老师是耐得住寂寞的，但缺乏沟通还是不太好。我完全赞同，希望沈老师能住在与亲人交流更方便的地方。沈老师说，儿子和女儿都在美国工作，太忙，不想打扰他们。他把子女的近照拿给我看，充满了慈爱和思念。由于师母有其他预定的事情不能一同餐叙，我叫了一辆出租车请沈老师一个人到离小区最近的一家海鲜酒楼接着谈，然后又把他送回家，切实体会到了现在老师如果外出的话是如何不便，我觉得这样的生活环境对他的健康是不利的。一年左右之后，我听说沈老师已经搬进城里了，但住处的周围环境非常复杂，即便有地址也未必找得到。莫非沈老师是想隐居，想进一步淡出这个红尘万丈的时代？

2012年2月20日上午，我与北大法学院的老师、校友以及来宾一同在八宝山兰厅与沈老师告别。在花圈丛里，我看到了自己在三天前撰写的挽联："寿届九十，三分有二在燕园，育桃李无数；学贯东西，南人居北掌法坛，阐真理永恒。"在贵宾室里，我看到了罗豪才老师、陈光中老师、石泰峰师兄、吴志攀师兄，还有相关机构的负责人。在大家面前，师母和其他遗属很自律持重，主宾互相致意、安慰，出席者都还能保持冷静。但在三鞠躬之后瞻仰恩师安详的遗容时，我禁不住热泪夺眶而出，一时无法抑制。沈老师这一生不算太坎坷，但磕磕绊绊走来，也并非很顺利。最难能可贵的是，即使被打成右派，他也依然坚持研究——不能发表论文，就翻译；翻译的著作不能出版，就珍藏着；不能阅读西方专业书籍，就阅读马克思恩格斯全集；不能用本名发表论述和译作，就用笔名。总之，在任何时候、在任何情况下，沈老师都没有放弃学术，也决不随波逐流。在中国，在近几十年，这样纯粹的、严谨的学者不是太多，而是太少。现在，沈老师走了，远避喧嚣，回归灵隐，似乎走得非常潇洒，没有带走一束花、一片云。但沈老师的离去其实却留下了难以填补的巨大空白，在中国法学界，在北大法学院的大楼，在我的心里。思念及此，岂能不悲从中来。

（2012年2月28日）

开启中国的法治轴心时代
——《交大法学》创刊词

中国正在迅速崛起。由此引起的地壳运动势必重塑世界格局并在国内革新思想范式,修改制度设计。但是,学术界乃至整个社会对此似乎还准备不足。尤其是关于21世纪改革和发展的前景,国人依然没有达成必要的基本共识。这种状况势必进一步加大全球化时代的不确定性和转型焦虑,使公共决策在很大程度上取决于利益驱动,受制于集团本位主义,从而不断加剧凝聚共识的困难。

一般而言,与实质性的价值判断相比较,程序问题更容易达成共识。程序共识一旦形成,就可以反过来成为积累实质共识的基础。这意味着当今中国社会的共识重建有必要也有可能从强调程序正义的法治起步。显然,如果政府率先遵守法律规则,人民就没有任何理由违背。如果政府和人民都共同遵守法律规则,就会导致特权的取缔、平等的伸张、社会确定性的加强、公正机会结构的拓展、政治参与的积极性高涨。因此，新的共识就会首先以法律，特别是宪法的形式表现出来。这正是现代法治国家的构想和实况。

说社会比较容易就法治达成共识，并不等于说我们可以轻而易举地建设起法治国家，更不应该心存守株待兔的侥幸。在中国确立法治共识，是一代甚至若干代法律人的神圣使命，需要持之以恒的奋斗才能成功。尤其面对民族国家体制的动摇、日益扩充的社会风险性以及20世纪以来席卷世界的"大量生产、大量消费"型经济模式的破绽，制度创新的诉求非常迫切，这就使得凝聚法治共识的课题带有更多的复杂性和艰巨性。可以说，中国法学界正在迎接一场空前的严峻挑战。与此同时，2012龙年的局势大转换，也为我们提供了真正开启法治轴心时代的重大历史机遇。

正是在上述背景下，《交大法学》结束两年过渡期，获批刊号，作为专业杂志铿锵登场。在2010年8月1日撰写的"以书代刊"主编卷首语中，我们曾经回应时代的呼声，表达过一番立心、请命、继绝学、开太平的抱负。天旋地转，矢志不渝，今后我们还将继续坚持既定的办刊方针。为此不妨把初衷择要抄录如下，立为存照：

> 回顾现代中国法学教育和研究的历史，20世纪曾经有过"北朝阳，南东吴"的一段佳话，也有过京派与海派的隐约区分。以中国这样巨大的规模和区域差异，出现两个甚至若干个风格迥异的学术重镇是不足为奇的，甚至还应该积极促成这样的格局，以有利于中国在百家争鸣中实现"文艺复

兴"和软实力伸张。上海、"长三角"以及东南沿海地带，历来经济繁荣、人文荟萃、社会得开化风气之先，改革开放以来这里的新生事物更是层出不穷，很值得考察、归纳、提炼进而建构一整套具有普遍意义的命题群和理论体系。因此，站在制度比较分析的高度来诠释中国经验，在结合批判理性和建设性的基础上探讨法律与社会发展的关系以及深层次的秩序原理将是本刊的重要目标。

实践已经证明，法律推理和法律解释的研究不足是妨碍我国司法精密化、导致裁量权被放任的重要原因。本刊有意倡导实证法律体系的全面的、深入的研析，一方面把古罗马时代形成的学说汇纂体系的合理因素注入条文推敲和运用的作业之中，另一方面不断对日常社会生活中涌现出来的解决问题的创意和规范现象进行抽象化加工，使之升华为精致的学说和制度设计方案。当然还要特别注重严谨的、深入的案例研究和判决评释。总之，我们主要会致力于一种市民实用法学的发展。在这条思路的延长线上，希望《交大法学》能够成为精品纷呈的"知识百货橱窗"、不同观点较量说服力的"意见市场"以及包含各种切合公共需求的具体对策且工具齐备的"智库"。

中华文明一般以数百年为单位反复进行大开大合的循环，每次变化都会对周边世界产生这样或者那样的影响。当国人对外部充满好奇、社会结构具有开放性和包容性时，这样的文明必定活力四射、精彩纷呈，总会创造出令人惊叹的辉煌业绩。我们很有幸，正站在这样的时代再次来临的入口处。基于上述认识，本刊秉持兼容并包的方针，拟采取全球越境组稿的方式，特意开拓一片供不同国籍和不同学科的法律家自由进行交流的学术空间，构筑一个有助于互相理解、凝聚基本共识的思想论坛。与此同时，还要为青年才俊提供更大的用武之地。但愿这份新生的杂志也能与中国法学界的一大批新人同步成长。

归纳前述内容，本刊的宗旨也不妨用十六个字来简洁表述，这就是："正义理念、中国问题、世界视野、实证分析。"在这里，实证分析包含（1）实证法的分析法学意义上的研究和诠释，以及（2）借助经验科学的方法对法律现象进行实证分析两层含义。但我们所理解的实证分析，并不拒斥价值判断的立场，而以坚持正义理念为前提。正义理念与实证分析是互相关照和依存的。不言而喻，中国的问题意识当然会带有实用目的，所谓市民实用法学也会致力于操作技能的磨炼。但是，在五百年一次的巨变关头，法律人不应该也不可能把自己封闭到只满足于条文解释的螺蛳壳里。因而本刊录用论文也绝不会仅仅囿于实用目的，而要在相当程度上倡导以法律学为核心的跨学科交流与网络式合作，并且鼓励关于法律的自由研究或者纯学术性成果。实际上，各国法学的发展都已经经历了实务与教义、教义与科学、科学与政策、政策与议论等一系列分化和重组，知识的存在方式也发生了深刻的变化。但愿本刊的作者群还能成为社会变迁和理论创新的弄潮儿，在知识最前沿的涛头巍然屹立，手把不湿的红旗来引领中国乃至世界的思想方向。

（2012年8月30日）

开拓法社会学的新丝绸之路
——《亚洲法与社会杂志》发刊词

这是第一份在亚洲编辑、主要由亚洲学者撰稿、内容涉及亚洲秩序的英语法社会学杂志。它为不同文明和文化之间的对话、相互理解以及规范协调提供了一个开放性论坛和自由的交流平台。它也为21世纪人类对未来的顶层设计和基层推动提供了一片广阔的选择空间。

这份杂志第一期的发行恰值法与社会学会(Law and Society Association)成立五十周年之时,很富有纪念意义和象征性。这意味着持续了半个世纪的"法与社会"运动波及亚洲各国,大有席卷全球之势,法社会学这门20世纪的新兴学科创造了新的辉煌成就。与此同时,这也标志出有关研究的转折点,暗示法社会学的重心正在移动,亚洲将成为制度变迁的前沿地带和思想交锋最活跃的学术圈。

亚洲首先是一个地理概念。站在地中海之滨的腓尼基

(Phoenicia)向太阳升起的地方眺望,后方是欧洲,前方就是亚洲。在地缘政治的景观里,亚洲也是一个统治框架的概念。它构成多种文明圈共存的世界秩序,包括中国文明、印度文明、俄罗斯文明以及伊斯兰文明。但有时却存在大陆史观与海洋史观相对峙的二元格局,东海、南海、印度洋以及地中海的社会生态有意或无意地被与古代文明大地割裂开来,造成某种紧张关系。另外,亚洲还是一个意识形态概念。从伏尔泰(Voltaire)的中国礼赞(chinoiserie),到黑格尔(Hegel)的亚洲停滞论,再到李光耀对亚洲价值的重新诠释以及上个世纪末对"裙带资本主义"的批判,我们可以看到文化软实力的消长及其社会影响以及不同世界观的碰撞。

而在最近三十年间,更引人注目的是亚洲经济的迅猛发展和整合。今天的亚洲不再处于赫尔德(J. G. Herder)和黑格尔所批判的那种停滞状态。恰恰相反,它处于空前活跃的运动状态,它的发展速度令人震惊。通过与美国、欧洲以及日本的良性互动,在中国、印度等新兴经济体的牵引之下,一个年轻的亚洲正在朝气蓬勃地走上世界历史的舞台。这是数百年才发生一次的世界结构大转型,这势必引起秩序和制度的范式创新。如何构建"东亚共同体"的问题也被提上政治议程。

在相当程度上可以说,当今东亚乃至整个亚洲的统合是以经济上的相互依赖以及借助自由贸易获得的共同利益为基础的。但是,如果要把这样的统合稳定化、长期化进而形成某种命运共同体,或者像安德松(Benedict Anderson)所说的"想象的共同体"

（imagined communities），但却是一个超国家的、更大的想象共同体，仅凭经济利益是不够的，还需要在社会价值上相互理解甚至产生共鸣，还需要在一定范围内达成基本共识。没有这样的价值核心，就无法为自由市场提供非市场性基础，就无法真正形成规范秩序，就无法为政治生活提供安定的保障。因而我们在讨论亚洲的未来时，不仅要考虑经济利益，而且要关注社会价值，要把制度和文化也都纳入视野之中。

应该承认，今天的亚洲基本上不再由魏特夫（Karl A. Wittfogel）所说的"东方专制主义"（oriental despotism）所支配。改革、开放以及现代化是亚洲各国共有的历史体验，也是亚洲与世界可以分享的战略性机遇。法治、自由、民主、公正的理念已经成为大多数国家的基本共识。与此同时，亚洲的文化价值体系也在被重新认识、重新诠释、重新组合。强调伦理责任以及"和而不同"精神的儒家哲学与强调沟通行为的哈贝马斯理论相结合，为多元性非常强的亚洲的经济整合，也为以多元性为前提条件的全球治理方式的改进提供了另一种可行之路或者选项。欧美需要亚洲这个"他者"来确定自我认同。反过来也一样，甚至可以说亚洲更需要欧美这面镜子来映照自己的过去、今天以及未来。对于这样的象征性符号互动，法社会学是最好的媒介和润滑剂。

众所周知，在距今五十年之前，法社会学在美国和欧洲兴隆的背景是社会科学的长足进步以及社会结构改革的需要。当时经济学、政治科学、人类学、民族学、统计学、行为科学都取得了辉煌成就，系统论、控制论、信息论、博弈论以及格式塔心理学（Gestalt Psychologie）为社会的管理以及政治和法律方面的决策提供了丰富而精致的分析工具以及知识工程学方面的刺激。另外，产业化使现代社会变成了一个空前的技术性社会，国家和法制的运行不得不在相当大的程度上依赖各种各样的技术性手段。因此，作为积极采取科学和技术发展的各种成果的跨学科研究领域的法社会学，受到了法律学家、审判人员以及律师们的广泛欢迎。

从20世纪70年代中期开始，法社会学研究原有的基本范式开始动荡和改组，而新的替代性基本范式尚未确立，只是出现了许多中范围或小型的理论模型以及经验分析的成果。20世纪末叶，对法社会学研究影响较大的理论模式、思想流派以及知识体系和方法包括：身体论意义上的现象学、符号论、结构主义、解构主义、社会性角色理论、交换理论、文化和日常生活的解释学、博弈论、复杂系统论等等。在这里，多样化与趋同化是交错在一起的。就不同思潮的共性而言，个体中心的观念被相对化了，个人与个人、个人与社会或国家、个人与自然之间的互动和沟通得到进一步的强调。

有必要指出的是，对于法社会学的研究对象的理解和处理，在法律学家和社会学家之间存在着显著的区别。一般而言，法律学者更倾向于以职业化的观点来观察法律现象，希望法社会学的研究成果能够有利于提高立法和司法的客观性、效率，侧重于根据实践需要收集事实素材以及对规则、决定、参与者的动机进行合理化解释，并往往站在角色体系以及功能主义的立场上来分析法与社会之间的相互关系和相互作用。但是，社会学者的切入口则很不一样。他们喜欢在非常广阔的背景和非常多样化的脉络中把握法律现象的实质和表象，注重作为观察者对事实以及具体状况进行精确的记述、分析以及科学理论假说的建构和实证。

然而，无论是侧重法律学还是社会学，无论是只研究与规范有关的边缘现象还是把规范本身也纳入研究的射程之内，我们都可以看到一种基本的趋势在扩张，这就是法社会学在基本范式转变之际越来越明显地表现出这样的特征：强调互动关系和含义甚于强调恒久制度和功能。法律的实施不再被理解为一种单行道的强制作用，而是一种双向行为的动态过程；在这个过程中，法律运作的主体和对象都不能完全孤立起来看待。即使强调个体的自由和能动性，那也必须以一种能够与他者沟通的、具有强烈的责任感和自律精神的个体为现实性前提。即使强调法治和审判独立，那也必须以民主化以及群众的承认和参加的程序要件为其正当性的前提条件。

在这样的思想脉络中重新定位法社会学，特别是从亚洲文化与制度变迁的视角来把握法社会学，不妨为《亚洲法与社会杂志》的办刊宗旨确立以下三条基本原则或者衡量尺度：(1)[法社会学的方法]在法律中观察和理解社会万象，在社会中解释法律秩序；(2)[法社会学的价值]实定法学以个体主义（人格）为基础，法社会学以群体主义（关系）为基础；(3)[法社会学的主题]研究的内容聚焦于正式规则与非正式规则之间的相互作用。

但是，我们采纳稿件的范围更加广泛，在选题上更加兼容并包。

在21世纪的初叶，世界经历了分化和重组的巨变。法律与社会的关系，从来没有像现在这么重要，也从来没有像现在这么难以捉摸。在全球化浪潮的冲击下，各种疆界变得模糊了，以民族国家为前提的现代法治秩序正在遭到严峻的挑战。与此同时，各种风险不断增大，迫使政府纷纷加强临机应变的治理。似乎一切都流动化了，到处留下些不可预测的混沌。但在另一方面，秩序构成原理依然显示出坚韧的连续性。无论是现代范式，还是传统文化，都保持着既定的轨道，特别是地方知识和情境思维仍然在很大程度上支配着人们的行动方式。而且，作为对全球化的回应，地方性自我认同的愿望反倒有所抬头。在亚洲，随着经济发展和社会价值体系的重构，全球化与地方化之间的张力显得更加强劲。这就进一步增加了亚洲固有的多元性。

在全球化时代，为了克服"多元性引起的不理解"（pluralistic ignorance），必须加强相互沟通。在这个意义上，21世纪的关键词就是沟通。只有充分沟通，才能互相理解、互相信任，进而达成共识。创建亚洲新秩序尤其需要以关于社会价值的基本共识为基础，因而法律沟通（legal communication）具有非常重要的意义。法社会学有一条著名的命题：话语产生结构。但愿亚洲的结构转型就在我们之间持续不断的各种各样的沟通过程中实现。但愿以《亚洲法与社会杂志》的创办为契机，我们可以拓展出新的丝绸之路。这些新丝绸之路的起点是上海，也是首尔，是东京，是悉尼，是新德里，是德黑兰，经过沙漠、草原、高山、岛屿以及海洋，通往亚洲各地的知识据点，通往欧洲、美洲、非洲以及大洋洲所有关心亚洲法律与社会发展的合作伙伴，通往全球善治的普遍性理想目标。

可以说，《亚洲法与社会杂志》的创刊，是法社会学界的一件大事，也是亚洲法学界的一件大事。从此以后，亚洲的法学者以及对亚洲感兴趣的所有学者将有一个属于自己的沟通渠道，将有一个属于所有朋友的公共空间。在世界结构性转换以及秩序重构的过程中，通过这份杂志，亚洲的专家和知识分子可以发出自己的声音，也可以倾听来自不同区域、不同文明圈的多种多样的声音，从而有助于建构一个更加公平而和谐的人类社会。

（2014年1月20日）

金融法律创新的孵化器
——《互联网金融法律评论》发刊词

人类正在迅速滑入全球金融资本主义体制的时代。互联网金融使这一进程呈几何级数加快。与此同时,经济的投机性、市场泡沫破裂的风险性、社会的复杂性和不确定性也在不断膨胀。于是,对无限递增的数码空间进行监管、对迅速膨胀的金融权力进行约束的呼声也渐次高涨。正是在这样的背景下,上海交通大学《互联网金融法律评论》应运而生,旨在把层出不穷的金融创新纳入法治的轨道,对网络互动中产生的涨落和混沌进行有序化处理,为新式商业信用系统的形成和发展提供坚实的制度基础。

互联网金融的根源可以追溯到二十年前。然而在中国,从2013年起互联网金融才开始蓬勃发展,并以迅雷不及掩耳之势推动了直接融资和间接融资的体制改革和产业资本市场的发育。众所周知,我国既有的金融体系与财政体系之间的边界其实是模糊的、流动的,金融秩序以政府信用为担保物才得以维持。因而金融业务具有很强的垄断性，其具体表现就是霸王条款和过度盈利。为了防止权力的任意性引发金融震荡，有关职能部门采取层层把关、步步审批的方式进行监管，形成了森严的等级结构，严重妨碍了营业效率的提高。近来互联网金融异军突起，一举打破了原有的垄断格局和僵硬体制。显然，互联网金融的最大优势就是通过平面化、网络化、信息技术化的模式革新大幅度提高了金融服务的效率和普惠水平，并拓展了融资渠道以及民间资本市场的发展空间。

在互联网金融的领域里，数码虚拟的自由空间、纵横交错的关系结构以及大数据处理的基础设施构成全新的风景线。在电脑网络与人际机缘相链接和叠加而形成的多媒体社会中，信息和资源的传递和计算变得极其便捷、极其广泛，也使得交易成本大幅度下降，催生了网上银行、电子货币、互联网支付、移动支付、网络小微企业贷款、网络小额信用贷款、网络众筹融资、金融机构的网络服务创新平台、网络基金销售等一系列新生事物，也给中国经济发展带来了巨大红利。通过跨界无垠的互联网金融通道，庞大的资本既可以在一眨眼间呼引啸聚而来，也可以在一转念间风流云散而去；既可以给实体经济造成出其不意的打击，也可以给个人财富造成变幻无常的盈亏。高风险，高收益，这就是互联网金融的基本特征。

以互联网的开放性为前提条件，以红利分享的机会为驱动装置，相关金融领域的确已经呈现出一派欣欣向荣的生机。然而在繁荣景象的背后也并非没有泡沫、阴翳以及陷阱。毋庸讳言，迄今为止的互联网金融界，由于缺乏准入门槛和行业规则，竞争是自由的，却未必是公平的；由于缺乏监管机制和法律约束，信用破绽的不安始终如影随形；由于互联网金融与制造业经济之间的关系尚未定型，一种投机的、冒险的虚拟资本冲动很可能把长期理性和公共利益推下断崖，使得国民财富变得像无根的浮萍。为了把互联网金融从上述困境里解救出来，为了防止中国在走出"租场式经济"低谷之后又陷入"赌城式经济"的迷魂阵，特别需要法学专家、立法者、司法机构、金融监管部门、业界人士加强交流，在通力合作的基础上凝聚制度设计的共识，采取未雨绸缪的防范措施。

上海是崛起中的国际金融中心。中国（上海）自由贸易试验区的一项最重要的使命就是实现中国的金融制度创新。而在上海交通大学徐汇校区，高级金融学院、安泰经管学院、凯原法学院比邻而立，可以说这里正是推动学科交叉和知识融会的最佳场所。我相信，在业界支持下，由一群新锐法学者创办的这份专业期刊《互联网金融法律评论》，能够为那些勇于直面现实问题、试图凝聚制度共识的各领域才俊搭建一个影响深远的交流平台。我祝愿，这份期刊必将成为金融法律创新的孵化器，成为风险对策的实验室，成为互联网金融新生事物茁壮成长的温床。我希望，不久的将来，一群具有国际视野和精通实务技能的新型金融法律人才能够通过这份期刊而相识、互助、共荣，并且在各自的事业中脱颖而出。

（2014年11月12日，于世界经济论坛迪拜峰会旅次）

中国法律共同体精神的复活
——纪念邹碧华法官

邹碧华法官离开我们半年多了。但在司法领域,尤其是在律师界,他的音容不仅没有淡出,似乎还日渐凸显。众所周知,如今审判者与辩护人之间的关系已经变得颇为紧张,法律职业俨然形成"在朝"与"在野"的二元格局。以这样的形势为背景,一个法官之死在广大律师当中竟然引起如此巨大的、持久的哀恸,的确显得非同寻常。在某种程度上甚至也可以说,他是以自己的生命作为代价,换取了法律共同体精神的复活。

对广大律师而言,邹碧华不仅是上海高级人民法院副院长,不仅是上海司法改革试点方案的策划者、践行者,不仅是学者型法官,还是辩护权意义的一位最难得的知音。很多人都记得他提出的一个精辟命题:"律师对法官的尊重程度,表明一个国家法治的发达程度;而法官对律师的尊重程度,则表明这个社会的公正程度。"更多的人会感谢他主持起草了《法官尊重律师的十条意见》。最令人印象深刻的是，就在去世前一天，2014年12月9日，他在朋友圈转发上海法院律师诉讼服务平台上线的新闻，附带了一句诚挚的感言："希望让律师的执业环境越来越好。"实际上，他设想的司法改革路线图，也是以法律共同体精神为出发点的。

我与碧华的最后一次晤谈是在2014年10月21日。因他托我联系和介绍同为北京大学校友的零点研究咨询集团袁岳董事长，希望推动司法信息化以及相关的实证研究。那天中午我在上海交通大学法学院介绍双方认识，随后一起在教工食堂餐叙，具体探讨跨界合作的可能性。邹碧华法官向我们畅谈了自己对大数据、互联网以及数码技术在电子审判庭建设以及整个司法制度改革中的作用，并希望零点公司和我们法学院提供理论和操作方法上的支撑。袁岳董事长承诺提供咨询意见和技术服务，我承诺提供协助进行相应的调查和涉法涉讼舆情分析。

当时碧华谈到，在司法改革实践中，他深感即使建立了一套合理的制度和指标体系，也可能因为办案人员的操作行为方式的改变而发生扭曲，使得统计结果偏离实际状态以及政策目标。这就是所谓"上有政策，下有对策"现象。他告诉我们，通过试错发现的一个有效对策是，借助信息技术和流程设计，把程序启动的主动权交给当事人及其律师，就可以加强制度和指标体系的客观性、中立性、公正性。我不敢断然肯定，不久后上线的那个律师诉讼服务平台，是否就完全反映了他的创新思路。然而这个平台确实把相当一部分诉讼程序的点击启动权交给律师了，为黑箱操作设置了无法更改的技术障碍。

司法改革最核心的问题是适当定位和限制法官的裁量权。行政化的管控和外部化的舆论监督虽然能收到一定效果,但往往弊大于利。从现代国家治理的视点来看,程序公正原则和法律共同体的论证性对话是防止司法主观任意性的最佳机制,其中律师在公开透明的话语空间里进行对抗性辩论的职业活动尤其具有关键性意义。在我看来,律师就是司法公正的牛虻,也应该成为司法监督的主角。正是由于律师在每一个案件中不断寻找程序瑕疵和法律漏洞,不断跟公诉人或者对方律师较真,判决才变得更加严谨准确、无懈可击,司法威信才会不断提高。

我相信,邹碧华法官也一定是出于同样的考虑而不断强调法律共同体的理念,不断阐述法官应该尊重律师的道理。现在,碧华因为过劳而倒在司法改革的征程上,但他的伟大灵魂却在重新形成和壮大的中国法律共同体中永垂不朽。最高人民检察院已经颁布了关于依法保障律师执业权利的规定(2014年12月23日发布)。2015年7月8日,推动建立法律职业人新型关系座谈会在北京召开,黄尔梅大法官透露,最高人民法院关于保障律师执业权利的相关规定也正在起草制定中。仔细阅读"两高"规定的内容,字里行间总是会浮现出碧华矫健的身影,似乎在引导司法改革的潮流变化。碧华,你可以安息了。

(2015年7月17日)

大转型与法治重构
——劳伦斯·弗里德曼《二十世纪美国法律史》读后感

美国法学在20世纪大致可以分为两个发展阶段：前期是法律现实主义压倒法律教条主义，后期是"法与社会"运动风靡一时。就在承前启后的转折点上，劳伦斯·弗里德曼教授横空出世，引领理论和实践的潮流，成为一代宗师。

还记得1991年秋天，我作为访问学者来到美轮美奂的斯坦福大学，劳伦斯担任我的合作教授。尽管我早就读过他的经典之作《美国契约法》、《法与行为科学》（与斯图瓦特·麦考利教授共同编著）、《法律体系：社会科学的视角》、《法与社会导论》等，也有若干位日本著名专家向他引荐过我，但之前我们从未谋面。首次见到他是在抵达"阳光之城"帕罗奥托之后的第二天上午，参加他主持的国际研究工作坊之际。我们在会场交谈了一会儿，商定了两人晤谈的时间和地点。我如约到他办公室，研究日本战后法与社会变迁的专家弗兰克·阿帕姆教授还在座，劳伦斯介绍我们相识后送客。然后他询问我的研究计划，介绍斯坦福大学法学院的制度、课程以及研究活动，并希望我能经常出席每周三的教师午餐研讨会。他还领着我到图书馆参观，要求工作人员帮忙，让我十分感动。劳伦斯还向我推荐了几本新近出版的学术专著，都与法社会史有关。

在威斯康星大学麦迪逊法学院任教期间，也就是20世纪60年代，尽管劳伦斯曾经与人合编过法与行为科学的鸿篇巨制，但他的研究方法并非侧重经验素材的收集和实证分析，而是立足于历史材料。在某种意义上甚至可以说，他是法制史领域威斯康星学派鼻祖詹姆斯·哈斯特的衣钵传人。他的第一部获奖著作《美国法的历史》，把历史学的时序观与社会学的结构观密切结合在一起，乃法社会史研究的经典之作。《二十世纪美国法律史》这部新作沿袭了劳伦斯的固有风格：以小见大，在具体而生动的真实故事中发现法律命题的脉络和含义，透过不同类型的现象甚至日常观感来探索规范秩序的共性和规律。但是，这本史学新著在谋篇布局上较之过去更见创意和匠心，特别是侧重探究在法律与社会的互动关系中制度演变的内在逻辑以及大趋势。

众所周知，进入20世纪之后，整个人类社会的变迁骤然加速，法律生活也越来越复杂，越来越动态，越来越具有相对性。在美国，这种情形尤甚。根据匈牙利经济史学家和社会思想家卡尔·波兰尼的见解，19世纪形成和发展的"自我调节市场"，在两次世界大战以及20世纪30年代大萧条的冲击下发生了大转型，社会的压力以及相应的政府干预开始对个人的自由经济活动产生深远影响；实际上，这种变化的动因已经内在于市场经济机制之中，因为生产要素的商品化以及随之而来的生活基础的动摇势必引起不安和抵抗。在这个意义上也可以说，20世纪的社会变迁主要表现为自我调节市场的伸张与社会的自我防卫的"双重运动"，就像恶魔的碾磨一般。"社会防卫"势必导致国家通过法律干预交易自由，并逐渐引起市场经济机制的瓦解。20世纪80年代的里根、撒切尔保守主义政策意在否定之否定，通过高标自由至上原则来挽救那个"自我调节市场"，结果却导致全球金融资本主义体制的膨胀，反倒以经济危机的方式进一步破坏了市场经济秩序。这就是历史的辩证法。

劳伦斯·弗里德曼教授的法律社会史观与波兰尼的经济社会史观之间，或多或少有些异曲同工之妙。显然，《二十世纪美国法律史》关于夜警国家"旧秩序"、福利国家"新政"以及信息国家"当代生态"的三部曲，与自我调节市场、社会防卫以及金融主导型自由化和全球化的阶段论是互相对应的。在每一部当中，劳伦斯采用类似的工具性框架分别考察和比较了法律秩序几个重要领域——权力结构、根本规范、审判程序、法律职业、民商法、犯罪与刑法、民权运动、法律文化等等——的变化，仔细梳理社会变迁与法律变迁之间关系以及影响的重要因素。仅从篇幅的比例就可以看出，本书的重点是论述罗斯福革命和凯恩斯主义对美国法律制度的各种造型作用及其演变的悖论。在我看来，其中关于联邦制国家的中央集权化、司法审查制度的限权功能、通过私人诉权落实法律规范而导致侵权赔偿责任的扩张等内容特别有趣而富于启迪性。

本书第一部从五个方面栩栩如生地描述了已经烂熟的那个自我调节市场和夜警国家模式,在20世纪初如何开始发生变化及法律制度的不同应对方式。劳伦斯以1905年的洛克纳诉纽约案作为典型事例,揭示了这样的法律形势:私有财产权保护原则和契约自由原则导致有钱人的任性和结果的不平等,于是州政府通过立法干预自由的市场经济运作;然而各州法院,特别是联邦最高法院则采取保守主义立场,借助违宪审查制度维护自由放任的经济秩序。在这样的对峙格局中,标榜法律现实主义的法官们更倾向于迁就民选的立法机关对市场进行调整,以保护社会,防止过度竞争撕裂基本共识。但是,法官中的多数派则坚持宪法规定的自由权和遵循先例机制。然而非常吊诡的是,自由的经济体制本身却势必要求通过统一商业规范来减少交易成本,避免各州自行其是的混乱和低效,这就促使立法机关迅速抬头,国家权力的结构也逐渐趋向集中。法律职业的分层化以及弱势群体的民权运动也助长了上述制度变迁。

1929年10月24日通常被人们称为经济的"黑暗星期四"。因为就在这一天,美国股市暴跌引起世界大萧条,自由的市场体制陷入空前的危机。1931年,企业和银行纷纷倒闭。到1933年,失业率高达25%,整个社会陷入恐慌状态。就在这时,富兰克林·罗斯福就任美国总统,推行以救济、复兴以及改革三大政策为支柱的新政,并且按照凯恩斯经济学主张加强政府对市场的干预。从1908年福特汽车公司采取著名的T式模型之后,大量生产、大量消费就成为美国产业经济发展的基本范式。新政以及"二战"后的复兴进一步放大了这种经济模式的示范效应。然而到1979年左右,产业政策主导的上述发展机制在美国开始陷入僵局,其功能障碍逐渐延伸到欧洲、日本以及其他国家。在经济和社会五十年流变的背景下阅读劳伦斯新著的第二部,可以更深刻地理解美国民主法治的本质特征。

新政给法律界带来的第一个影响是,国家通过法规调整经济势必产生对政府法律顾问的巨大需求,从而为律师提供了更多的就业机会——就像当今中国全面推进法治,招聘政府律师和企业合规官的工作突然活跃起来一样。由于国家工业复兴法和紧急救援法的授权,公共事业振兴局等机构通过非常时期的非常举措给更多的人群创造出就业岗位。银行存款保障制度以及银行与证券市场分而治之的法律规定则迅速减轻乃至逐步消除了金融动荡。值得重视的是,在新政时期,立法政策以及相应的各种法规更强调的是市场竞争的公平性而不是自由度,并通过控制生产、提高商品价格的做法拉动企业景气。然而联邦最高法院继续采取保守立场,通过合宪性或合法性的审查来对干预和限制市场自由的法规说不。因为联邦最高法院九位大法官以全体一致的方式否定了国家复兴法以及允许按揭延期偿付的弗雷泽—莱姆克法案,所以判决做出的1935年5月27日被法制史学家称作法治的"黑色星期天"。

劳伦斯的记述告诉我们,为了打开新政举措在联邦最高法院受阻的困局,罗斯福总统在高票再选连任后试图借民意的东风重组最高法院。这个设想引发了立法史上空前激烈的争论,最后在司法独立原则面前遭到挫败。就在这时,最高法院的姿态发生了微妙变化,个别中立的法官转而支持新政,使得力量对比的天平出现倾斜。随着时间的推移,最高法院开始疏远那些离散而偏执的少数人,更注重通过民主表决程序做出的法律决定,社会也更加认可一个积极有为的强大政府。尤其是第二次世界大战,更进一步加强了对经济的管制和计划理性。在这里,如何适当限制政府的权力、防止专断再次成为一个突出的问题。美国给出的答案是制定行政程序法,并根据相关规定加强对行政行为的司法审查。根据我的读后感,现代美国法律发展的历史业已证明,司法独立并非意味着司法与政治完全绝缘,即便是非常技术化的案件审理也不可能完全排除利益衡量和政策判断。但有一点可以肯定,司法审查(包括司法性质的违宪审查)在限制政府权力的同时也增强了政府权力的正当性,并且有利于法制统一和中央集权化。

战后复兴需求、东西方两大阵营的冷战和竞争、"向贫困宣战"运动、"大社会"构想等一系列社会现象,为福利国家奠定了基础,也使得社会法这个领域迅速扩张。公害问题和环境保护运动推动法律与审判的范式转换,科学与政策的重要性开始被强调,法官创制权利和规范的现象也变得司空见惯。于是乎,出现了所谓"法规爆炸""诉讼爆炸"的事态。为了提高大量增殖的法律规范和判决的效力,美国采纳了鼓励维权诉讼、通过私人动机和行为来运行法律体系的制度设计方案。其结果是,根据侵权行为法的规定提起赔偿请求，尤其是针对企业的赔偿请求大幅度增加了，而19世纪的归责原则逐步被排除，对产品瑕疵造成的损失都按照无过失责任的法理进行赔偿，不给企业留下就过失和因果关系进行抗辩的机会。利益驱动的法律适用方式，使得对判决的预测以及对法律效力的评估变得愈加重要。因此，法学研究者（特别是以劳伦斯为代表的"法与社会"运动的推动者们）不得不关注"书本上的法"与"行为中的法"的差距，加强对立法和司法的实证分析，并从功能强化的角度提出制度改革建议。一般公民则对法律采取更加工具主义或者功利主义的态度。

随着法律越来越大规模地渗透到人们的日常生活之中，不同利益群体的诉求如何表达、如何协调也成为一个极其重要的政治议题。而对法律内容的理解，在不同的社会语境、不同的阶层中往往大相径庭，这意味着文化传统、价值体系也是左右制度变迁的一个关键性变数，法学研究除了关注法律的结构和功能外，还应该注意含义问题。尤其是在涉及家庭、女性、种族、小集团、反主流运动以及犯罪等问题的领域，从日常生活和人与人的博弈活动中自发产生出来的纠纷解决机制、规范以及秩序也是法律史的重要组成部分。劳伦斯的《二十世纪美国法律史》把这些非正式的结构与实践也纳入制度框架内进行考察，揭示微观层面的权力、不平等以及侵权行为的处理机制，展示了一个法社会学家的独特视角。

这本新著的第三部，把剖析的锋芒对准里根的保守主义经济政策以及后里根时代的自由至上论和全球主义对社会结构和生活秩序的重新塑造。从20世纪80年代末开始，美国经济的主轴从产业转换为金融，渐次形成了"金融主导的经济发展模式"，数码信息技术和金融工程技术的发达为全球金融资本主义体制提供了必要的工具和条件，特别是风险甄别和风险防范的绩效大幅度提高了。正是信息技术与金融市场的结合催生了90年代美国的繁荣和十年世界霸权。当时完全没有意识到，我与劳伦斯在阳光明媚的帕罗奥托晤谈之时，就身处该国向这一轮繁荣狂奔的风口。尽管美国法律的应对方式似乎没有太大变化——转向保守的政府试图在联邦最高法院任命更多持保守主义立场的大法官，九位大法官在各种敏感问题上的判决意见始终保持微妙的平衡——但科技的影响无所不在，也侵蚀着审判制度。

技术主义和货币主义是近代文明的本质因素，也是美国精神的典型表现。进入20世纪后，交通和通信技术的惊人进步使得人类生活方式为之一变，全球化的经济和政治体制具备了现实可行性。从20世纪90年代开始，互联网发展成为社会的基础设施，形成了无所不在、无所不能的数码网络空间。其结果是，民族国家的疆界变得相对化了，危险和机遇沿着纵横交错的网络不断流转，时而带来风险，时而引起混沌。在这里，我们可以发现另一种恶魔的碾磨，即与波兰尼学说有所不同的、以尖端信息技术为支撑的全球金融资本主义体制正面对的"双重运动"——经济上的越界博弈与政治上的边界冲突。正如劳伦斯所说的那样，美国试图通过输出法律制度的方式来化解统一性与多样性之间的矛盾，大型律师事务所发挥着推波助澜的作用，但结局似乎并不称心如意。

  美国是一个根据社会契约精神进行制度设计的人工国家，也是作为全球人种大熔炉的移民国家，在合众联邦这层意义上它还是一个"世界国家"。美国的政治极其多元化，置身这种状况中，法治的重要性是不言而喻的。理由很简单，只有通过民主程序制定的普遍性法律规范才能超越文化价值体系的差异，成为社会公共事务的行为准则。推而论之，20世纪形成的美国法律体系在全球化过程中是很有可能成为新秩序的一个坚固内核的。但事实证明，即使美国的法与社会模式以及高度发达的技术手段也很难适应无边无垠、充满不确定性的网络空间，实际上人类正面临全球治理的巨大挑战和失序的各种风险。也许我可以说，这样的初步判断就是劳伦斯·弗里德曼教授通过《二十世纪美国法律史》这本集大成的著作留给美国及其他各国读者的警世箴言。

（2015年12月13日）

斯卡利亚宪法论的余晖

美国时间2016年2月13日，联邦最高法院安东宁·斯卡利亚（Antonin Scalia）大法官于得克萨斯的牧场度假村里仙逝，享年79岁。这个咄咄逼人的护宪使者、滔滔雄辩的推理高手遽然退场，让人觉得庙堂上的法律解释和议论似乎顿时少了些戏剧性妙趣，因而不胜惋惜。

作为保守派的一个重要旗手，斯卡利亚在2016年美国大选方兴未艾之际撒手人寰，其政治影响非同小可。其中第一大影响是，联邦最高法院从1986年起持续了大约三十年的意识形态保守化的基本格局，将自此被一举打破。

众所周知，此前有五名大法官是共和党总统任命的，倾向于保守派，四名大法官是民主党总统任命的，倾向于体现新政精神的自由派；共和党任命的肯尼迪则作为中间派发挥着平衡器或者一锤定音的作用。在某种意义上也可以说，不管是有意还是无意,法律意识形态在联邦最高法院基本上保持了三元共和的结构,往往呈现出詹姆斯·西蒙所谓"中间派掌权"(the center holds)的形势。斯卡利亚亡故后,那个金字塔顶端的大法庭便顿时成了四对四的角力态势,按意识形态划线的主观动机势必增强,很难形成多数意见。

如果大法官们立场严重对峙或者反复拉锯的状况持续较长时间,那就会削弱联邦最高法院的威信,会损伤国家秩序的共识基础。另一方面,如果奥巴马总统提名一名新的大法官候选人并获得参议院通过,意味着保守派与自由派的力量对比关系从今以后将发生逆转,并且很可能将持续二十年左右甚至更久。这对保守的共和党人而言无异于一场噩梦。

斯卡利亚突然去世的第二大影响是,给美国总统大选增加了复杂的变数。

为了避免联邦最高法院的意识形态格局之变,拥有参议院多数席位的共和党国会领袖米奇·麦康奈尔以及该党数位总统候选人已经迫不及待地主张,要让将来当选的新总统来提名继任大法官人选。由于奥巴马也早早地发表了关于提名斯卡利亚后继人选的声明,并得到民主党大佬们的支持,所以共和党方面必然要采取对抗措施阻挠具体议事日程的进展,并打算充分利用既有的"瑟蒙德法则"——总统大选之年参议院应尽量避免处理司法提名事务。但是,由于斯卡利亚辞世时间不凑巧,假设等大选尘埃落定之后再考虑继任者,那就会导致联邦最高法院空转一年半左右,甚至还有可能诱发宪法危机。

实际上，斯卡利亚尸骨未寒、两大政党狼烟即起的个中缘由也不难理解，因为总统的作用有任期设限，而大法官为终身任职，影响力可以持续二三十年；更重要的是，联邦最高法院的宪法解释和判决具有至高无上的绝对约束力，并且能制约总统权力，包括其作为三军统帅的权力；而司法审查程序又是不受舆论左右的，可以在对大局、对大势进行深思熟虑的基础上从容做出决定，收放自如。

总之，无论是好是坏，斯卡利亚大法官的突然去世已经一石激起千层浪。在大选之年，围绕继任者的争执势必冲击选情。可想而知，大法官候选人的意识形态色彩如果很浓厚，提名就将成为选战的动员手段；反之，以表决方式否定提名的举措倒会激起选民的不满和反感。当然，奥巴马也有可能考虑两党均能接受的中间派人选，以确保提名顺利通过，同时也切实改变保守派的优势。

需要顺便指出一点：在宪法的司法独立原则之下，尽管总统提名大法官会考虑候选人的价值取向对判决以及政府施策的效应，但该法官就任后的活动只基于内心确信、制度逻辑以及案件情节，所做出的判断内容也可能大大出乎提名者的预料。例如尼克松前总统在1969年提名沃伦·伯格出任首席大法官，是希望他能推动向右转的"反革命"，但伯格法院不仅没有趋向保守，反而在承认人工流产的合法性、为推广种族融合教育提供司法救济等方面还向自由化的立场迈出了一大步。特别是举世闻名的"合众国诉尼克松案"判决由伯格首席大法官执笔，促使尼克松下台，充分体现了联邦最高法院的独立和公正。所以，学界和舆论界普遍认为伯格法院的特征是"反革命无疾而终"（the counter-revolution that wasn't）。还值得一提的是，即便以保守出名的伦奎斯特法院，1992年也无法对人工流产合法化的判决进行颠覆性变更，并从2002年起在大法官们的合力推动下或多或少转向了自由化。

就在中间派掌权并决定判决趋势的过程中，斯卡利亚大法官仍然始终坚持了保守主义立场和自己对正义的单纯信念，哪怕成为孤独的异议者也毫不介意。他敢于不留情面地批评任何一位与自己观点相左的大法官，甚至对同僚的语法和修辞也在鸡蛋里挑骨头；有时还会出言不逊，让人啼笑皆非。

但是，他的脑袋并非冥顽不化的花岗岩。恰恰相反，他目光敏锐、思路明晰、文采斐然，在法庭辩论和判决理由陈述时的推理层层剥笋、丝丝入扣；在日常谈吐中也充满了热忱、机智以及幽默，为人爽朗风趣。十年前在日本神户，他留下了一夜三泡有马温泉的逸闻。两周前在中国香港，他把"一国两制"与美国"一国五十制"混为一谈，在哈哈大笑中回避了对敏感政治问题做出表态。所以，斯卡利亚能与立场迥异的同僚露丝·金斯伯格、艾琳娜·卡根建立起非常亲密的友谊。金斯伯格大法官在评论斯卡利亚时曾经说过，"我喜欢他，但有时恨不得掐死他。……我不同意他的大多数主张，但欣赏他表达主张的方式"。

在这里，我更重视的倒是那种允许在判决中发表少数意见和反对意见的制度安排。司法意见存在竞赛和选择的空间，不仅可以为斯卡利亚的另类思考提供展示机会，也为法律解释论的改善和创新准备了必要而充分的条件。换言之，判决如果容许不同规范命题之间的交锋，就会有效促进论证性对话和沟通，从而大幅度提高法律推理的水准。

斯卡利亚在1986年由里根前总统提名就任大法官，在联邦最高法院呼风唤雨已近三十年。其司法哲学的一个特色是拥护联邦制的宪法原理，对罗斯福新政以来日渐伸张的联邦议会立法功能加以限制，而重新增强各州的自治权限。这种传统的自治理念延伸到个人自由层面，就是坚持承认以自卫为目的的持枪权，联邦最高法院关于个人持枪合法性的判决是由斯卡利亚起草的。他还加入了关于撤销企业政治捐款上限的诉讼的判决多数意见。而在承认同性婚姻、人工流产、移民的合法性以及认可医疗保险制度改革方案等一系列改革指向的判决中，他统统表示了反对意见。对于在公共场所张贴《圣经》"十诫"是否有违宪法精神，他的回答是在这里对政教分离原则不可扩大适用；对于17岁以下的少年是否应判死刑，他的回答是这并非法官决定的事项。

在当今的美国联邦最高法院，明确阐述自己的司法哲学或者法律解释观的大法官只有两位。一位就是斯卡利亚，主要观点见诸其专著《解释的问题》(*A Matter of Interpretation: Federal Courts and the Law*)。另一位是布雷耶（Stephen Breyer），主要观点见诸其代表作《积极自由》(*Active Liberty: Interpreting Our Democratic Constitution*)。前者自诩为宪法的"忠实代理人"（faithful agent），后者则希冀与立法者成为"合作经营者"（cooperative partner）；

前者固守条文原意，后者强调法的与时俱进和自由运用；斯卡利亚与布雷耶，在思想光谱上构成对峙的两极。如此不同的立场究竟孰是孰非，恐怕很难遽下结论。或许正因为存在这种永恒的对立，法律意识形态才有张力和活力，文本解释才能别开生面。

斯卡利亚的司法哲学特别强调条文的字面含义（plain meaning）。一般而言，法官解释的对象是立法者的意图（legislative intent），但为了避免揣测的主观任意性，斯卡利亚坚持文本主义。他认为，立法者的客观意图只能表现为文本，而立足于文本就必然立足于形式，所以他公然标榜形式主义。但他的形式主义又不同于所谓"严格的建构主义"（strict constructionism），因为在美国，司法机构的重要职责是协调普通法与制定法之间的关系，也就是说，必须在遵循先例原则与民主政治原则之间折冲樽俎，这就必然给结构带来弹性和复杂性。

但是，在斯卡利亚看来，宪法的解释与一般法律的解释是不同的：宪法属于"一个特别文本"（an unusual text）。因此，联邦最高法院在解释宪法时必须注重对立宪者原初宗旨的探索，而不能采取"法与时转则宜"的进步主义立场，不能把变易不居的"活宪法"（living constitution）作为司法审查的标准。这就是他的宪法"原旨主义"（originalism）的基本观点。他认为，如果社会发生了情势变化，立法机关可以通过民主程序设立新的权利和规范，或者制定新的宪法修正案，但法官不能采取扭曲宪法原初含义的方式来越俎代庖径直做出决断。司法机关的违宪审查必须严格维护立宪者的初衷，防止民主政治中容易出现的多数派专制或者浅薄的从众趋势。不得不承认，斯卡利亚的主张与参加美国宪法设计的汉密尔顿的思想灵犀相通，并且可以得到当代德国法学和社会理论的巨匠尼克拉斯·卢曼关于法官不宜侵蚀立法权的论述的印证。

然而斯卡利亚的宪法解释观还是很容易在不经意间滑进司法能动性或者司法民主的两难境地。当他说一些与时俱进的制度变革不应该由法官决定时，当他强调法律文本的字面含义和形式主义时，毫无疑问，他采取的是司法消极主义立场，拥护立法机关有所作为。而当他以宪法原旨的名义限制联邦议会的立法活动时，其实却悄悄地转向了司法积极主义——更准确地说，是"保守的司法积极主义"（conservative judicial activism）。他的确有勇气对日益圆滑世故的同僚和世人说不，固守自己的信念，在这个意义上他是一个彻头彻尾的自由主义者。但在有机会通过个人权利诉求和确认的自由主义方式推动社会变迁时，他却宁可把改革的判断责任推给民众。

或许正是为了把斯卡利亚从上述的宪法论逻辑陷阱里拉出来，法哲学家德沃金（Ronald Dworkin）特意提出了一个概念框架，把原旨主义分为"语义原旨主义"（semantic originalism）与"期待原旨主义"（expectation originalism）两种类型。显而易见，他在原旨主义的"期待"中嵌入了制度创新的契机和个人撬动社会结构的司法杠杆。依我之见，这里其实暗示了法律意识形态之争的宪法技术化进路。推而论之，在总统大选的背景下，奥巴马总统如果要成功任命一位继任斯卡利亚职位的大法官，恐怕也不得不选择中间派色彩较浓的技术化进路，否则就很难在普通法传统与民主政治的现实之间达成适当的均衡。

（2016年2月16日发表于财新网）

附　录

"伦奎斯特法院"的天平与砝码

　　最近，美国联邦最高法院同时出现了两个空位。先是桑德拉·奥康纳大法官（75岁）在初夏以护理病重丈夫为由宣布辞职。接着威廉·伦奎斯特院长在9月3日以80岁高龄溘然长逝。面对这样的异常事态，布什总统匆忙在9月5日宣布一项破格的人事安排：改变让华盛顿联邦高等法院的约翰·罗伯茨法官（50岁，曾担任伦奎斯特院长的助理、里根和老布什两代总统的法律顾问）接替奥康纳大法官席位的原定计划，提名他直接继任院长。此举引起一片错愕。

　　在美国政治中，联邦最高法院的作用举足轻重，而院长，更是全国家喻户晓的人物。伦奎斯特做大法官长达33年，晚期的19年承担院长要职，当然给这个时代打下了深重的烙印。特别是在1974—1994年期间，他通过坚持不懈的说服工作，使新保守主义从几声孤雁哀鸣，逐渐变成了司法界合唱的主旋律。所谓"伦奎斯特法院"的1986—2005年体制的本质，归根结底就是让审判的天平右倾化。这次多年难得一遇的新陈代谢，适逢共和党执政，为延续伦奎斯特的既定路线提供了绝佳机会，也在民主党内引起了忧虑和警觉。

曾几何时，当故总统尼克松一边摸索访问中国的途径、一边琢磨如何把伦奎斯特送进联邦最高法院之际，罗斯福新政所确立的左翼自由主义（哈贝马斯把它与社会民主主义等量齐观）的优势还很明显。1971年，参议院的大法官任命事项承认程序，使这位极端保守分子不得不面对由民主党主导的、长达三个月的严厉质询。为此，共和党专门创造出了"伦奎斯特别提审"（Rehnquisition）这个新的英语名词，用来指责对方是在搞"异端审判"（inquisition）和私刑。转眼间15度寒暑更换，到了1986年，这回轮到故总统里根来决定接受伯格首席大法官的推荐，指定伦奎斯特为继任院长。这项提案虽然在参议院获得了65票对33票的多数支持，但对首席大法官的任命持反对意见的多至33票，也算得上史无前例。

没有人否认伦奎斯特是一位极其优秀的法律家。此公思路缜密、辩才无碍，有时发言甚至会得到来自敌对阵营的情不自禁的喝彩。也没有人跟着民谚嚷嚷什么像伦奎斯特这样的好法律家就无法成为好邻居。因为他总是那么态度和蔼，摆出一副与世无争的架势，很会讲逸闻故事和笑话，深得幽默以及交友之道的个中三昧。正是这样的人格魅力使他能够对最高法院同事们的观念产生重要影响，并在时而3:3:3、时而5:4的格局中维持着妙不可言的动态均衡。

但是，他那鲜明的意识形态、那坚定不移的政治立场，却还是让法院内外的很多人感到如芒刺在背。众人皆知，这个保守派领袖起草过支持种族分离政策的判决理由，一直反对歧视纠正措施（affirmative action），对承认妇女人工流产权的最高法院判例（Roe v. Wade）也持有异议。他还否定同性爱的自由，不赞成在保障刑事被告的人权方面的某些举措，呵护宗教势力。如此等等，不一而足。不过，伦奎斯特在限制隐私等个人自由决定权方面的努力大都失败了，只有关于宗教信仰的观点超出了少数意见的范畴，对判例导向产生了实质性影响。

可以盖棺论定的是，伦奎斯特借助违宪审查制度以及司法积极主义的现成砝码，成功地逆转了公法判例的倾向性，在很大程度上恢复了州政府的独立和尊严。在防止立法被选情左右而变得急功近利方面，特别是在与州际通商条款、限制联邦权限的宪法第10修正案、关于联邦不干涉州事务的宪法第14修正案第5节相关的领域中，他的观点得到司法界的理解和赞同。正如斯坦福大学法学院凯思琳·萨利文指出的那样："他领导了一场真正的联邦主义革命，与有史以来的任何时期相比，都废除了更多的侵犯州权的国会法案。"据调查合计，在1994—2004年期间，"伦奎斯特法院"有30件案件做出了联邦成文法违宪的判断，比改革派"沃伦法院"（1953—1969年）奉行司法积极主义时期的违宪判断还多出三分之一；其中大约半数涉及人权保障，另外的半数则涉及州权保障。

然而导致伦奎斯特不仅在美国，而且在全世界也家喻户晓的丰功伟绩，却并不是基于所谓"真正的司法审查"的联邦主义革命，而是2000年总统大选。当那年12月，两位候选人为重新盘点和计算选票闹到对簿公堂，布什诉戈尔一案吸引了全球的眼球时，多亏伦奎斯特一锤定音才避免了民主体制和宪法的空前危机。在某种意义上甚至可以说，没有"伦奎斯特法院"，就没有当今的共和党布什政权。但正是从伦奎斯特首席大法官投票干涉佛罗里达州法院对验票进行司法决定，并在最高法院构成支持布什的多数方那一刻开始，美国政治的风格也开始发生质变。

人们提到伦奎斯特时，往往会涉及奥康纳。如果说前者是引擎，那么后者就是刹车；两人配合默契，维持着司法界顶层的微妙均衡。目前最高法院的意识形态格局基本上表现为：右翼保守派4人，稳健的左翼自由主义改革派4人，另外还有具有保守倾向的中间派1人——不受自身信条左右而坚持理性的中庸之道的奥康纳大法官是也。特别在2000年总统大选后，左右两派之间的鸿沟日益扩大和加深，整个社会的价值观也呈现两极分化，这个奥康纳"钟摆投票"（swing vote）的砝码更加显出其关键性。有位电视主持人甚至干脆把"伦奎斯特法院"的后期称为"奥康纳的时代"。

记得1991年9月我刚到斯坦福大学法学院做访问学者，一个阳光灿烂的下午，东道主劳伦斯·弗里德曼教授约我谈研究计划，并亲自陪我参观专业图书馆。在一间优雅的红墙谈话厅里，我看到并列悬挂的两幅放大照片。劳伦斯说明这是两位著名校友：伦奎斯特和奥康纳，他们在1952年以优异成绩同期毕业于斯坦福大学法学院。据说他们在第二学年曾经有过约会，但后来却友好分手，各奔前程。然而谁能料到，他们会相隔10年先后被遴选为大法官？谁又能料到，他们竟会在同一年，各自以生离和死别的方式离开那座"正义的殿堂"？

最高法院同时出现两个空位，对于早就眼巴巴地指望打破那种动态均衡格局的保守派而言，不啻天赐良机。消息传开后，福音教派等宗教组织已经发动了两万余人的神甫等采取多样化手段开展宣传攻势，还有压力集团抛出1亿美元做电视广告，试图影响大法官的人选，进而改变某些宪法判例。据报道，不久前一位遭到强奸的妇女到药店购买堕胎药，就被公然拒之门外。可见，某些即使已经确立的法律权利也很有可能被进一步右倾化的浪涛所吞没之类的担心，并非杞人无事忧天倾。鉴于这种局面，民主党已经扬言，如果布什总统提名极端保守派补缺，那么他们将在参议院承认审议程序时不惜采取一切手段进行坚决抵制。

现在已经清楚了，预定接替伦奎斯特院长交椅的将是一位根红苗壮、嫡系真传的保守派，虽然罗伯茨法官的立场还不算过于极端。这项人事议案会被参议院顺利通过吗？由谁来继续发挥像奥康纳那样的调节器作用呢？且让我们拭目以待。

（2005年9月13日发表于法律思想网）

法官众生态的观察和描述
——佩妮·达比希尔教授《坐堂审案》中文版序言

要真正理解实践中的法律，必须对司法行为，特别是法官的工作方式和内在动机进行直接观察和实证分析。但这是非常困难的。因为审判独立原则和法院权威指向酿成了某种拒人于千里之外的孤高氛围，把判断者与外部社会区隔成不同的世界。少数法官出身的学者，例如美国现实主义法学的旗手杰罗姆·弗兰克、法国司法高等研究院的专家安托万·嘎拉邦，虽然曾经触及司法行为的深层问题，但都语焉不详，也缺乏充分的经验素材作为佐证。在这样的不毛之地，佩妮·达比希尔教授的著作《坐堂审案——英国法官的职业生活》于2011年突然横空出世，顿时引起一片惊艳之声。

不久前，在法社会学协会的年会上，我曾经与作者有过一面之缘。当时我在心里暗暗感叹，那小鸟依人般轻盈的身躯里竟然蕴藏着如此强大的学术力量，竟能成就这项可谓前无古人、后乏来者的伟业！达比希尔教授的确堪称奇女子，她从1971年就开始像观察花鸟虫鱼那样，长时间地、近距离地、专心致志地观察那些被视为"古板的白种老男人"的法官们的言行举止。近些年，她又通过对法院日常生活的参与式调查以及对几十位法官的深度访谈，终于揭开了英国法院内部各种角色及其精神活动的神秘面纱。

这本书的内容涉及法官的自我认知和社会形象、出身背景、入职门槛、职业构成、家庭生活圈和社交关系网、各种类型审判工作的案件负荷、法官与律师以及陪审团之间的互动、巡回办案和上诉审、法院餐厅里的花絮等等。作者描绘出的英国法院众生态，有具体情节，有心理刻画，比小说还要引人入胜，却始终保持了学者的客观性、平衡感、精确度，得到作为研究对象的法官本人以及法学界的充分认可和高度评价。

韩永强博士在英国留学期间就关注到这本难得的法社会学著作，并在新加坡国立大学法学院做访问研究期间精心翻译成中文，几经修改锤炼。译稿即将由社会科学文献出版社付梓，他希望我也能为他这本译书作序。无论从专业兴趣的角度，还是从校友感情的角度来说，这个请求都是义不容辞的。何况中国的司法员额制和责任制等改革举措正在全面铺开，部分地区的法官辞职问题也已经成为舆论的热点，这本关于法官职业生涯和司法行为的专著理应引起各方面的关注，因而我也认为有必要向读者郑重推荐。

通过达比希尔教授的这本精彩之作，中国法官也许能在英式法袍和假发的背后找到某些同病相怜之处，有关当局也许能为以庭审为中心的诉讼制度改革找到活生生的参考材料或者解决人性难题的灵感。我更寄希望于中国的青年一代法社会学研究者，但愿他们能借鉴这本书的调查方法和写作技巧，为身处大变局之中的法官们描绘出一幅幅等身大的、栩栩如生的审案肖像，进而全面记述多层多样的司法行为以及适当限制裁量权的机制。

（2016年8月4日沪上雷雨之际）

唤醒民族的海洋意识
——《海洋法学研究》发刊词

　　回望历史,是15世纪的大航海让人类发现了现代文明的新大陆。紧接着,西班牙、葡萄牙与荷兰、英格兰之间的海洋争论,导致国际法秩序的形成。后来弗兰西斯·培根在未完稿《新大西岛》里描绘了通过海洋乌托邦实现科技福利的宪法设计蓝图。阿尔弗雷德·塞耶·马汉的《海权论》则为19世纪的列强提供了逐鹿天下的战略思路,在很大程度上也塑造了当今的全球格局。然而,过去五百年间这一系列翻天覆地的大事件,在闭关锁国守成的泱泱华夏却几乎一直没有激起任何相应的政治波澜。

　　的确,鉴于西欧商人借助坚船利炮破门而入,有识之士魏源曾经在林则徐等个别开明官僚的支持下编撰《海国图志》,试图为清朝当局提供"悉夷情""师夷长技"的指南向导。令人扼腕长叹的是,这本奇书刚面世就被日本奉为加强海防、伸张实力的经典,而在作者自己的祖国却被居庙堂之高的王族、达官、贵人们弃如敝履。正是对《海国图志》这种一取一舍的结果，造成亚洲主导权在中日之间易位，从此以后出现了所谓"海洋亚洲"与"陆地亚洲"之间的对峙格局，以及冷战时期美国的原国务卿杜勒斯架设的围堵、遏制中国的三道岛链。而中国政府过分偏重近海防御的保守主义姿势，也使得作为海洋资源大国的优势长期无从实现，漫长的海岸线反倒成为内政和外交上的负担。

20世纪70年代末以降，中国的外向型经济高速增长与南海的岛礁主权被蚕食同步进行，终于唤醒了这个民族的海洋意识。在法律制度层面，其标志就是1992年领海及毗连区法的制定、1996年《联合国海洋法公约》的批准、2005年以纪念郑和下西洋600周年为契机设立"中国航海日"、2009年上海国际航运中心规划的实施、2010年海岛保护法的生效、2013年以后"经略海洋""海洋强国""海上丝绸之路"战略构想的推行等等。无论对中国、对亚洲，还是对全世界，这都毫无疑问是划时代的伟大变化，会带来地缘政治和国际法秩序的版图刷新，也会带来国家治理结构和意识形态的转型。遗憾的是，我国海洋法学研究的积蓄和发展态势，与国内外形势急转的现实和解决问题的需求相比较，尤其是与日本重新启动的"海洋立国"方略和有关研讨相比较，还太薄弱、太落后、太不成体系。

因此，我在2008年春天决定从日本回国就任凯原法学院院长之际，就把借助上海交通大学在海洋工程科学和船舶技术等方面的固有优势，建立一个国内顶尖、国际知名的海洋法研究和教学平台作为工作计划的重点之一。通过国内外朋友提供的联络信息，在全职到任之前，我曾经从神户分别跟这个领域的华人代表性专家傅崐成教授（中国台湾金门）、邹克渊教授（英国兰开夏）、薛桂芳教授（中国大陆青岛）等通过电话和邮件进行了沟通。记得与傅教授通话时，还听到了远处隐约传来的海浪声。到2008年秋天，我委托海商法专家赵劲松教授到厦门与傅教授会晤，反复说服后终于促使他下决心加盟凯原法学院，于2009年7月全职到任，并在10月创立了海洋法律与政策研究中心。以学校、学院以及本院部分专业教师的鼎力支持为背景，傅崐成教授奋发有为，纵横捭阖，使上海交通大学的海洋法研究从无到有，逐步做大，并在海外学界树立了一定的声誉，产生了相当的社会效应。后来根据团队建设的客观需要，2012年的春夏之交，我又在青岛与薛桂芳教授面谈，邀请她到凯原法学院与傅教授共同建设上海交通大学海洋战略与法权研究基地，特别是加强与国家重大战略需求的对接。这个愿望在不久后顺利实现。

通过七年多来坚持不懈的努力，在政府有关部门、研究机构以及校内外专家学者的竭诚帮助下，凯原法学院的海洋法跨学科平台建设已经初见成效，在2013年7月入选上海高校智库"国家海洋战略与权益研究基地"，成为首批10个智库中唯一的海洋类智库，依托上海交通大学的海洋研究院和极地与深海发展战略研究中心。2015年12月，这个研究平台又获批上海市社会科学创新研究基地，成为市级智库机构之一。随后根据海洋维权的要求、海内外形势变化的趋势以及团队组建的目标，凯原法学院的海洋法律与政策研究中心更名为上海交通大学海洋法治研究中心，由薛桂芳教授领衔。

该中心与研究基地的共同宗旨是聚焦近海、筹谋远洋，特别侧重海域维权和划界争端解决、深海资源开发分配和北冰洋航线利用、助力上海国际航运—贸易—金融中心建设，以及国际关系和海洋治理机制四个方面的考察、分析、跨学科探讨以及建言献策，力图在国际海洋规则的制定和执行等方面加强中国的话语权和主导权，在东亚边缘海加强中国以及亚洲和平与繁荣的安全保障。从长远来看，还要致力于提高海洋法学的理论水平，培养海事高端专业人才，进而结合上海交通大学在涉海科学、技术、工程、设备等方面的强大优势，建构海洋未来学的知识体系。

为了实现上述宏伟目标，具体推动海洋法律、政策以及维权活动的理论和对策研究，沉淀和积累相关学术成果，搭建跨界合作的交流平台，形成选项丰富的意见市场，上海交通大学海洋法治研究中心决定创办一份高质量的专业期刊《海洋法学研究》，包括专题特辑、学术论文、案例分析、制度变迁和学说的综述、海洋法理论和实践的动态介绍、书评等栏目。但愿这份期刊能够承载经略海洋的时代使命，及时而准确地反映国内外在海洋秩序建构、维持、重组等方面的最新进展，为国家海洋战略和政策的实施、涉海法律事务和争端的处理、海洋维权、大国崛起与海洋外交、面向海洋强国的治理结构转型以及国际海洋法规则的制定和修改提供学理上的支撑和借鉴，并成为海上丝绸之路远航者们的思想罗盘。此外，我们还希望这份杂志能与海洋法学界的一大批青年才俊同步发展，并为他们提供更大的用武之地！

（2016年10月27日）

防患于未然

——"法与风险社会"丛书总序

　　置身于现代化的场景、全球化的时代,就会感到各种类型的风险无所不在。因此,当今的中国不得不习惯与风险共生的处境,并加强管控风险的能力。

　　管控风险,目的是通过预防性举措来守护有价值的事物,防止损害和灾难。正如春秋末年左丘明所言:"居安思危,有备无患。"但人们即便明白这层道理,也往往倾向于回避对风险的思考和讨论。为什么?因为容易出现报喜不报忧的心理偏好,也因为时常担心"乌鸦嘴"之讥或者对所谓"负能量"言行的指责和压制。更何况风险被危害证实,总是盖然性的,并不确定。如果一旦发出风险的预警,但危害却并没有发生,甚至还引起了额外的成本负担,那就很可能招致"惩羹吹齑""杞人忧天"之类的抱怨,造成对提醒者、决策者以及执行者的信任度下降。因此,能否揭示风险,什么时候揭示风险,采取何种预防手段,总是颇费斟酌的，有时还的确让人倍感困惑。

然而无论是企业经营，还是国家治理，都充满了风险。回避风险议论的问题容易助长疏忽，无法未雨绸缪，最终使风险酿成损失、危机、灾难甚至"极少见、特有害"的人间惨祸。在这个意义上，提高风险意识，促进风险沟通，注重风险的评价、预防以及分散是非常必要的。对处于各种矛盾激化的转型期的中国而言，尤其需要加强防患于未然的态势，不断从经验特别是失败中汲取教训并健全纠错机制，采取多重防护措施来应对风险、危机、不测变化以及因灾害或公共事件引起的紧急事态。

乌尔里希·贝克的名著《风险社会》是1986年出版的，迄今已经影响世界凡三十年。相关文献也已经汗牛充栋。根据我的观察和认识，在社会科学领域，对风险问题的论述主要分布在如下四个基本象限。

（1）从风险的角度对现代性进行重新认识和反思，提出多元的、复杂的现代社会图景，并致力于对科技、产业、城市、经济模式以及国家治理方式中的一些弊端进行矫正。这种立场是贝克风险社会论的出发点，也反映在安东尼·吉登斯的学说中。

（2）从风险的角度建构一种新的社会系统理论，最有代表性的是尼克拉斯·卢曼风险社会学提出的分析框架。卢曼把对决定者的问责以及相应的风险沟通作为把握社会系统与风险之间互动关系的关键，实际上也为研究风险社会的治理与法制条件奠定了坚实的理论基础。

（3）站在决策者、行政部门或者司法当局的立场上，探讨对风险的评估、预防、管控以及具体的应对举措和规制方法。这类研究数量庞大，具有代表性的例如斯蒂芬·布雷耶从司法技术的角度进行个案分析的著作，还有阿明·纳瑟希的风险管控类型论。

（4）立足于草根阶层、利益群体以及普通公民的互动关系，从组织行为、社会运动以及沟通过程的角度来理解和把握风险现象以及各种应对策略。很有典型意义的是珍妮·卡斯帕森等人的系列研究成果。尤其值得留意的是，尼克·皮金、保罗·斯洛维奇们提出"风险的社会放大"的概念，让我们注意到风险感知与风险沟通之间的相乘效果和传导机制，以及在特定条件下的"群体极化"事态。

上述这四种象限是相生、相成、相辅的，也有重叠之处。其中（2）和（3）体现制度之维，分别对应于结构和功能，而（1）和（4）则体现过程之维，分别对应于含义以及媒介。如果进一步分析和推演，可以发现从各种各样的话语中浮现出来的根本问题只是"风险社会的治理"和"围绕风险（负资产）如何分配的沟通"。这恰恰构成了具有深刻法学意义的认识对象。

不言而喻，关于风险的社会科学研究也对法学界，特别是对侵权行为的归责机制产生了深远影响。近些年，在环境法、行政法、刑事法、经济法、保险法等领域，风险概念往往成为理论创新和政策调整的重要契机，关于风险的评价、预测、分散以及转换的讨论也开始渗透到执法和司法的各个环节。然而不得不承认，法学界对风险的理解和分析还不够全面、中肯、深入，尤其是对风险社会对法治模式和规范思维方式的深远影响还缺乏必要的考察,对风险管控的制度安排及其效应也没有进行充分的实证研究,故而关于具体举措的探索往往停留在比较皮相的层次。在中国,关于法与风险社会的研究更是处于起步阶段。在风险预防和风险沟通之际,有关部门以及专家学者时常暴露出囿于先入之见、流于盲目乐观、陷于思维僵化、苦于想象匮乏等视觉上的盲点。

正是根据上述认识,上海交通大学凯原法学院决定把风险社会的依法治理与制度创新作为现阶段学术活动的重点,策划了跨学科合作项目并组织了相关专题研究和讨论。我们的基本立场是,要有效预防和管控风险就决不能回避可能出现的问题,更不能掩盖或扭曲事实真相,而必须形成某种能够自由探讨制度、政策、举措的成败得失以及纠错机制的氛围。与此同时,也要防止风险意识的保守化畸变,坚持"不冒险就是最大风险""有危机就有转机"的挑战精神,形成宽容试行错误的氛围。也就是说,要在鼓励风险决策与防控决策风险之间达成适当的平衡。

作为本院集体攻关的高峰计划,这个关于法与风险社会的跨学科研究项目在严格区别"风险""损害""危机""完全不确定性"以及"可预料之外"等概念的基础上,把决定者与受决定影响者之间的矛盾及其解决作为国家治理体系和法律秩序重构的切入点;把围绕问责的风险沟通、抗议运动以及相关的法律话语作为理论创新的重点;在讨论具体的制度、规范、程序、举措、技术时尽量聚焦作为负资产的风险如何切割布置的分配正义问题,并以此为机轴开展案例研究、实证分析以及跨学科合作,建立关于法的政策科学体系(还不妨包括各部门、各行业的"风险命价"计算指标的厘定和不同规模的测量)。另外,还有必要从风险社会的角度重新理解和诠释法律学的基本范畴乃至各种相关命题,探讨适合国情的日常法治模式和紧急事态法治模式。

就法治模式创新而言,这个跨学科研究项目试图建构一个把"原则"嵌入合理行为之中的国家治理体系。可以说,既有的法治理论基本上是把"信念"与"欲望"作为合理行为的动机,各种制度设计基本上都是这两种因素的不同组合而已。这是很典型的实践理性的工具性分析框架。但是,其实只有在"原则"确立之后,通过规范的控制和协调才能使行为具有合理性。因此,本项目研究的理论重点在于,风险社会中通过不同传统、不同制度设计以及不同政策举措体现出来的"原则"或者正当性根据。在实证研究中,我们将对基于"原则"而形成的规范控制的结构和功能进行测试、分析以及检验,从而进一步说明行为合理性与规范控制之间的关系。

在我看来,把"原则"嵌入合理行为之中的法治模式更能适应21世纪中国的风险社会以及网络混沌的现实,即事实与规范之间的复杂而多变的关系。不言而喻,在一种非常相对化、流动化的状况下,基于"原则"的规范控制显得更加重要。为此,需要摈弃乌尔里希·贝克所批评的那种"单纯的现代"观,更强调自我反思的理性和机制设计,进而拓展菲利普·塞尔兹尼克关于"回应型法"以及衮塔·托依布纳关于"杂交法"的思路,需要对政府的预防和管控在行为层面的影响以及问责机制做具体而深入的考察，并把认知科学、博弈理论、信息处理技术以及其他学科的知识和方法导入立法、司法、执法领域，区别基于交涉制约的习惯与基于义务制约的规范，分析服从规范的行为方式和使用规范的行为方式。

具体而言，当今中国所面临的风险，既包括结构性腐败的蔓延所孕育的执政合法性危机，也包括经济高速增长过程中出现的股市、债市、楼市泡沫破灭所带来的冲击，还包括生态环境的破坏、生命健康的侵蚀、城市治安的恶化、科技利用的副作用，诸如此类，不胜枚举。从法学的角度来看，风险的预防和管控手段既有物权性质的（用以中止或者终止潜在威胁和实际损害），也有债权性质的（用以赔偿受害者的各种损失），还有行政预防、刑事惩罚、保险理赔、紧急事态处理等等。我们对风险预防和管控的目标以及制度的应对手段进行梳理后，提炼出了跨学科研究项目的以下基本课题：风险社会的公共事务决定与问责以及法律沟通；超大城市和网络社会中多层多样化的风险治理机制；无疆界时代国际秩序的不确定性与各种流动性风险的应对；企业、金融以及经济发展的法律风险防范机制；结构性腐败案件的刑事责任追究以及风险刑法论；以风险管控为宗旨的行政预防制度和司法审查制度以及各种不同政策之间的协调；等等。

这套丛书作为凯原法学院关于法与风险社会的高峰计划的基础作业之一环，旨在对上述基本课题研究的问题意识和聚焦点进行梳理，对相关领域的前期成果和中国学者的代表性业绩进行总结，对风险法学的未来进行展望，描绘出适合于本项目定位和进展的知识地图。在此基础上，我们还将从不同维度对超大系统和复杂系统的风险管控机制进行更深入的共同探究，特别侧重生态环境保护运动与权利救济方式、产业经济安全问题与行政规制方式、城市突发事件与危机处理方式、警察活动的比例原则和民事不介入原则与基层治理方式等若干板块的法律、政策以及举措的实证分析或者规范分析。这套丛书究竟是否充分反映了相关领域的前沿动态，只能留待读者诸贤去自由评判；但愿我们这群志同道合者的尝试和努力能够对大家进一步认识风险社会所特有的治理问题以及法律秩序演变的趋势有所助益，也能够成为中国法学理论和制度创新的又一个契机。

这套丛书的出版得到上海三联书店黄韬总编辑、王笑红编审的鼎力支持，责任编辑杜鹃女士更对每一本论文集的技术处理倾注了大量的精力和专业智慧，在此我代表各卷主编和所有撰稿人对出版社方面表示诚挚的感谢之意。另外，"法与风险社会"主题的企划、研究以及丛书的出版发行还获得了上海高校服务国家重大战略出版工程项目以及清华大学公共管理学院CIDEG重大项目"风险社会及其应对"的资助，特此感谢。

（2016年11月3日）

深切悼念恩师罗豪才先生

罗豪才老师去世的噩耗，我是在2018年2月12日9点半左右获悉的，顿时悲从中来。我们相识三十余年，虽然与他日常接触不太频繁，但在自己人生发展的几个关键节点上直接或间接得到他的爱护和提携，让我感激不已。他曾经久居庙堂之高，担任过最高人民法院院长、全国政协副主席，但却毫无官宦架子，永远保持学者本色，坚持从事研究和教育，始终谦和待人，使晚辈在晤谈时总是如坐春风，这样的高风亮节让我钦佩不已。

我在北京大学法律学系读本科时，罗老师担任负责国际交流的副系主任以及中美法律交流委员会常务副主席。鉴于改革开放的需要，当时的系领导班子达成了一项共识，就是尽量把优秀学生送到法治发达国家留学。罗老师曾经说过："我认为，过去法律系搞所谓'绝密专业'是很荒唐的思维，法律一旦绝密就没有什么用处，自我封闭就没有出路。"凭借作为归侨的特有优势和涉外沟通能力，罗老师努力为学生交换以及教师合作研究提供了很多机会和资源。我本科毕业那年，北京大学法律学系研究生出国留学名额中出人意料地有了一个法学理论专业的，据说这是新中国成立以来第一次派留学生到美国长期攻读基础法理学位（后来因为国际政治上的偶发事件改派日本）。在研究生考试中，我的各科总分排序第一，英语成绩也很突出，因此获得留学名额本来应该毫无悬念。但是，也有著名教授建言把我和其他若干同学作为未来的教学骨干留在本系，避免长期留学导致的不确定性。事后我听说是赵震江、张国华、罗豪才等系领导拍板才放弃了本位主义的提议，特别是罗老师强调能留学的都要派出去，只有这样才更有利于中国法学的发展。可以说，正是这样的一念之差让我的人生路径出现了截然不同的前景。

  1984年10月出国之后，我仍然不断得到北京大学法律学系的关怀。记得我在京都大学就读后不久，团中央派出访日团，其中的北大代表还特意联系我，到宿舍探视了一番。1985年之春，教育部放宽了留学生家属探亲政策，新婚燕尔就分别了的妻子骆美化到系里办理暑假短期赴日的手续，罗老师在审批时主动为她提供了根据新签合作协议到日本研修的机会，以免我们五年海天之隔。这个项目是罗老师在美国哥伦比亚大学法学院做访问学者期间与著名律师松尾翼先生商定的，从1985年起，北京大学法律学系每年派遣一名研究生赴日研修半年，骆美化是首届，接着还有金光旭等。承蒙有关部门的开明和特别批准，骆美化在研修之后又转往京都大学法学院继续留学深造。1987年之后，我介绍日本资产家冈松庆久先生向北京大学法律学系捐赠设立研究所以及资助其他事业，也算是对知遇之恩的一种点滴报答。1991年春天，罗老师在北京大学副校长任上访问日本，其间降尊纡贵与文部省的陪同仁员一起专程从京都驱车到神户来约我晤谈，嘘寒问暖，很关心我在大学任教、研究以及生活的现况，让我非常感动。

罗老师提出行政法领域的"软法"学说后引起争议，他曾经嘱咐我从法社会学或者法律文化论的角度也进行探讨，看有关命题能否成立。2007年11月4日，他主持的一个关于"软法"的研讨会在北京大学法学院的四合院举行。他邀请我与一位英国教授做基调发言，然后安排各种观点进行自由交锋。在研讨会的整个过程中，他只是静静地倾听不同主张，有时会在小本上记录要点，丝毫没有以势压人的做法。在午餐期间，他与来自不同大学的教师和学生轻松交谈，劝年轻人多吃些荤菜，一派温厚长者的气象，使我深受教育和启迪。在我看来，罗老师把"软法"概念引入行政法学体系其实是颇有深意的，主要宗旨是减少行政规制的刚性约束，为市场经济松绑，为意思自治和制度改革提供更大的回旋余地。由于中国缺乏现代法治的基本条件，有法不依的现象屡见不鲜，所以有人担心"软法"之说会助长法外行事的偏颇，这种观点倒也值得重视。但很多学者却忽视了规范效力与规范结构之间的区别，把不同层面的问题混在一起了。我认为，在中国实践中，法律的效力应该刚性化，但法律的结构则应该弹性化。这样的论述似乎得到了罗老师的首肯。

世界著名学者青木昌彦教授2007年设立制度比较研究所，邀请不同专业领域的专家共同探讨博弈和规则形成机制，我也有幸忝列其中。青木昌彦教授在一次讨论中听我提到中国的行政"软法"争论，很感兴趣，于是打算邀请罗老师到制度比较研究所来演讲。正好罗老师要率中国人权研究会代表团（包括当时的中央党校副校长李君如、国务院新闻办七局局长董云虎等）访问日本，所以在行程安排中追加了一项学术演讲活动。2008年5月16日下午，青木昌彦教授主持了罗老师的演讲会，曾任日本检察总长的国际民商事法中心理事长原田明夫作为日方与谈人发言，高度评价了罗老师的学术见解。就在这次访问期间，罗老师与老朋友松尾翼先生、小杉丈夫先生久别重逢，后者设宴款待代表团全体成员，东京大学法学院的若干著名教授作陪，席间把酒畅谈，十分尽兴。

我在2008年9月回国到上海交通大学法学院就任院长的消息也让罗老师很高兴。后来他因公务到上海来时，如果日程安排允许的话就会邀请我到下榻之处晤谈。印象最深的是在兴国宾馆和西郊宾馆的那两次餐叙，他纵论学术，谈北京大学法律学系的师生的动向，还主动提议让秘书给我们拍了几张纪念照片。因为罗老师在2007年春天我到他办公室拜访之际曾经委托我代为看望沈宗灵老师，我后来在造访沈府时也郑重其事地转达了他的问候。在2013年的一次餐叙中我提到这件往事，此时沈老师已经去世，所以罗老师的表情中既有欣慰也有诸多感慨。2013年3月22至23日，我主持召开的东亚法与社会国际研讨会在上海交通大学法学院举行，他特意来出席了开幕式并致辞，并自始至终参加了"软法"

分组会的研讨活动。2015年全国性质的软法研究会成立，我也应邀到场学习。我发现罗老师最喜欢的就是这样无拘无束的研究探讨活动，显而易见，他在校园里更感到轻松自在。

以我的观察和理解，他的心境似乎与陶渊明在《归去来兮辞》中的叙事倒更接近些："既自以心为形役，奚惆怅而独悲？悟已往之不谏，知来者之可追……"俨然有点大隐隐于朝的意思。现在，罗老师终于彻底隐身山林了，"归去来兮，请息交以绝游"。我似乎能够看到他与沈宗灵老师、龚祥瑞老师、王铁崖老师、芮沐老师在灵山欢欣重逢、临清流而赋诗论道的情景。在这个意义上，罗老师的去世或许也算得上民间所谓的"喜丧"。但是，宗师凋零，中国法治和法学遭受重大损失，则让我们这些后辈学人不胜哀痛和惋惜。在这里，我所能做的只有合十法界于一心，为敬爱的罗豪才老师祷祝冥福！

（2018年2月21日）

寻找东亚乃至世界的稳定之锚
——在上海交通大学日本研究中心揭牌仪式和纪念大会上的致辞

今天,我们聚集在这里,似乎站在历史进程的又一个十字路口。

回溯150年前,日本正处于主战派与倒幕派激烈冲突的旋涡里。通过富于远见的政治家胜海舟的努力,日本终于以江户不流血开城的方式以及一系列政治妥协避免了国家分裂,实现了明治维新。但是,这个功臣对维新政府的脱亚入欧政策和黩武主义偏向却始终持批判态度,热切地主张中日提携、共同抵御列强的攻势。在日本出兵侵略台湾的事件发生后,胜海舟愤而辞去官职,接着又在1877年完全下野,息影政坛。

从那时起又过了100年。1977年8月18日,当时的日本首相福田赳夫出席东盟峰会并在马尼拉发表演讲,倡议福田主义,强调日本与亚洲重建互信、加强平等合作的重要意义。一年之后的

1978年8月12日，《中日和平友好条约》又在北京签署。在邓小平作为中华人民共和国领导人在金秋十月首次访问日本，与福田赳夫首相在批准书互换仪式上握手言欢的那一刻，我们仿佛看到胜海舟关于中日提携的梦想终于复活了。

光阴似箭，在《中日和平友好条约》的体制下，转瞬间我们又一同走过了40年。中国推动的改革开放也已同时度过了40次春秋交替。但是，今天环视全球，到处充满了贸易战的风险性和政治剧变的不确定性。为此，我们迫切需要为中国、日本以及整个世界的和平与繁荣找到某种稳定之锚，迫切需要找到某种使亚洲、太平洋各国加强合作的制度框架，迫切需要找到某种价值规范的最大公约数作为重构东亚共识以及人类命运共同体的基础。

由于历史的机缘巧合，就在东亚乃至世界结构大转型的关键时点，上海交通大学日本研究中心宣告正式成立。这就自然而然会给这个新中心带来些许幸运，同时也势必带来某种特定的使命。在我看来，这个新生的平台主要有三大时代使命：第一，加强"海派日本研究"；第二，发扬光大南洋公学编译《日本法规大全》以及邓小平提议定期召开"中日经济知识交流会"的传统，进一步加强经贸和政法的对话机制；第三，促进东亚的公共外交。

"海派日本研究"，是上海交通大学的老学长、著名政治家汪道涵先生提出的命题。根据我对弘扬互信互惠、平等多元、共同发展的上海精神这个权威命题的理解，海派日本研究的主要特征是中西合璧、面向太平洋，超越冷战思维、零和博弈等陈旧观念,从而形成视角的多元性、思想的包容性。这意味着我们要在全球化、多元化的大格局中定位日本,以西方这个他者为参照系来认识那种"剪不断,理还乱"的你我两国之间的复杂关系。上海是中国市场经济的中心,是长江流域的龙头,因此,海派研究势必更多地关注企业、贸易、金融、航运、城市治理、中央与地方的政府间关系等现实问题,更具有技术性和专业性。总之,把地球与地方密切联系在一起的"全球本土化"(glocalization),让不同文明和文化和谐共处的"多维度文化"(multiculture),这就是海派日本研究的风格。这种海派风格也许很像福田康夫首相十年前提出的一句口号:让太平洋成为内海。

去年3月我随发改委国际交流中心中日智库访问团到东京,见到日本财务省的好几位知华友华人士。他们跟我提到1981年由当时的谷牧副总理、大来佐武郎外务大臣以及宫崎勇经济企划厅长官共同推动中日经济知识交流会的故事。也许在新时代我们需要一种类似的定期对话机制,加强制度知识的交流,促进东亚的经济整合和秩序重构,为这个流动性、网络性、不确定性、风险性不断增强的世界提供平衡器和稳定器。还记得我在1987年11月初陪同中国国务院法制局代表团到东京访问,小和田恒先生作为外务省次长出面接待。那时中国的现代法制建设还刚刚起步,涉外经济法规很不完备,他特意安排法务省和内阁法制局的立法部门座谈交流。时至今日,法治中国已经成为权威话语体系的重要组成部分,而小和田恒先生也在联合国国际法院多年担任法官乃至院长。相信他会同意这样的说法:在新时代,中日应该就未来的亚洲秩序进行深度对话；在纪念《中日和平友好条约》缔结40周年之际，我们有必要在更高层面上进行法政对话。

在某种意义上，今天下午的研讨会就是高层法政对话的一次尝试。不久后的9月3日，上海交通大学日本研究中心将与本校法学院以及日本经营法友会合作在东京举办中日企业法务论坛，此后每年在上海与东京之间交替召开。今年的11月3日，上海交通大学日本研究中心还将携手日本华人教授会在庆应大学三田校舍举办大型研讨会"一带一路与中日合作"。欢迎在座各位都关注和积极参与这样的跨界对话。要提高这类对话的质量和层次，就必须激活各领域、各方面的学术活动。我们希望抓住历史机遇，推进前瞻性、原创性、建设性的研究，从需要两国共同应对的问题切入，以项目带组织，通过跨学科、跨国界的网络式合作方式尽快形成一批优秀的研究成果。

有"中国第一发言人"美誉的赵启正先生今天也在座。2007年9月，基于北京奥运会和上海世博会筹备的实际情况，他曾经宣言"中国已经进入了公共外交的时代"，石破天惊。7个多月后，汶川大地震爆发。为了呼吁国际救灾支援，我作为神户华侨界的代表之一走进了日本首相官邸，福田康夫先生与我们一一握手，并谈到亚洲在防灾救灾方面进行合作的意义。当时在我脑海里浮现最多的词语就是"公共外交"，想得最多的问题就是如何在中国与日本之间开展多样化的公共外交，以加深两国人民之间的相互理解和相互援助。可以说，上海交通大学日本研究中心在相当程度上也是公共外交的一个重要平台。例如著名企业家王石先生到日本旅行一百几十次，写出了自己对当地社会和文化的观察和思考。我们衷心希望在他的支持下，组织一批知日友日的企业家都到这里来披露自己的日本观和日本缘，并与日本驻沪企业高管们进行对话。我们还将建立微信公众号、网站，计划创办《东亚研究》期刊和论文工作坊，推动赵先生所说的"媒体外交"。

实际上，上海交通大学日本研究的历史不妨追溯到1902年。那时著名出版家张元济在南洋公学办理译书院，启动了《日本法规大全》的编译工程，共计80卷洋洋洒洒达400万字，囊括了现代国家制度与法律的几乎所有知识领域。可以说，这套卷帙浩繁的《日本法规大全》就是本研究中心知识谱系的出发点。2012年，为了纪念中日邦交正常化40周年，也为了纪念张元济编译事业110周年，我曾经与日本经济团体联合会的部门负责人以及若干老朋友讨论过编译《中日经济法规大全》纸质版和电子版的计划。由于两国关系骤然冷却，这项计划不得不搁浅。现在，重新出发的条件似乎已经成熟。从《日本法规大全》到《中日经济法规大全》，历史仿佛在轮回，但亚洲的复兴事业却在螺旋攀升。此刻，在这里，我突然联想到松尾芭蕉的俳句："春日已来矣，此山何名未得知。薄霭透明媚。"就以此为结语吧。

（2018年6月23日）

弘扬海派日本研究
——《东亚研究》创刊词

中日关系，在空间上只不过"相距一衣带"，但在时间上却经历了"恩怨两千年"。从遣隋使致天子国书的故事就可以发现：日出与日落、中心与边陲、上与下、内与外之类的地理位置，其实自始至终构成对两国关系最本质的隐喻，也由此塑造了东亚地缘政治的历史格局。亚洲的概念起源于以地中海东部腓尼基为界划定的日出之处（Acu）的地理框架，到18世纪才出现了颇有欧洲时尚意义的另类亚洲概念——中国风（chinoiserie）。明治维新之后，日本爆发了福泽谕吉式"脱亚入欧"与石原莞尔式"联华抗欧"之间的激烈争论，日本在"脱亚"之后又有过两次"入亚"运动——一次以悲剧形式，一次以喜剧形式，都同时兼有地理和人文这两个维度。孙文和冈仓天心提倡亚洲一体说，针对亚洲碎片化状态，着眼点还是空间的形状或结构以及关系重组的地壳运动。

从空间形状的角度来考察，中日关系的一个最具决定意义的状况设定就是作为近邻，相互是无从回避的，不论爱憎如何。就像仓央嘉措的诗句所描述的那样，"你见，或者不见我，我就在那里，不悲不喜"。在这个意义上，无论是好是坏，邻国势必构成一个命运共同体。同样的情形也存在于中国、日本与韩国及朝鲜之间。所以，讨论中日关系不得不把复杂的东亚乃至世界格局作为基本背景和分析框架，不得不注重相关国家之间一系列"三角形"（例如中美俄、中美日、中日韩、中俄印、中俄朝、中日朝）或"三巴纹"范式的互动关系及其各种不同的组合，并使自我与他者之间的认识能有某种比较客观的参照系。这也正是上海交通大学日本研究中心的机关刊物取名《东亚研究》的一个重要缘故。同时，把亚太整合以及东亚与西欧、北美之间的交错和重叠作为中日关系新时代的关键，拓展国别研究的广度、深度，也使我们标榜的"海派日本研究"风格更加彰显，并保证对东瀛诸岛的观察具有更大战略纵深或者回旋余地。

从空间形状的角度来考察，迄今为止把握中日关系的最基本框架就是对海洋亚洲与陆地亚洲进行严格区别并分而治之的地缘政治学主张。所谓海洋亚洲，主要指那些实行自由经济和民主政治体制的亚洲沿海国家或地区，例如日本、新加坡、中国香港、韩国、中国台湾，被认为具有开放性、改革性。所谓陆地亚洲，长期以来被认为以中国大陆为代表，被贴上封闭的、内向的、固守传统的标签。但是，从20世纪70年代末开始，中国的外向型经济高速增长、海洋运输需求呈指数级增长以及南海岛礁主权被不断蚕食的事态同步进行，终于唤醒了这个民族的海洋意识。以1992年领海及毗连区法的制定为起点，直到最近推进的"海上丝绸之路"构想，中国迅速面向海洋，经略海洋，加强海上维权活动，使上述二分法认识论框架似乎已经濒临瓦解。在这个过程中，以扬州为枢纽的传统运河经济网络、以上海为枢纽的现代长江经济带实际上早就打破了陆地亚洲的简单化图式。自从唐代高僧鉴真六次从扬州东渡日本以来，运河和长江流域与海上航线之间的互动日益活泼，东亚的陆海关系史也被激活和重新诠释，构成"海派日本研究"的源头活水。

从空间形状的角度来考察，还可以发现中日关系在经济合作与安全保障这两大领域存在着极大的张力。从20世纪70年代末开始中国进入改革开放时代，欧美日各国对此持欢迎态度。总之，在经济上已经不存在坚固的、明显的疆界，中国与日本乃至其他欧美国家是互相交错、互相依赖甚至互相融合的。中国加入WTO之后，经济上进一步融入全球化自由贸易体制，并逐渐壮大起来，又让欧美日各国感到不安乃至恐惧。但是，由于美国战后在亚洲的安全保障政策与在欧洲的不同，没有建立类似北约那样的集体军事机制，没有壁垒森严的对峙格局，而是通过两国同盟关系确定防务安排，这就为中国纵横捭阖提供了机会。但是，这也为美国和日本的右翼保守势力搬弄是非、借助军事政治手段打压中国的经济发展势头提供了抓手。其具体表现就是在进入21世纪的很长一段时期里，中国与日本之间出现了所谓"政冷经热"现象。在这样的特殊格局里，如何通过新的安全保障观消除亚洲邻国的疑虑并扫清经济进一步发展的障碍,或者反过来说,如何通过密切的经济合作关系(例如中日韩自由贸易区、东盟10+3合作机制等)化解政治上和军事上的隔阂,避免亚洲各国因过剩防卫心理而导致军备竞赛的结局,就是中国一直在努力,并且有待于大智慧解决的关键性问题。如何使中国的"海上丝绸之路"构想与日本主导的CPTPP框架衔接起来,形成亚洲、太平洋的和平、稳定以及繁荣之环,也是当今"海派日本研究"的一项重要而迫切的课题。

"海派日本研究"是上海交通大学的老学长、著名政治家汪道涵先生早就提出的命题。根据对弘扬互信互惠、平等多元、共同发展的上海精神这个最新权威命题的理解,海派日本研究的主要特征应该是中西合璧、面向太平洋,超越冷战思维、零和博弈等陈旧观念,从而形成视角的多元性、思想的包容性。上海是中国市场经济的中心,是长江流域的龙头,是华东大湾区的枢纽,还是陆地文明、海洋文明以及运河文明的交会处,因此,海派研究势必更多地关注企业、贸易、金融、航运、科技创新、法律服务、城市治理、中央与地方的政府间关系等现实问题,更具有技术性、专业性以及实证性。总之,把地球与地方密切联系在一起的"全球本土化"(glocalization),让不同文明和传统和谐共处、对话沟通以及相互理解的"多维度文化"(multiculture),这就是海派日本研究的风格,也是《东亚研究》这份杂志的宗旨。

《东亚研究》既然志在弘扬"海派日本研究",当会以上海、长三角以及东南沿海各省的日本乃至东亚的研究者为主要作者群，为杂志安身立命的基础，但却决不会画地为牢，囿于一地一派的门户之见。我们欢迎全国乃至境外的相关专业学者踊跃投稿，并将不断面向东亚乃至全球组稿。创刊号的稿件分别来自中国和日本，我们非常荣幸地得到一些国际著名专家的支持。例如东洋大学理事长福川伸次先生曾经担任通产省次官，是中日经济知识交流会的核心成员之一。他应主编邀请以亲身经历和独有的洞察力描述和分析了在改革开放时代中日经济合作的机制及其效果，并希望以此为基础推进东亚的地区合作。早稻田大学原总长西原春夫先生是中日法学交流合作的主要推动者，他为本刊撰写的文章着重回忆了在上海的活动和收获，似乎也意在对"海派日本研究"表示某种响应和支持。这两位大家的文章披露了一些前所未闻的重要事实情节，都具有珍贵的史料价值。日中关系学会会长宫本雄二先生曾经担任驻华大使，他在战后国际秩序发生动摇的背景下重新认识和定位中日关系，字里行间流露出丰富的真知灼见，值得仔细玩味。资深中国经济分析家津上俊哉先生以具体事实和大量数据分析了去全球化时代中日两国的作用和问题状况，特别是对中美贸易战的影响进行周到的考察和预测，很有启示意义。曾经担任拓殖大学国际开发研究所所长的华人教授杜进先生具体而深入地分析了在"美国第一"政策以及中美贸易战的背景下日本外交的展开过程，考察了中日关系、美日关系的微妙变化，非常值得我们关注。

《东亚研究》创刊正值纪念明治维新150周年、《中日和平友好条约》缔结40周年以及改革开放40周年等重要节点，政治宪法学派的代表之一高全喜教授把《大日本帝国宪法》体现的现代国家构想与晚清中国的立宪运动进行对勘，比较分析了其中的利弊得失，引人深思。上海市日本学会会长吴寄南教授则重点讨论中日关系新时代的外延和内涵，对两国外交回暖向好的原因、机制、发展趋势以及残存问题进行了周详而中肯的剖析以及精准到位的判断。上海交通大学国际与公共事务学院翟新教授的论文聚焦中日邦交正常化前后的台湾问题（这也可以理解为明治维新在东亚留下的负面遗产），深入研究了日本政府"确保台湾"政策构想的来龙去脉及其内在矛盾，读来饶有兴味。王勇教授是中日关系史，特别是东亚文化交流史研究领域的杰出专家，他根据丰富的史料，从学理架构和文化疆域的视角重新界定"东亚"概念，可谓《东亚研究》创刊号的点睛之笔。葛继勇教授则具体考证了"日本"用语的沿革和相关知识谱系，强调东亚诸国名称的空间性特征，在不经意间勾勒出日本研究与东亚研究之间的关联。

2018年的动荡不安给人们留下了深刻印象。实际上，世界的巨变从2008年就已经开始。推动全球大转型的主要动因有两种：一种是中国作为大国迅速崛起，并高举拥护经济多边主义体制和反对贸易保护主义倾向的旗帜。另一种则是伊斯兰激进主义运动对既有的国际秩序进行挑战。从2015年开始，俄罗斯深度介入叙利亚局势，试图借助中东的杠杆改变全球的力量对比关系。到2016年，一直被认为是世界稳定之锚的英美两国却突然发生异变：英国公投决定脱离欧盟，在欧洲乃至全世界掀起滔天巨浪；美国大选推出另类总统特朗普，在各国不断造成意外、反复和不确定性，构成改变全球性体制和秩序的新一波驱动力量。以上就是十年来造成世界巨变的五大力量。在这样的背景下，不言而喻，经济总量全球排名第二的中国与排名第三的日本对世界稳定的重要性正在不断上升，东亚经济整合的条件也在不断成熟，但世界的不确定性和风险性却还在不断增大。这就是新时代中日关系的实质。

这样几十年甚至几百年一遇的大变局，对日本研究以及东亚研究提出了严峻挑战，也带来了知识创新的重大机遇。为了适应2019年以后世界形势发展的需要，具体推动日本和东亚相关领域的理论和对策研究，沉淀和积累相关学术成果，为势在必行的东亚整合凝聚必要的、基本的思想共识，上海交通大学日本研究中心决定创办《东亚研究》，并力图使之尽早成为高质量的、国际知名的专业期刊。这份杂志的内容构成将包括专题特辑、学术论文、研究综述、动态介绍、翻译、史料、书评等栏目。但愿这份新生的期刊能够承载时代使命，成为思想交流、意见碰撞的开放性平台，成为相关领域学者们的精神家园，并与一批青年才俊同步成长。也希望各位同仁和朋友今后不吝赐稿赐教！

（2018年12月31日）

琉球的心象风景

一

中日历史共同研究会中方委员、北京大学教授徐勇先生和"爱思想"网刊主编郭琼虎先生共同组织琉球冲绳文化考察团，成员包括中国社会科学院学部委员、台湾史研究中心主任张海鹏先生，中美关系史研究会会长陶文钊先生，中国日本史学会常务副会长宋成有先生，中国海洋大学日本研究中心主任修斌先生，北京大学历史学系臧运祜教授、唐利国副教授等。不知为什么，从未参加过相关共同研究和交流活动的我也接到了邀请，于是欣然参加此行。我们在2019年3月17日分别从北京、上海、青岛抵达那霸，在24日下午陆续回国，前后8天时间里，参观、座谈、交流的行程安排得很紧凑，颇有收获。

30年前，我还是京都大学法学院博士课程的研究生，曾经有过一次冲绳观光。那里的蓝天碧海、白沙绿榕、紫薯红狮，都在记忆中烙下了鲜明印象。在热带雨林发现珍奇植物，潜到海底观看各类游鱼穿行于珊瑚丛，我首次体验到南国那种异样的原色场景，颇感新鲜和兴奋。但是，20世纪80年代末的旅行是非常浮光掠影的，当时完全没有接触社会现实，更没有触及文化和政治的深层问题。对我而言，这次参加考察团才开启了真正的冲绳认识之旅。由于有当地学者几乎全程陪同、解说并提供各种参考资料，我们可以在有限的时间里观看到更丰富多彩的内容，可以在有限的空间里纵览更悠久复杂的历史进程。这篇随笔当然无法描述所见所闻的全部，只能借助典型的现象或隐喻来谈谈个人的几点感想。

二

3月17日下午，我们从机场直接去玉陵，北京琉球人墓复原保存会会长、冲绳大学的又吉盛清教授已经等候在那里。玉陵是1501年建立的王族墓园，成为第二尚氏王统的象征。通过改制、集权、征服把琉球王国推向最鼎盛时代的明君尚真就安葬在这里。石制的三间墓室外壁布满青苔，隙缝里有几株凤尾草在摇曳，显得格外空寂肃穆。

在通过守礼门、欢会门进入御庭匆忙游览首里城之后，又吉教授带领我们去冲绳县立博物馆，馆长亲自出面接待和解说。这位馆长是神户大学毕业的校友，得知我曾在他的母校任教就更加热诚相待，他允许我们在展厅对一些珍贵的文物适当拍照。在这里，我看到了著名的"万国津梁钟"、那霸港图屏风、浦添城石棺、明孝宗册封尚真王诏谕、朝鲜李氏王朝的国书、琉美修好条约、井上外务卿机密文书、琉球处分令等。

翌日上午参观久米村。下午，我们又去冲绳公文书馆参观和座谈，特别是就琉球王国外交文书集《历代宝案》的整理、编辑、注释和研究进行交流。冲绳县教育厅文化财课史料编辑委员会委员长西江幸枝女士和琉球大学人文社会学部教授丰见山和行先生与我们逐一对话。冲绳县《历代宝案》编辑委员会委员长、琉球大学名誉教授金城正笃先生还参加了为考察团举行的接风和送别宴会。他在初见时颇有些威仪凛然，但喝了两杯泡盛酒后就随着三弦与大家一同吟唱起舞，立即变得极具亲和力。此后的日子里，在琉球大学图书馆，在那霸市淳久堂书店，我还对与琉球、冲绳相关的图书文献的巨大规模和繁多种类感到过非常巨大的震撼。

实际上，透过卷帙浩繁的著作活动，透过玉陵和公文书馆，透过在中国样式中杂糅日本、朝鲜等不同元素的首里城正殿以及南北对峙两殿，还有大街小巷里略带伤感和激越的民歌弹唱和应和，我们都可以感受到一种对传统进行自我认同和维护光大的极其强烈的愿望，与此同时，也可以感受到当地固有文化的深厚底蕴和多样性。在宫古岛与几个乡土史编纂委员餐叙时，仲宗根将二先生强调宫古岛与其他诸岛的差异、冲绳并非岩石一块等观点，很受启发。从琉球王国到冲绳基地，这里的文化和秩序的确是多元叠构的，异质的构成部分之间交错、互动、竞争、融解，形成了推动社会发展的合力。这种多层多样的制度变迁过程，其实也是法社会学研究的一个最佳样本。

三

3月22日从宫古岛返回那霸后，我立即参观了冲绳县祈祷和平资料馆、冲绳战役的决胜场地、安魂碑、外国人墓地等，心情一直比较压抑。1945年冲绳战役的惨烈程度，我事先是知道的。据说当时有50万吨炸弹投到这片狭小的岛上，投到40多万居民和10万军人当中，平均每人受到一吨炮火的攻击，死者达到20多万人。冲绳时代社在1950年编辑出版了当地人记叙战况的手记，标题是《铁的风暴》，从此这个词组就成为冲绳战役的象征，也构成战后冲绳地区所有理论与实践的出发点。尽管有思想准备，但在资料馆看到两个孩童也被迫从军的照片，看到年轻的母亲为了怕哭闹声暴露目标而被迫亲手捂死自己孩子的记叙时，我还是感到眼睛潮热。

冲绳县祈祷和平资料馆的建筑设计取"义魂归家园"之意，远看像房屋错落有致的社区。面对海洋那一面的草坪上，一排又一排，是镌刻着牺牲者姓名的黑色石墙，被统称为"和平的础石"。从这里远眺，可以看到美国军舰登陆时的海滩、激战的礁岩丛林以及集体自杀的断崖，还可以看到山坡上的镇魂塔和不同的纪念园区。给我留下最深印象的是后山的"冲绳师范健儿之塔",在一百几十位当地文化精英战殁者姓名下面的黑色祭奠台上,镌刻着一个巨大的白色篆体"师"字。其次就是"姬百合之塔",纪念那些在战场上牺牲的女学生们。

在座谈中,我提出了关于冲绳战役的集体记忆具有什么样的特征以及对战争责任问题当地民众持什么样的意见等问题,原田直美馆长的回答很谨慎得体。她认为,这个资料馆的宗旨是呈现事实,告诉后人战争的悲惨状态以及和平的意义,并不试图进行价值判断;当然,在展示方式上,应该更进一步注意加害者与被害者的不同视角——在某些情况下,被害者也可能是加害者。在民间交流的晚宴上,当代著名音乐家、国会议员喜纳昌吉对战争的反思则给出了更简洁、更浪漫的答案:"把所有武器都转化为乐器""把所有基地都转化为园地"。他的代表作《花心》在中国也非常流行,表达了对和平的渴望。与我们餐叙后,他弹唱此曲,激情亢奋,以致最后崩断了一根琴弦。

冲绳国际大学经济学院友知政树教授陪同我们参观了边野古新建美军基地现场,沿途看到一排又一排抗议群众的帐篷。同类的抗议运动采取接力战术实际上已经持续了70余年,这种坚忍不拔的力量令人感慨和肃然起敬。我们也参观了嘉手纳基地和普天间基地,看到了绰号为"鱼鹰"的V-22倾转旋翼机排列在那里,也看到了飞行中的"支奴干"(CH-47运输直升机)。在冲绳国际大学校园,友知教授引我们到2004年美军飞机坠毁现场,介绍了事件发生的情况和处理方式。在教研主楼楼顶上,可以清楚地看到普天间基地机场的状况,也不时听到飞机从校园附近掠过的隆隆噪音。只有站到这里，我们才能理解当地人为什么总是说"冲绳战役尚未结束"，才能理解他们对和平的渴望和坚守，才能理解他们撤除基地的诉求以及作为"弃子"或牺牲物的委屈、愤懑心情。

正是以此为背景，冲绳人民反对修改和平宪法的呼声是最强劲的。另外，主张琉球独立的潜流也一直延绵不断，包括松岛泰胜教授最近发起的向京都大学要求归还琉球人遗骨的运动。非常有趣的是，来自美国的人权和民主思想，正在成为他们增强说服力、把自己的诉求传达到日本、亚洲以及世界的重要杠杆。2019年2月的冲绳县内公投以及3月的县议会决议就构成很好的最新例证。对高度制度化的日美同盟以及作为关键的美军基地协定，这种高度制度化的对抗举措是否真正有效，能否影响今年夏季的日本参议院选举以及后续的改宪步骤，还需拭目以待。无论如何，冲绳基地的铁丝网与公投结果和国会决议之间的紧张关系，在相当程度上揭示了全球化时代自由主义秩序的悖论。

四

17日晚接风宴，坐在我旁边的是东亚共同体研究所琉球—冲绳中心主任绪方修先生。当晚在座者中，他是唯一非本地出生的大和人。绪方先生是鸠山由纪夫原首相的追随者，倡导友爱政治理念，主张从冲绳撤除美军基地。根据鸠山先生描绘的未来蓝图，地理位置处于东亚中央、文化渊源融合各国精华的冲绳理应成为建构共同体的出发点。这样的愿景显然是多数冲绳人喜闻乐道的。

在某种意义上可以认为，东亚共同体思想，其实也是琉球群岛的传统之一。1458年铸造的作为东亚大航海时代标志的铜钟，汉字铭文中有"琉球国者，南海胜地也，而钟三韩之秀，以大明为辅车，以日域为唇齿，在此二中间涌出之蓬莱岛也。以舟楫为万国之津梁，异产至宝，充满十方刹，地灵人物，远扇和夏之仁风"的表述。在首里城，你可以发现这里的狮子造型都很柔和温顺，毫无张牙舞爪的杀气和霸气；这里的建筑文物都融合了各国的文化元素，八面玲珑。由于明朝支持琉球成为中、日、朝以及东南亚之间的中转贸易枢纽，所以它曾经充分享有朝贡外交和海洋贸易的权益，形成了繁荣昌盛的局面，从而也就缔结了持续500年的中琉特殊友好关系。

时至今日，大多数冲绳民众仍然抱有对"万国津梁"的美好记忆，也对在21世纪海上丝绸之路构想中重现中转贸易辉煌抱有美好的憧憬。这种愿景清楚地体现在"平成的遣唐使计划"等联谊活动中。一位对华交流积极分子新川美千代女士曾经与伙伴们参加过"中国大陆六千里考察行动"，花了三个月的时间从福州步行到北京。这段经历对她的人生似乎有了刻骨铭心的影响，谈到时她往往激动得热泪盈眶。我们在冲绳从头至尾的很多活动，她都会主动来参加并提供切实的帮助。在告别之际，她与其他两位学者特意到机场送行，显得依依难舍。

著名作家又吉荣喜先生也把他刚出版的小说《佛陀的小石》

赠送给我作为临别纪念。这本新书围绕生与死这样富于哲学意味的主题展开，描述各种各样的死神之影不断摇曳，但故事的主人公安冈夫妇及其他登场人物却都抱有强烈的生存意愿，不断吹散阴暗的云雾，探索灵魂拯救的可能性。又吉先生强调，这本小说的宗旨是剖析冲绳历史的精神结构，诠释以死亡促成再生的命题。这也让我联想起喜纳昌吉的那句著名口号"把所有武器都转化为乐器"。其实，中国的成语"化干戈为玉帛""周虽旧邦，其命维新"表达的也是同样的意思。东亚共同体复活的契机或许就存在于这样生与死互相转换和国运轮回的过程当中。

（2019年3月31日）

中日法学沟通的虹桥
——深切悼念全国杰出资深法学家王家福教授

2019年7月7日夜里,听说王家福教授已进入弥留状态,深感震惊和哀伤。但他又艰难地熬了六天,到13日傍晚终于撒手人寰。我从中国社会科学院法学研究所的讣告得知噩耗时,虽然已经不出意料了,但仍然觉得悲从中来。他那慈祥、宽厚的音容笑貌不断在眼前浮现,勾起延绵不绝的追思。

我是在1985年4月1日正式进入日本京都大学研究生院基础法学硕士课程的。过了不久,就接到当时的法学院院长龙田节教授的通知,让我作为留学生代表参加一个与中国相关的外事接待午餐会。记得是彭真委员长夫妇访问大阪的三周之后,在6月初的一天,我按时来到学校的传统庭园会馆清风庄,见北川善太郎、谷口安平、道田信一郎、樱田嘉章等教授均已在等候。过了一会儿,中国社会科学院法学研究所民法经济法访日团的专用车抵达,团长王家福以及著名专家王保树、梁慧星等一行五人鱼贯而入。交换名片后盘腿落座。

当时中日两国关系正处于蜜月期，作为改革开放时代标志的民法典编纂以及外资法规的制定受到日本学者的高度关注。席间相谈甚欢，尤其是家福先生的谦和笑容、开明态度以及关于民法通则草案内容的介绍给日方留下了深刻印象。北川善太郎教授盛情邀请中国专家到他主持的京都比较法研究中心参观，并希望加强中日民法比较研究，家福先生和梁慧星助理研究员立即做了积极响应。就是从这一天起，北川先生开始与中国民法学界建立了长期的、非常密切的交流合作关系。同时北川先生强调，日本民法学界（包括他本人）非常重视法社会学的视角和方法，希望我也积极参加民法的研究活动，从此我成为他的研讨班成员之一，把民事法律作为副修科目。后来我才知道，北川先生与王泽鉴先生同时在德国慕尼黑大学师承法学泰斗卡尔·拉伦茨，也许因为这个缘故，他一直对中国情有独钟，曾经动员自己的大弟子矶村保教授进行中、日、德民法比较研究。

在京都大学法学院的午餐会结束后，访日团立刻赶往立命馆大学——"二战"期间京都大学部分教授为抵抗军国主义、维护学术独立而辞职，因而组建这所大学以安身立命，一直以进步知识分子大本营和对政府的批判精神著称。该校法学院的畑中和夫、盐田亲文、乾昭三等教授都非常重视并鼎力推动与中国法学界的高层对话。我记得在20世纪80年代后期，几乎每年都有社科院法学所的专家到立命馆大学讲课、交流，畑中先生总是邀请我去帮忙翻译或者参加研讨会。我和谢怀栻、杨一凡、孙宪忠、陈明侠、肖贤富、崔勤之等专家都是通过立命馆项目相识的。特别令人感动的是，立命馆大学法学院在我博士课程尚未结束时就破格邀请我担任非常勤讲师，也为我也提供了安身立命之所；只是后来神户大学法学院聘我任副教授，才没有应邀留在京都，此是后话。

1988年9月21至23日，立命馆大学法学院举办了主题为"法官造法——审判在现代社会中的功能"的国际研讨会，邀请中、美、英、西德、瑞士以及日本的众多法学专家参加，盛况一时成为美谈。中方的专家由"二王"（王叔文、王家福两位权威）领衔，著名刑法专家陈光中教授也在列，那是我第一次见到光中先生。畑中教授邀请我翻译家福先生应邀向大会提交的论文《中国民事法律的发展及法院的作用》，并担任演讲和交流时的口译。家福先生关于中国民法体系通过司法解释而逐步完善和发展的论述引起了西德弗莱堡大学培塔·阿伦斯教授以及其他与会者的浓厚兴趣。阿伦斯教授在讨论时指出，司法解释与欧盟法院的司法意见有类似之处，值得进行比较分析。这次国际研讨会的演讲稿不久后结成论文集，由晃洋书房出版。在这次会议期间，家福先生和王叔文先生还一同接受了立命馆大学的名誉法学博士学位，典礼做得非常高雅而热烈。

整一年之后，1989年9月下旬，家福先生和王保树、梁慧星、李薇等学者到立命馆大学来做民法专项交流。那时国内外风云突变，但家福老师在演讲中还是坚持改革开放的立场不变，赢得了师生们的好评。他曾经到列宁格勒大学法学院留学，接受的是关于指令型计划经济和阶级法学的教育，但却毫无僵硬的教条主义所引起的各种陋习，更多地展示了雍容大度的学者风范。重逢之际，他在亲切握手的同时，用"风物长宜放眼量"这句诗来表达对时局演变的乐观判断，勉励我要从容淡定，以不变应万变，为将来回国做好准备。就在这次访日期间，他发出邀请，希望我博士课程结束后回国时务必到社科院法学所去工作，令我极其感动。到1994年11月他们再次来访时，我已经是神户大学副教授了，他得到消息后曾到京都的立命馆宿舍与大家匆忙一晤，林来梵博士那次也在座。家福老师再次表示欢迎我去法学所，并提出愿意筹建一个法社会学研究中心，拟请夏勇和刘作翔两位杰出学者负责并与我对接。如此礼贤下士的知遇，的确让我怦然心动。

一年多以后的1996年2月8日，家福先生在中南海怀仁堂为中共中央政治局常委做法学讲座，题目为"关于依法治国，建设社会主义法治国家的理论和实践问题"。又过了一年多，中共第十五次全国代表大会正式认可家福先生和李步云先生等著名法学专家的建议，把"建设社会主义法治国家"的表述纳入政治报告以及后来的第三宪法修正案，从此摈弃工具主义法律观、强调规则支配的那种现代"法治"概念正式进入了中国的权威话语体系。这种正能量的信息传到海外，对华侨华人社会带来怎样的鼓舞，对日本以及其他国家学者的中国印象有多大的改善，也许是身在北京的人们无法深切体会的。然而，从"法制"到"法治"构成一个时代的转折点，标志着改革开放进入了一个崭新的阶段，中国的社会结构已经开始发生质变。到2014年，关于法治中国的十八届四中全会决定，把政治体制改革的期盼更推到一个空前的高度。

实际上，自20世纪70年代末开始，家福先生就一直在为改革与开放、民主与法治奔走呼喊，尤其是在促进民事权利保障、民法典编纂以及树立法治国家观念方面厥功至伟，的确无愧"改革先锋"的光荣称号。现在，可亲可敬的王家福教授已经永远离开了这个复杂的、无常的人世，去与北川善太郎、畑中和夫等老朋友们相会，继续探讨民法体系创新与"社会法治国家"之间的关系。他热盼了大约60年，但还是没有看到中国民法典颁布的那一刻。他提倡放弃"立刀""上善若水"的法治国家主张也有40年了，但还是无法预感法治国家建成的喜悦。在这层意义上，家福先生是带着深深的遗憾与我们告别的。换个角度来看，也可以认为家福先生是带着期盼和嘱托离开我们的。不言而喻，完成民法典编纂的大业，实现建成法治国家的夙愿，这就是家福先生遗留给后来者的未竟之业。

我认为，努力践行法治与公正，正是对家福先生在天之灵的最好安慰。这也算是对"敬修时享，以申追慕""大礼共襄，伏惟尚飨"的另类解释吧。此时此刻，千言万语都归结为一句话：王家福教授千古！

（2019年7月14日）

我的日本观：情动秩序与集体主义的问责

一 作为典型的双城记

我在日本度过了24年的少壮岁月。其中5年是在日本的精神故乡京都留学，19年在产业化、国际化的先进港口城市神户任教，看到了非常不同的日本图像。正是京都与神户的不同生活体验形成了我的日本观和日本缘。

二 京都的知识考古：政治多重结构

1984年10月初，我到京都留学，恰值恒武天皇做出把都城从奈良迁出决定1 200周年，京都举行了各种盛大的纪念活动。京都（平安京）是公元794年建成的，到明治维新为止的1 070余年里，一直为日本首都。从定都到镰仓幕府创建的将近400年，史称"平安时代"，从隋唐引进的中国文物逐渐本土化，出现了书道、茶道、花道、香道、武士道、阴阳道，建立了以天皇为顶点的律令制国家。但是，1192年之后，政治实权转移到幕府，天皇只负责祭祀以及撰写情诗。直到为了应对西方文明的冲击，力推社会体制改革的下层武士阶层喊出"大政奉还"的口号，利用天皇进行全国动员，宫廷的价值取向才从文化转向政治。从1868年开始，天皇中断了那种持续了670多年的吟咏生活，骑上白马从京都走向东京，走向充满血腥味的战争，最后走向美国军事占领以及宪法体制革命。

先后投映到京都的律令政治与幕府政治，或者说科层制与封建制，构成了日本秩序深层的双重结构。前一种历史记忆，形成了中央集权和官本位的文化传统。后一种历史记忆，为圈子文化、小集体主义以及本位主义提供了深厚的基础。明治维新之后，这两种资源在新的时代背景下进行分化和重组，演变出单一制里不同派阀之间的合纵连横以及政府机构的省厅本位现象。派阀、省厅之间的竞争和整合，成为国家秩序形成和维持的重要主题或者特征，成为提高治理绩效的驱动装置，甚至成为一种生活方式。第二次世界大战结束后，自民党内的派阀政治和省厅之间的竞合围绕资源的利用和发展的绩效而展开，这是解读日本经济奇迹的一个重要线索。另外，比较集中的、稳定的、强大的行政权与比较独立的、封闭的、权威的司法权相结合，增强了国家秩序的稳定性和正当性。在日常生活中，日本人也往往善于把任何一种比较重要的聚合缘分都转化为可持续性社交关系的契机。于是乎，不断增殖的小集体互相交叉重叠，并巧妙地与现代自由结社的有序化机制相衔接，呈现出具有日本特色的团体自由主义体制。

三 纤细的文化感性与情动秩序

京都还是体验和感悟日本传统文化精髓的最佳景点。春天，如云的樱花掩映哲学之道，盛开三四天后便随着溪水流逝而去。落日余晖看山樱，在短暂的灿烂中发现人生价值是嵯峨天皇发起赏樱大会的初衷。秋天，红叶和黄叶把透迤延绵的东山渲染得像锦绣那样绚丽多彩，与寺院的寂静和沧桑感相映成趣。在这里，可以看到最典型、最纯粹的日本人，他们对四季的自然变迁以及形态、氛围具有与生俱来的纤细感性。他们的语言非常委婉柔和，分为敬他语、自谦语、郑重语以及简略语等，因具体的场景而不断变化用词和声调，以至于需要再三琢磨其真意。他们非常讲究日常生活的仪式和优雅形态，似乎要把一切都变成艺术品，包括死亡和送葬活动的美感。他们最重视的是情绪，还有气息、色调、模样、搭配的品位，在河原町四条的老铺街，在东山竹林深处的禅堂茶室，在鸭川岸边的乐池舞台，都保留着诸如此类的风流雅韵。他们总是试图在永恒的自然与短暂的生命的反差、张力以及无常中捕捉刹那的奇妙和价值，所以不断追求一种超日常的幽玄意境。这种精神结构似乎与逻辑或者理性无缘。

所以，制约日本社会的是一种基于特定场域的"情动秩序"，其目标是圣德太子标榜的"以和为贵"。评价一个人举止是否得体、行为是否合规的标准除了成文或不成文的规则之外,还有所谓缥缈的"空气",即在特殊语境中只可意会不可言传的微妙含义。"读不懂空气"的人,不能根据周围环境和感受而"自肃"的人,在日本是不受欢迎的,甚至需要通过"霸凌"的方式,通过"村八分"(共同体内部的集体制裁)的方式让他们明白和服从规矩。这种极其微妙复杂的"空气"是通过私下传达信息以及逐步加强的群体共振形成的,随处可见的饮酒会以及小圈子里的流言蜚语就构成最重要的媒介和催化剂。因此,日本人特别重视面对面的沟通和经常保持联系,以免被疏远。中国人分别多年仍然可以凭借身份认同迅速恢复密切关系,但日本人却唯恐因为联系少了会变得日益陌生,所以经常进行似乎没有什么实际意义的"表敬访问"和"挨拶沙汰"。通过这类机制,日本产生了一种非常强有力的集体主义。因其多民族性,中国所强调的集体主义其实有些装模作样,真正流行的倒是在集体框架下的个人主义。但日本的集体主义是名副其实、无所不在的,是一种融化个性的精致集体主义,甚至有时会出现"见群龙无首,吉"那样的局面。当然,有时也会产生所谓"共情伤害",强化抑郁和焦虑的心理症状。

四 从神户看日本的自由、理性以及效率

神户的景观与京都完全不同。作为地标的"异人馆",还有

星罗棋布的教堂、领事馆、高尔夫球场、咖啡厅、外资企业，显示这里是西欧现代文明的最早登陆点之一。明治维新的功臣伊藤博文，曾经负责处理外交事务，并在神户就任兵库县首任知事，推动日本最早的蒸汽机车、铁路隧道在此出现。20世纪20年代，神户曾经与伦敦、纽约、汉堡并称世界四大海运港湾。因此，这里的文化气质从整体来看是自由开放的、明快的，强调功能和效率，与现代国际大都会东京一脉相承。1995年1月17日阪神—淡路大地震之后，神户迅速启动了重建工程，我作为外国居民代表参加了复兴咨询委员会的会议，目睹了一些方案的出台和实施。每一项重要举措都有非常详尽的路线图和时间表，并且如期大功告成。神户大学有些教授在地震刚结束就到现场进行调查研究，不久就发表了大量的报告、论文、资料集以及专著，从不同专业视角具体考察和分析了地震的影响和重建工程的得失，令我深感钦佩。在那个非常时期，日本官僚、专家以及市民的冷静、细致、坚韧以及有条不紊的计划理性也给我留下了深刻印象。

在日本，不仅高铁"新干线"、列车和地铁，连市内巴士的到站和出发时间表都是精确到几点几分并且准点运行的。这种机器般的精度大概连德国也未必都能达到，在我知道的范围内，只有花园城市国家新加坡才可以与之媲美。从缥缈的文化氛围（和魂）到严密的产业机器（洋才），这样的惊人跳跃究竟是如何实现的？从感性的京都到理性的神户，这样的社会转型以及盆栽式"和洋折中"的混合制靠什么运作自如？在我看来，日本秩序深层的多重多样结构及其各种关系的重新组合是解决问题的关键。

五　集体主义下的局部竞争与问责

在中央集权的行政指导下，派阀、省厅、地方自治体之间的关系既有竞争，也有合作，就像玩魔方那样不断进行试错的调整，以图寻找某个更优格局。集体之间的竞争，维护集体的荣誉，来自集体的问责，就构成最基本的动态。在这个过程中，聚合化的集体主义确保资源的越境动员、充分利用以及合理的再分配，分散化的局部互动则确保整体运作的动力、灵活性以及比较优势。持续的关系有利于计划理性的渗透，而网络化的场域则允许微观层面的博弈活动，通过情境思维使规范的适用具有弹性，也更符合实际情况。那种传统的纤细感性，在产业市场经济中被转化为精密的设计、高质量的生产、周到的服务以及严格的职业伦理。那种"村八分""霸凌"甚至"空气"，在孔子所说的"有耻且格"原理的作用之下，都反过来成为商誉和消费者权益的保障。

记得在我刚到日本时，雪印公司的系列乳制品席卷全国大小店铺，是消费者的最优先选项。后来因为一次使用了刚过消费期限的牛奶进行食品加工的事件，雪印公司顿时名声扫地，几乎所有的相关企业都在舆论和集体不买行为的压力下宣告破产。现在进入超市或者百货店的地下一层食品柜台，几乎根本看不到这个品牌的任何乳制品了。就在不久前，因为新冠肺炎疫情日益严峻，日本政府决定用专机从武汉分别接回侨民，一位负责首批撤侨工作的官员被认为采取的隔离举措不妥当，激起舆论的谴责声浪，最后在2020年2月1日上午以死谢罪以维护自己和集体的荣誉。看到这个消息的中国人都感到震惊，甚至有些不可思议，但在日本这样的事例并不罕见。显然，武士的荣誉观、切腹惯行以及共同体内部的柔性制裁在当代日本被转化成一种极端化的责任感和无形的问责机制，使得不同层次、不同行业的人都倾向于对自己分内的工作精益求精、做到极致。

六 解决社会问题的法律技术诀窍

从京都到神户，从传统到摩登，可以清楚地看到1 230年来日本社会变迁轨迹的连续性和非连续性。律令国家、幕府政治、文化本位的宫廷、王政复古，还有统帅天皇制与象征天皇制，国家治理形态的多重结构，宛如一只法制的万花筒，在固有的棱柱之间不断演变出各种秩序模样，变幻莫测却又万变不离其宗。日本人固有的纤细感性和仪式感与西欧现代文明的工具理性和法治结合在一起，形成了某种高质量的、更加精致的产业经济模式和现代生活形态——在这里，情绪被扬弃，纤细与理性结合；神秘的仪式、形状被转化成法律的形式要件和严密的体系。从对美籍钻石公主号豪华邮轮的处理以及官方答复海内外媒体的质疑，我们也可以充分感受到当今日本的冷静、谛观，以及比较绵密的医学考量与法律概念的计算。

实际上，在150余年的现代化历程中，日本似乎对来自英国、德国、法国或者美国的各种制度设计胚胎一直进行着真空培养，使日本俨然成为现代法律知识的实验室或者百货橱窗。立法者和行政机构根据实践需要比较不同方案，对复数的排列组合和实施方式进行仔细推敲以及选择，进而实现应用方面的决策优化或者创新。或许日本的国家意识形态、法学理论、政治体制与欧美并无二致，但在结合世界大势和国情的应用方面却下足了独自功夫。正是这些富于东方智慧的操作，才让现代法治之树在非西欧的文化风土里扎根、发芽、开花、结果。在社会风险不断增大、国际关系日益复杂的背景下，这种细节之中的法律技术诀窍更值得我们再三玩味和借鉴。

（2020年2月18日）

第四辑
法治国家的光影

漫山红叶梦法治

1979年7月1日，全国人大一口气公布了7部法律，引起国内外瞩目。除了国家机关组织法之外，还包括保护公民自由、财产和生命安全的刑法和刑事诉讼法，以及吸引海外资本的中外合资企业法。这是在改革开放时代中国从人治走向法治的重要标志。就在这一天，我参加普通高等学校招生全国统考的准考证颁发下来了。高考一结束，我没有任何休息时间，从7月10日起立刻就投身每年最紧张的"双抢"工作。结果积劳成疾，引起肺炎，又被当作疟疾误诊，到8月25日不得不住院治疗。我是8月29日在病床上接到来自北京大学的录取通知书的，按照第一志愿获准进入法律学系法律学专业，从此与法治的各种问题结缘。

进入北京大学之后没有多久，我就与同学们结伴去"西单民主墙"看大字报，其中呼吁法治与人权、关于霍布斯和卢梭的几篇文章特别令人印象深刻。一年后，最高人民法院特别法庭开始公开审理林彪、江青反革命集团案，这是中国走向民主与法制的另一个重要标志。留日归国的北京大学法律学系刑法学专业甘雨沛教授担任陈伯达的辩护律师，他在学院的讲座里还结合案情介绍了这场轰动性审判中律师所发挥的作用，大家听得津津有味，我也是第一次知道辩护权这个概念。不久北大法律学系的师生又参加了新宪法草案的讨论，围绕党应该在宪法和法律的范围内活动这个关键性命题，当时的确意见纷纭。与这一系列政治议程相联系，法学界还展开了关于人治与法治、法的阶级性与社会性的大讨论。

在这样的时代背景下，我写了一篇论文《关于法的一般定义的刍议——维辛斯基法律定义质疑》，作为法理学的期末研究报告提交，得到姜同光老师等的好评。感谢学生会负责人之一、77级学长庄宏志的安排，我在1981年的北大五四科学研讨会上宣读了这篇论文，引起一时轰动。会后78级学长齐海滨找我具体探讨其中的观点，并评价我这个人是"为文大胆，为人低调"，从此我们成为知心好朋友。陈立新老师曾经是武汉大学李达校长的助手，他跟我就论文的内容讨论了两个小时，希望精心打磨之后能够发表。当时的法律学系负责人赵震江教授、法理学专业的沈宗灵教授和刘升平教授对其中的某些观点虽然不无保留意见，但从奖掖后进的立场出发给我许多鼓励，并建议我争取尽早在权威期刊上发表。但是，在那个时代，质疑维辛斯基的法律概念无异于质疑法学理论的主流，颇有些敏感性。实际上，这篇文章的观点也遭到个别研究生从意识形态角度的反驳和批判。加上文章的内容也还比较粗糙，所以投出的稿件被杂志编辑部退回来了。

鉴于公开发表受阻的情况，齐海滨学长好意促成《北京大学校报》在1983年10月发表了我的论文纲要，再次在校园这个比较狭小的范围内引起一点思想微澜，吴志攀、石泰峰、刘歌、姬敬武等学长看到梗概后也来找我索要全文。两年后，文章的主要内容终于在校报1985年12月13日号和1986年6月25日号连载。这时法学界的整体氛围已经更趋开放和自由，《中国法制报》政治评论部主任张宗厚在与当代中国法学界泰斗张友渔先生的对谈中对维辛斯基的法学论点进行了尖锐批判，后者也认同这样的主张。这些观点在《人民日报》上发表出来，使法学界为之一震，相关论述引起了当时推动改革的国家领导人万里的重视并做了批示。后来张宗厚先生还发表了全面清算维辛斯基政法思想的力作《"功臣"还是罪人？——评苏联30年代大清洗中的总检察长维辛斯基》（载《国际共运史研究》1989年第2期），有拨乱反正之大功。此时我正在日本留学，兴趣点已经转移到法与社会之间的互动关系以及制度比较分析等更加专业化的方面。

我在1983年9月21日接到北京大学研究生招生办的通知，因为外交关系上的突发事件不能去美国，被改派到日本留学。于是匆忙买日语入门教材，改变选修方案，9月27日我第一次上日语课。10月9日我给中国社会科学院法学研究所潘汉典教授写信请教日本法学的研究资料，他回复约我面谈。11月10日，潘先生热情接待了我，介绍了与日本相关的很多信息，还带我到书库查找日本法学家的资料，让我感激不尽。不久胡耀邦总书记访问日本，在国会做了演讲,还正式邀请3 000日本青年访华,开启了中日交流与合作的"蜜月期"。大约一年后,就在日本3 000青年访华团参加国庆观礼、在天安门载歌载舞的友好氛围里,我与同批公派赴日留学生一起搭乘教育部的包机飞往东京,然后分赴各地。

我在1984年10月6日到京都大学法学院留学。那时我的法社会学专业导师棚濑孝雄教授正在哈佛大学法学院做访问研究,学院为我安排了以著名法哲学家、后来出任日本法学教育改革委员会主席的田中成明教授(中国台湾民进党"四大天王"之一的谢长廷就是他的弟子,在我到京都之前已经离开,田中教授似乎不太欣赏这位学生)为首的基础法学专业教授们的集体辅导,这使我有机会博采众家之长。我选择的副修专业是与法社会学密切相关的民法和民事诉讼法,一直参加国际著名法学家、比较法学家北川善太郎教授的研讨班,得到亲切的指导、帮助以及提携,并与法官出身的民事诉讼法学家、破产法著名专家,后来担任WTO上诉机构主席的谷口安平教授相交颇深。由于当时日本正在推进长期亏损的国营铁道公司的改革,对社会主义各国导入破产制度的动向也非常关注,听说我准备以中国破产试行经验为素材进行理论研究,谷口先生深感兴趣,并介绍立命馆大学正在研究社会主义各国破产法的专家井手启二教授与我交流。他利用从我这里获得的一些资料写了一篇论文发表。第二次世界大战期间,一批对军国主义体制持有异议的京都大学法学院教授愤而辞职,另行建立了立命馆大学,后来这里成为左翼知识分子和进步势力的大本营,所以研究社会主义法律制度的学者也比较多。

立命馆大学与中国社会科学院法学研究所有着定期的、密切的合作关系。从1985年秋天开始，我通过该校蜚声政坛和学界的畑中和夫教授结识了王叔文、王家福、梁慧星、江平、陈光中等国内权威学者，有时帮他们做翻译，有时参加相关研讨会。当时京都大学法学院有一批教授对正在改革开放的中国抱有浓厚的兴趣和好意，除了北川善太郎、谷口安平两位教授外，还有英美法和商法专家道田信一郎（时任日本的比较法学会会长）、企业法专家龙田节（时任京都大学法学院院长）、国际法专家香西泰、国际政治学权威高坂正尧等等。在社科院法学所著名专家到立命馆大学交流访问期间，我有时会邀请他们到京都大学来演讲或交流。北川善太郎教授主持着财团法人京都比较法研究中心，后来又担任国际高等研究院副院长，一直特别热心组织与中国法学专家的研讨活动，侧重民法制定和涉外法规体系。如果说当年谷牧副总理和大来佐武郎外相主持的中日经济知识交流会对中国经济体制改革和对外开放发挥了重要的智囊作用，那么也不妨说，京都的中日比较法学交流也有力推动了中国的民商事法制建设。与此形成呼应之势的是早稻田大学原校长西原春夫教授在促进中日刑事法学交流方面的卓越贡献。

1986年4月，在改革开放时代早期阶段一直很活跃的国务院经济法规研究中心与国务院办公厅法制局合并，共同组建新的国务院法制局。这标志着"法制官僚的时代"正式开启。首任局长是法官出身的孙琬钟先生，很开明。当时负责法制局国际交流与合作的是曾任最高人民法院外事局局长的肖永真先生，他对欧美法律界的情况很熟悉，但似乎与日本打交道较少。由于在日本立法中内阁法制局发挥了重要作用，很多经验值得借鉴，所以肖先生在1987年春夏之交委托我帮忙联系一下到日本访问的事宜。当时我还是刚进入博士课程的一介研究生，只好向恩师罗豪才介绍的日本著名律师小杉丈夫先生（东京大学出身，曾任法官，当选过亚太法律家协会会长）以及在日本政学两界均声誉正隆的北川善太郎教授等求助。由于他们鼎力相助，国务院法制局首次日本之行非常成功，收获超出他们原先的预料。这段时期的日记不在手边，无法查核细节，我记得访日团是1987年11月3日抵达东京的，主要成员为孙琬钟、肖永真、李适时、孙佑海、胡修干等，我全程陪同并担任翻译。

因为中国共产党第十三次全国代表大会提出"社会主义初级阶段"的概念，改革开放的指向以及推进民主法治的意愿非常鲜明，而国务院法制局是大会刚结束就到访的第一个官方代表团，所以日本政府方面对此高度重视。抵达那天晚上的接风宴由外务省举办，当时的外务次官小和田恒先生做东。他颇有贵族气，风度翩翩，记得他白色衬衫的袖扣用的是优雅的蓝底白纹海上帆船图案，很有象征意义。令我印象特别深刻的是，他的一双眼睛在镜片后深不可测，不太能看出真实想法和情绪，我想也许这就是外交官素质的具象。他对中国涉外法规体系形成和发展的情况颇有兴趣，也很友好地帮忙安排在东京的参访活动。席间他出去接了一个电话，回来告诉我们竹下登首相向访日团各位问好，由于其他预定太满，无法与大家晤谈，表示遗憾和歉意。宴会结束后，他安排黑色专车送我们回酒店。没想到这一别就是30余年，也没有想到他后来成为联合国国际法院院长和即将继位的天皇的岳父，更没有想到我会在2018年受上海交通大学姜斯宪书记、林忠钦校长、黄震资深副校长的委托邀请他担任本校名誉教授。

国务院法制局访日团的调研活动重点在日本内阁法制局。他们的局长和几个部的部长与中方成员进行了深入的、长时间的座谈，分别具体介绍了内阁法制局的沿革、主要职责、各部的工作内容、行政法规制定的流程、体系的构成以及内阁法制局在立法中的作用。孙琬钟局长富于实践经验，李适时处长富于学术知识，他们对机制和操作方法问得非常细致，日本方面的解答也很周详。我记忆较鲜明的是日本方面强调本国经验更切合中国的实际情况和需求，特别指出了日本"法人资本主义"与美国"个人资本主义"的区别，并开玩笑说日本人所说的"会社（公司）主义"与中国人所说的"社会主义"其实是一回事，大家都哈哈大笑。当时中方成员对日本的股份公司制度设计和股票交易市场的特色、土地征用和补偿的标准、反垄断法与产业政策之间的关系、行政诉讼制度的运作等都表现出浓厚的兴趣。除了内阁法制局，访日团还到法务省、参议院法制局等相关机构座谈，参观了国会大楼特别是辩论大厅。

到关西之后的行程主要是与学界和实务界进行交流，气氛比较轻松。国务院法制局访日团在大阪府考察了地方自治体条例制定的情况，在京都与相关领域的著名专家进行座谈，还在北川善太郎教授主持的比较法研究中心收集了欧美法规资料，获赠精装英文版《日本商务法规大全》8卷本一套。北川教授在德国留学时结识的一位宗教学朋友，当时出任临济宗古寺龙安寺的住持，此人外貌俊朗，英语和德语都很流畅。应北川教授的请求，他特意安排中国客人参观这座著名寺院中的岩石庙堂和世界文化遗产"枯山水庭园"并到素斋用膳。行至镜容湖，山光树荫都十分清澄静寂，颇有松尾芭蕉所描述的那种"蛙跳古池听水声"的幽邃意境，与五组岩石坐落在白色碎石布置出的那一轮又一轮水纹之上的奇妙景观也相映成趣。1987年11月21日是国务院法制局访日团在日本的最后一天。我们到岚山瞻仰周恩来诗碑并合影留念，于是此行的记忆以及整个20世纪80年代关于改革开放、民主法治的梦想就定格在漫山遍野的红叶里。

（2018年10月13日，12月4日刊载于《探索与争鸣》"一个人的40年"专栏）

改革就是建立新的公共性
——《二十一世纪》记者吴飞访谈录

【编者按】

"改革就是建立新的公共性",中国改革已届而立之年,展望未来,季卫东教授提出,中国的改革才进行了一半,接下的改革应大力伸张私权,彻底刷新公权,就是要推进政治体制性质的改革。

法学家季卫东博士毕业于日本京都大学,后出任日本神户大学法学教授。季教授长期在日本做研究和任教,但是在中国大陆法学界的影响却是人中翘楚。季教授学问极具开创性,其上世纪写就的探究程序的论文早已成为大陆学者研习程序理论之必读书。而其于本世纪初在大陆出版之宪政论著以及政治正当性等作品,无不引领国内学林,开辟研究之新天地。著书之外,身在外邦的季教授还长期撰写法律评论专栏,评析国内法治事件。

今年初秋,季教授东瀛归来,主持上海交通大学凯原法学院,堪称法学界的盛事,也当是中国法学界之幸事。

时值中国改革30年,季教授归国之个人选择与大时代之间可有相遇之处?

12月21日,季教授在北京接受了《二十一世纪》记者的专访,讲述了一代法律人对于中国改革历史前景的展望和个体命运在时代长河中的独立抉择。

有人认为,中国今后将进入一个后改革的时代,季教授不同意这个观点,"改革还只走了一半。也就是说,在个人权益的承认与保障方面在前30年已经取得了辉煌成就,但还不能算大功告成。要避免功败垂成,还需要推动公共管理的改进,但这一方面还是刚刚开头。改革大业剩下的另一半就是要在私权伸张的背景下刷新公权,也就是政治改革"。

关于私权,季教授表示,改革30年以来,中国人的权利意识已经在萌发和勃兴,私有财富也得到积累,自治空间也有所扩大。通过今年的汶川地震和北京奥运等事件可以看出,中国的个人不再停留在自扫门前雪的层面,还显露出对于参与公共事务的高度兴趣和能力,"这可以叫作一种新的私权观"。季教授表示,如果说私权意识的觉醒和私人财富积累是一种消极的自由的话,那么,新私权指向的就是一种积极的自由、一种参与国家事务的自由。中国社会将通过新私权向公民社会发展。

对如何保障私权的问题,季教授提出要在把个人利益升华为法律主张的基础上,鼓励私人在实现法律方面发挥积极作用,通过诉讼与侵权行为做斗争。当私权受侵害时,必须让受害者有充分的机会获得司法救济。而为了确保法律反映正义和正当的诉求，必须加强人民参与立法的可能性。季教授特别提示，在这个过程中，一方面要贯彻依得票多数进行决定的民主原则，另一方面也要防止多数人专制，确保少数人或者弱者的利益和诉求不被埋没。

中国的改革事业已经步入深水区。目前我们正处在历史的转折点上。无论人们的主观愿望如何，下一步改革的重点必然是政治体制的改革。季教授提出，中国可以通过增量举措逐步地、有序地推动民主化进程。例如现行宪法和法律规定了表达自由的原则，据此打破思想禁区，让有嘴巴的人说他想说的话，并没有损害什么，这就属于一项增量改革。预算案的审议也是法定的、有益无害的重要公共活动，因此推进财税制度改革当然也是增量民主的一项基本内容。还有司法的独立与公正，还有行政过程的透明化和问责，这些都是在现行体制下应该做，也完全有可能做的事情，都符合社会的公共利益。

对于中国政治改革的社会条件，季教授也有诸多深刻思考。他提出，中国社会以分节化为特征，在历史上曾经呈现过一盘散沙的状态，政府在提供公共物品方面显得有些不作为，是一个非常缺乏公共性的社会。正因为这个缘故，政府显得不太理直气壮，显得有些软弱无能。看上去存在一个集权的、强势的官僚国家，但实际上国家的权力并不很强。在很多情况下，甚至可以说政府只有较弱的权力，效率不高，能量不大。虽然在现代，社会结构已经发生本质性改变，但政府的行为方式存在惯性。在很多场合，政府的强势仍然只是来自专断印象，来自权力的任意性。因为公权力没有明确的边界和限制，所以很容易流于恣肆，但却未必意味着这样的公权力很强。在这个意义上可以说，政治改革的目标绝不是要建立一个弱政府，而是要厘清权责关系，建立一个"从心所欲不逾矩"的强政府。所以，我们进行政治改革，首先就必须对公权力进行明确界定。

对于为什么选择在改革30年之际归国任教，季教授表示，如果说迄今为止的30年基本上是工程师和经济学的时代，那么往后的30年在相当程度上需要律师和法学有所担当。中国的改革走向深水区，作为一个研究法律的人应该在中间发挥一点作用；尽管个人的作用是微不足道的，但应该尽力推进。

季教授还讲到，中国已经加入WTO，正在全面参与国际社会的各种游戏，而这些游戏都是有一定规则的。中国人要在国际竞争中胜出，就应该掌握并娴熟地应用这些游戏规则。为此中国的法学教育就不得不国际化。另外，中国政府已经在讲软实力，强调制度竞争，强调民主和国际化，这些就意味着中国也开始意识到这些方面的重要性。季教授讲到，在人才竞争、制度竞争日趋激烈的国际格局中，归国服务、报效人民是祖国的召唤，需要以实际行动来响应。最后，也许最为重要的还是，作为长期关注中国大陆发展并长期参与推动中国的法治建设的法律人，应该在国内拥有一个平台。

以上是对于季卫东教授对改革思考的一点素描，权当报幕，而季教授对中国改革前景的精彩言论，请看访谈。

一 承认个人自由乃改革之始

《二十一世纪》：作为一个法律人，回顾改革30年，您认为最为关键的价值在于哪里？

季卫东：我认为30年改革最大的一个价值是承认个人的自由。个人的自由虽然还是有一定限制的，但是总的来说，自由度是越来越大了。然而我们还有必要继续考虑这样的问题，是不是个人都在享有适当而充分的自由？是不是所有人都自由了？也就是说，自由的平等性，这还是一个问题。

到目前为止，改革开放取得了巨大成功，总的来说，对个人的自由，大家都是认可的。你只要给人以自由，这个社会就有活力。现在基本上是处在不断放开的过程之中，放开的过程是要让大家去逐步适应的。虽然这个放开还不是很充分，还有很多的限制，但毕竟是在不断放开。也要看到，这其中的一些限制是合理的，强调个人自由并不意味着自由至上、撤除一切限制。问题是什么样的限制、何种程度的限制以及采取哪种方式进行的限制，这就涉及公权力的存在方式。我们现在应该追问，在这个自由不断扩大的社会里，不合理的限制究竟是什么？这是一个如何重新界定公权力的问题。

《二十一世纪》：那您现在觉得，我们社会的自由是限制得不够还是限制得太多了，怎么理解"不合理的限制"或者"重新界定公权力"的问题？

季卫东：我觉得这个问题不能简单地看。目前中国的现实是，应该限制的地方却并没有限制，导致某种被放任的自由与被放任的强制的短路联系。自由需要以法治为基础，法治当然意味着限制，既限制个人的自由被放任，也限制政府权力被滥用。但这样的限制之所以并不让人感到压抑，是因为它以保障个人自由为目的，是一种为了自由的限制，并通过限制更好地保障自由。我们面对的困境是，该自由的地方缺乏自由，该限制的地方缺乏限制，有些阴错阳差的感觉。比如说宪法和法律规定的个人应有的权利，就应该承认它，切实保障它的实现。明明法律规定了的事情，还是不能兑现，这是国家失信。对此个人就会感到很压抑。然后他肯定会去通过非正式的渠道去追求这种利益诉求，或者通过贿赂官员，或者通过自力救济，或者通过破坏性的行为。这么一来，合法的问题就转换成非法的问题，自由与限制的适当关系就会遭到扭曲和破坏，问题越弄越复杂，越弄越棘手。

《二十一世纪》：那能不能说现在很大的问题实际上就是，公权力和私权利之间的界限一直没有良好的规定。它不在于说权利是多还是少，关键还在于怎么对两者做良好的界定。

季卫东：你说的这个观点，我很赞成，我也是这么想的。从法学的角度来看，权力的本质性问题不在于它的强弱，而且在于它有没有边界。也就是说权力应该是有法定边界的，同时个人自由与社会的公共性空间也是有一定边界的。这类界限没有划分好，社会就容易陷入混乱。本来是公共性问题，结果却以私人性方式出现，这就叫公私不分，或者说公器私用。人们甚至会用一种非正常的方式去购买公共服务，导致大面积的制度腐败。

二 如何切实保障私权?

《二十一世纪》:今天我们在谈论改革30年,总结还是蛮多的,但是我们总结过去,主要还是为了探求未来怎么走。对于这个命题,我发现您已经有了自己不少的思考,还写了专门的文章,从私人权利的伸张和公共权力的刷新两个维度讲述了您的思考。那么,您能不能先从私权伸张这个角度,对于私权利的现状讲一讲。

季卫东:首先,我们需要弄清楚,属于私人范畴的事情究竟包括哪些。比如包括隐私,他的私人生活空间和决定私人事务的自由。还有宗教信仰,这也是私人的问题。他信什么不信什么跟你有什么关系?只要不影响公共事务的决定,个人在宗教信仰和价值选择等方面应该享有充分的自由。他还应该享有自由表达的权利,"君子动口不动手",可见言论自由与行动自由是应该有所区别的,对言论的自由不应该加以过度的限制。诸如此类是自由的一个方面。其次,我们需要强调,对私人的正当利益和价值选择应该提供制度化保障,不容许其他人侵犯之。在改革开放过程中,个人享受到了很多政策优惠,今后应该把这些政策优惠逐步转变为权利和制度。因为政策总是有些像月亮,初一、十五不一样。也就是说,对私权的保障不应该停留在政策的层面,而应该采取制度化的方式加以巩固,这正是现代法治原则的基本要求。

关于私权伸张,除了涉及它与公权力之间的关系之外,还涉及私权利与私权利之间的关系。这是个人自由的相互调整问题。这也是如何对社会性权力进行限制的公共性问题。在这里存在两种基本的关系：一种是国家与私人之间的关系，另一种是私人与私人之间的关系。

《二十一世纪》：那么如何切实地保障私人的权利呢？

季卫东：从上面的分析我们看到，对个人权利存在着来自两个方面的侵害的可能性。或者是国家权力对私人权利的侵害——国家为私权提供保障，同时也有机会进行剥夺。或者是一个私人对另一个私人的侵害——这就是弱肉强食的逻辑，也就产生了锄强扶弱的需求，也就导致国家应该为私权提供保障的呼声。在这个意义上可以说，要切实地保障私人权利，就必须在限制国家性权力的同时也限制社会性权力。要形成这样的局面：正当的私人权益都不能受到来自任何方面的任意侵害；如果有人受到侵害，他可以找到公正的第三者出面解决问题，不至于求告无门、申冤无处。为了实现这样的局面，为确保存在一个公正的第三者，必须对国家权力加以限制，必须设立某种能够超越国家性权力和社会性权力之上的力量，例如独立的司法权，例如自律的法律职业群体，这正是现代法治的制度设计思路。当然，在强调法治时，还有一个前提条件，这就是法律制度本身的正当性、妥当性，能充分反映人民的共识、社会的公意。因此，制定法律、决定公共事务就必须允许私人在场参与。每个人都要有机会去参与决策过程、表达自己的利益诉求，使法律内容符合大多数人的愿望。

这里面非常关键的问题就是对少数人、弱者的利益怎么保护？因为一个社会中强者的利益诉求很容易得到实现，多数人的利益诉求也比较容易通过民主程序得到实现，但少数人，尤其是弱者的利益诉求却很容易遭到忽视。能否切实保障少数人和弱者的利益，这是私权保障的最关键的问题，是一个社会是否公平的重要指标。在这里，独立的司法具有决定性意义。让法院作为那个公正的第三者，为受到侵害的私人权利提供司法救济，这是切实保障私人权利的不可回避的一个制度化举措。

三 以增量改革刷新公权

《二十一世纪》：展望政府改革之道，对于公权的刷新，您觉得在这样一个特殊的体制下去彻底地刷新公权，会有什么样的障碍？

季卫东：关于政治体制改革的必要性已经形成了共识。剩下的问题是怎么改，改哪些地方，按照什么样的时间表去推行。一般而言，大家都认为政治改革不能采取激烈冒进的方式，因为这样做很难理性布局，却很容易引起社会动荡，造成太大的社会代价。虽然在重大政治问题上不能回避决断，有时也需要采取大刀阔斧的果断举措，但政治改革也还是应该像经济改革那样循序渐进、稳扎稳打。不妨借鉴特区的做法，容许在现行体制之外有所尝试，设立一个对照物，开辟一块试验田，让新生事物与既成事实并存和竞争，然后根据结果和效果进行选择。

政治体制改革有两条路摆在我们面前：硬着陆和软着陆。硬着陆是激烈的社会对抗造成的，这个结局社会代价太高。正如胡锦涛主席最近讲的那样，还是不要乱折腾。无论来自哪一个方面，折腾很容易使社会伤元气。既然我们不要硬着陆，要软着陆，那就要承认改革有一个渐变的过程，也就需要为新生事物预留生存空间。在这里，需要当局和民间双方都要有一个正确的互相理解，需要有这样一个互相理解的过程。双方都要理解对方的难处和要求并超越小我的立场，从大局、从久远来考虑政治改革的方向和步骤。在现有的体制之外来做，但是又是在现有体制下可以做的事情，这个就是所谓的增量改革。

《二十一世纪》：能否具体地讲讲您对增量改革的定义？

季卫东：我在前面实际上已经解释了增量的含义。也就是说要落实宪法和法律的规定，在现有的体制内推进，并对法定权利和社会发展目标的内涵和外延有所增加。比如说让人家多说一点话，并不会直接牺牲别人的利益，天也不会塌下来，这个属于增量改革。还比如说，改革财税体制，增加透明度和参与性，等等。这些内容的改革除了可能会对现有的权力运作机制带来某些不方便之外，都是有益无害的，都符合国家和社会的根本利益和长远利益。

《二十一世纪》：刚才您也提出来，民众和政府之间需要更加理性，相互妥协，但是改革的压力在哪里，这个问题您怎么来看？

季卫东：总的来说，邓小平时代的改革，这30年间的改革，以一部分人先富起来为特征。先富起来意味着一部分人先自由。最近这几年开始强调均富，这也是当时就预定了的目标。均富就意味着平等的自由。我觉得追求平等的自由是一个很大的动力。比如说现在老百姓为什么不服，为什么不满足？并不是"患寡"，至少主要不是"患寡"，而是"患不均"。不公平，生活再改善人们也会觉得不满意。因为社会学上说的那个"相对不满"对人们的心理和价值判断影响很大。这就需要国家采取有效措施,切实保障在法律面前人人平等。

《二十一世纪》:但是您不觉得这些可能更多的是应付现实的压力,更多还是一种应急的方案,而非长远的解决办法吗?

季卫东:自由的平等,平等的自由,这是政治哲学的基本问题。从这个角度思考改革,并不是简单的头疼医头、脚疼医脚的应急方案,恰恰是在试图着眼长远。接着刚才的话题说,现在民间为什么总有那么一股不平之气?一个原因当然是来自现实的压力,社会风险日益增大,人们会感到不安和不满。还有一个原因在于精神贫困。人们的满足感不仅受到物质需求的影响,同时也还受到精神需求的影响。如果精神空虚、苦闷,再富裕的人也不会觉得幸福。另外,官员腐败当然也会令人不满。实际上,现在中国存在的不安定因素,主要是相对不满,而不一定是绝对不满。相对不满对社会心理的冲击有时比绝对不满还要厉害。

要解决相对不满的问题,应该怎么办?这就需要有一个表达和协调的机制。也就是你怎么让他来表达自己的利益诉求,你不能说你来代表他表达了;你什么都代表了,他还是觉得他的利益诉求没有得到自由的表达,就意味着你并没有真正了解他的利益诉求,因此也就不能真正代表他的利益诉求。连他想说什么你都不愿意听,你能拍着胸脯说要真心代表他的利益和愿望吗?由此可见,表达自由是寻求长远性解决办法的第一步。只有实现了表达自由,各种不同利益诉求才能沟通和相互理解,才有可能通过协商和讨价还价达成共识或妥协。

《二十一世纪》：我注意到您在表述中比较注意采用"沟通""互动""协商民主"这些词汇，您对"协商民主"这个概念是怎么定义的？

季卫东：是的，我比较重视在政府和民众之间的沟通和互动，我觉得这才是良性的社会矛盾化解之道。我认为在这个过程中，应该逐步提高普通民众、弱势者的谈判能力和地位。

而对于协商民主的强调，则来自我对片面强调票决的民主化主张的反思。民主是一个很精致的设计，它不仅仅是投票，民主如果只有投票而没有协商，就很可能会流于简单化的非理性的选择；而只有协商，没有投票，则很容易流于暗盘交易，民主也无法真正落实。所以我们追求的民主应该采取一种既有协商又有票决的政治决策模式。

四　改革就是建立新的公共性

《二十一世纪》：对于汶川地震、北京奥运中体现出来的志愿者精神和众志成城的公众面貌，您提出来，它可能是一种从消极的自由向积极的自由的转变。个人更加关注公共事务了，然后这可能是转换为一种公民社会的渠道。对此我感到不好理解，您能不能再介绍一下？

季卫东：总的来说，改革开放前的中国是一个全能主义体制下的社会，任何一个人在国家动员的范围之内都没有逃避国家的消极自由。改革开放逐步给了人们消极的自由。

20世纪90年代，中国开始承认更多的消极自由。就是说只要你不触犯政治上的禁忌，就可以在非政治领域享有广泛的自由。所以才会有些自由至上论在中国流行，包括自生秩序的观念。这表明大家都想追求消极自由，而国家也默许这种状况。

《二十一世纪》：您对消极自由和积极自由是怎么定义的？

季卫东：消极自由就是脱离国家事务的自由，积极自由是参与国家事务的自由。90年代初以来，消极自由虽然还很不充分，但发展的趋势却很明显。迄今为止，可以说消极的自由是得到认可的，但是积极自由却受到种种限制。因此，今后政治改革的方向是扩大积极自由。其实，仅有消极自由而没有积极自由，私权保障肯定是不充分的。在这个意义上，加强私权保障就必须承认私人享有积极自由的权利。

《二十一世纪》：这个自由观有点特别，怎么来理解比较合适？

季卫东：这个提法与中国社会的特点有关。传统中国本来是一个缺乏公共物品、公共服务的国度。中国不乏被放任的自由，但却并没有允许和鼓励人民参与公共事务的观念。当然，这个传统特征在社会主义历史阶段已经有所改变。因为老百姓本来是一盘散沙，所以需要强调公共性，需要进行群众动员。但是在动员体制下，人民还是处于被动状态，并没有真正地参与，因此所谓公共性也只是国家意义上的，与社会的理解和感受未必等同。

也就是说，中国本来不乏消极的自由，但因为没有公共性，结果不得不通过国家来形成公共性。但这样做的结果是，真正的公共性未必形成，而老百姓的消极自由却又没有了。在改革开放的过程中，传统的消极自由又恢复了，并开始受到欧美消极自由观念的影响，产生了一些变化，有了一些新的现象，但积极自由还没有出现，新的公共性还没有形成。这就是我们面临的现状。

由于只有片面的甚至是畸形的消极自由，权力结构始终未能改造，结果机会的平等得不到充分保障，竞争的公平得不到充分保障，分配的正义得不到充分保障，导致社会两极分化越来越严重。这就使得新的公共性更难以建立，积极自由的实现变得更加困难。要打破这样的恶性循环，有赖于国家的政治决断。在这个意义上，也只有在这个意义上，我们期待着某种跨越式发展。

（2008年12月25日，刊载于《21世纪经济报道》）

法律：举起正义之剑

南国赌王案是当今中国的一个隐喻、一个非常典型的象征性符号。

在大地与公海之间往返的那条游轮"海王星号"，寓意某种形态的赌场经济以及货币过剩带来的资本漂流，也暗示中国金融系统其实在一定程度上已经变成了"无根的浮萍"。如果把大地理解为民族国家的生产力实体，把公海理解为全球资本主义体制，那么"海王星号"就可以被看作那些无限欲望的载体。

一　超级分利联盟

可以说，"海王星号"的每一次航行都是投机对投资的沉重打击，都在使资金持有者越来越摈弃作为主体的身份认同，远离坚固的大地，驶往自由而虚渺的法外公海。如此反复下去，势必造成国民经济乃至社会秩序的价值基础和结构的逐渐分离解体。但是，就在可能发生大崩溃的一刹那，这条漂泊不定的赌船注定是要弃大地而远去的。它绝不可能成为国人逃离浩劫的"诺亚方舟"。

实际上，这一公海赌船不仅缺乏对民族国家的身份认同，试图摆脱大地的羁绊，还构成了一片移动性不法地带。在这里可以毫无廉耻地从事走私、洗钱、行贿、隐匿生意。

与此同时，"海王星号"也构成了一张特殊人际关系网的枢纽。在这里，以潮汕帮为核心，以流水般的货币为媒介，形成了包括前内地首富黄光裕、"南粤政法王"陈绍基、深圳市原市长许宗衡、粤浙原省纪委书记王华元、公安部原部长助理兼经济犯罪侦查局局长郑少东等在内的超级权力精英的分利联盟。尤其值得注意的是这张关系网的特征：警匪交相渗透，互为利用。

二 赌博的经济观

从连氏家族及类似的所作所为，我们可以清楚地认识20世纪80年代末以来资本在中国的原始积累过程以及权力与货币的共犯关系造成的"原罪"。他们的成功故事具有共同特征，这就是借助金融诈术来获得巨额资金，借助暴力杠杆来垄断交易市场。这样的发展模式与亚当·斯密所设想的以土地、劳动及勤奋生产和合法经营为坚固基础，具有道德情操的"市民资本主义"体制风马牛不相及，而更接近马克斯·韦伯揭示的那种冒险的、缺德的"贱民资本主义"类型。

不言而喻，连卓钊式的商人们持有赌博的经济观。他们都在强权的政府、投机的金融、买空卖空的商业以及难以监管的海外交易犬牙交错的地方，通过货币的来回操作而使自己的身家巨幅增值。

至于郑少东们，他们更重视的是货币和权力的互补性、可替代性。一种变态的权力欲可以表现为货币崇拜，而货币可以使人满足更大的、更无止境的权力欲。

在公海赌船上，权力与货币的反复混交，孕育出来的只能是个奇丑无比的经济怪胎："流氓资产阶级"。对这些人而言，为了达到垄断经营和攫取利润的目的，可以不择手段，可以借助黑社会来操纵竞争机制。换句话说，暴力就意味着暴利。

在他们互相之间也只存在利用与被利用的关系。黑道上的人提供黑道信息，有选择地满足在白道上的人的职务需要。白道上的人泄露白道上的机密，有选择地为黑道上的人通风报信、网开一面。这种毫无道义的分工关系甚至还通过政府人事的安排实现了"可持续发展"。

在"海上赌王"的身后，可以看到黑道的运作已经公司化、规模化的影子。在"南粤政法王"的政治人脉里，可以发现黑白两道的相互渗透和跨境渗透已经达到极其严重的程度。不难想象，这条船再往前航行下去，就将是一个黑白完全颠倒的世界。

三 次级秩序的僭越

我们还不妨返回来，透过2007年秋天那场游艇会来观察和分析当今中国的制度缺失。黄光裕之所以热衷于这个"桃园三结义"的翻版故事,是因为他玩弄的资本腾挪术始终需要政府做杠杆,是因为他在土地和资本之间运作出来的数以亿计的资金需要漂洗,是因为他在不断陷入经济犯罪指控之际需要高层保护。

连卓钊发挥的是媒介作用。他通过公海赌船这个灵活的、隐秘的交流平台,把赃款与贷款联系起来,把地下钱庄与境外银行联系起来,把黑道与白道联系起来,把商界与政界联系起来,进而在国家秩序之外形成了庞大而有力的次级秩序。

郑少东与连卓钊的勾结起初是因为权力。郑需要黑道信息和涉事官员信息,而连可以有选择地满足这种需要,并以此获得庇护。在这里警匪互相利用也互相渗透。郑少东与黄光裕之间是权钱互动。黄想花钱买屏障,郑想花钱买稳定,也是一种互惠关系。黄、连、郑三者之间信任的基础却在于传统的地缘关系,这就是他们选择离故乡最近的海域作为密谈地点的原因。

可想而知,如果中国政府对市场不享有任意干涉的超强权力,那么私营企业以及商人向官员行贿的动机就会大幅度减弱。如果任何财产的所有权都获得法律制度上的可靠保障,那么"圈地"与"圈钱"之间的互动关系就不会如此畸形发达,有产者也不必纷纷在衙门里寻找自己特有的庇护者。

如果官员以擅自收取贿赂的方式来保护财产权和人格权的现象普遍化,就会主要在如下两个方面抽空国家的价值基础:

(1) 税收作为政府提供公共服务的对价的属性被歪曲、被消磨,国库因中饱私囊的所谓"内卷化"机制而逐渐空虚;

（2）政府摈弃那种超然于各种利益集团或个人之上的中立性、客观性，成为偏袒少数关系户或行贿者的帮办，进而蜕化成某种勾结型政府，完全丧失道义根据。

在这样的状况中，国家秩序的存在形态与黑道帮派的规则以及相应的次级秩序之间的界限就会越来越模糊，越来越混淆不清。

四　树立法制权威的起点

要从根本上打破超级分利联盟，必须完备包括产权保护、税务法定、财政透明、司法独立在内的一系列制度并使规范的执行合理化、去人情化，并按照法治原则严格限制国家权力的滥用。

倘若坏事也可以变好事，在我看来，南国赌王案能变成的好事就是为中国加强规范刚性、树立法制权威提供了一个最没有争议的契机。

概而论之，公民之所以遵守法律，是因为法律具有正当性。这种正当性往往需要举出理由加以论证，而关于善、正义以及公平的说理过程难免掺杂传统文化的影响、意识形态的因素、利益集团的博弈等，有可能使得法律的效力相对化。但在有些方面，法律制度为解决单纯的调整问题而存在，其强制约束力是不证自明的客观需要。正因为存在这样公认的调整功能，所以必须树立法制权威，用以统一步调，避免混乱和冲突。例如严格执行交通规则，无非明确人们的行为方式，从而改进道路秩序，保障所有人的安全。像这样为了调整社会步调而严格执法,不会引起对错之争。因此,交通规则是最容易刚性化的,应该成为树立法制权威的起点。同样不容讨价还价的逻辑也存在于反腐败的执法行为中。

公海赌船上进行权钱交易的罪恶是如此令人触目惊心。警匪勾结、黑白串通对社会公共秩序的危害也的确令人不寒而栗。法律在这里举起正义之剑,当然毋庸置疑。倘若制度在这里也不能立威立信,那么人民就将面对更彻底的无法无天!

(2013年2月2日,刊载于《财经》总第348期)

股灾、救市以及风险社会的法治

2015年6月15日之后,中国股市经历了暴跌、政府出手救市以及对券商进行刑事问责的剧烈异动,迄今仍然余波荡漾。这场证券交易风波凸显了当今中国社会的风险性以及法治困境。

金融的本意是货币的诚融致远、汇通天下,借助"流动性"来调整投资与生产之间的关系。因而金融理应与实体经济的生产和雇佣密切相连并为之服务。但是,在20世纪90年代末的亚洲货币危机之后,世界各国的银行融资占比大幅度下降,直接金融打破国内银行和金融行政的樊篱而席卷全球,其结果,金融似乎与实体经济渐行渐远,甚至大有反噬实体经济之势。在这个过程中,所谓"国际金融复合体"(贾格迪什·巴格瓦蒂的用语,指华尔街—国际货币基金组织—华盛顿的分利同盟),似乎变成主要以把资本年度回报率提高到百分之十几甚至几十为其活动的目标,不太在乎金融流变对各国实体经济的冲击和不良影响。

在金融主导的思路下形成的"高风险、高回报"利益分配方式,一边运行一边大幅度解放人们的金钱欲望,使得投机性经济活动空前活跃,导致赌场资本主义四处蔓延,并以金融的名义形成了一种非常强大的结构性权力。而这里存在的与正义、道德以及法律相关的最大问题是:一般赌场的输赢仅限于游戏的参加者,但当代的金融博弈则会把没有参加游戏的人们也裹挟进来,结果很可能使得完全不相干的普通公民也蒙受损失和侵害。无论自觉还是不自觉,愿意还是不愿意,作为受害者还是加害者,中国都正在逐步卷入诸如此类的国际金融博弈之中。

从法学的角度来看,这种蜕变后的直接金融,其本质在于"债权的证券化"。从法社会学的角度来看,证券化其实意味着"对社会的风险进行定价",势必促进信用评估机构和金融保证公司的发展,并鼓励风险投资。再从风险社会的依法治理这一角度来看,证券交易在一定程度上其实就是"把风险向他人无限转嫁"从而稀释风险的机制,而券商和对冲基金的工作则属于专业化、技术化"风险商务"的范畴。实际上,对冲基金这类全球化风险商务的基本宗旨,就是要利用各国的利率、汇率、股价、物价以及期货交易的行情等多层多样的市场和法律制度以及政策之间的漏洞、扭曲或者不平衡,借助杠杆进行操作,最大限度地牟取暴利。其结果,制造业创造的价值、某一国家人民流血流汗创造的财富有可能通过金融衍生品等手段流转到其他行业、其他国家。

一 中国股市危机：全球资本配置的结果

在上述语境里回顾和考察2015年盛夏的那场中国股市风波，通过令人眼花缭乱而又神秘莫测的事实，似乎可以梳理出如下逻辑关系。

为了抵抗经济下行压力、刺激景气，中国需要加强竞争、鼓励民间投资，并为万众创业和技术创新提供资金支持。由于基础设备过剩、产能过剩以及地方政府债务问题，银行的呆账过大，融资成本过高，主要依靠间接金融就很难满足现实需要。鉴于直接融资在中国金融市场所占份额相对很小的现实，通过证券交易获得实体经济发展所需要的资金似乎就是比较合理的选项。总之，着眼股市的初衷是不错的。

但是，由于中国的资本市场尚不健全，也缺乏确保监管和法律规范具有实效的健全机制，加上与国际金融资本主义体制之间的联系也在不同程度上被扭曲，结果是证券市场的投机性反应大出所料，甚至演变出一个失控局面。在这样的状况下，政府不得不采取紧急救市的各种措施，到后来还动用了极其严厉的刑事手段作为撒手锏。也就是说，在那场股灾之后，行业监管规则压倒了市场交易规则，公法规则压倒了私法规则，警力俨然变成了金融秩序的最大支柱。

时至如今，究竟应该如何理解股灾、救市、刑拘之后中国金融发展的趋势？在这里，我们必须跳出就事论事的窠臼，以全球大格局为背景重新认识金融市场与政治权力之间的关系，认真对待渐次浮现的那个庞大金融权力在市场经济中的地位和作用。

显而易见,当下的中国与世界正处于数百年一次的世界史巨变的过程中,不得不面对层出不穷的新情况、新挑战。经济和社会演化的事态告诉我们,一场范式革命正在酝酿之中,有可能将颠覆我们对制度和机制的既有认识。如果讨论这种范式创新,可能会使与国家治理和法律秩序相关的问题状况变得复杂化,也会使改革的目标和手段变得复杂化。但是,我们却又不能回避正在发生的事态,不得不在新的脉络中考虑制度和机制的设计。因为我们现在有一个能够避免锁进路径依赖中去的机会,这也就是所谓后发者优势。

亚投行能吸引那么多发达国家加盟,不仅出乎美国的预料,也出乎中国自己的预料。发达国家看好亚投行,原因当然很多。其中一个很重要的原因是,持续大约500年的那种资本主义体制以及持续了100多年的大量生产、大量消费的经济发展模式已经面临空前的危机,即驱动力衰竭的危机、资本过剩和产能过剩的危机,甚至正在迎来最终阶段。这是一个世界史的问题,也是一个政治问题,还是一个意识形态问题。但在这里,我们不预设任何价值前提,没有先入为主的价值判断,只考虑现实和经济自身的逻辑。

既有的那种资本主义体制和经济模式,其实质究竟是什么?客观地说,就是资本不断增值的过程以及相应的支持条件。怎样才能让资本不断增值呢?必须对经济发展的中心与前沿或者边缘进行区别;中心具有比边缘地带更强的汲取力,因而具有更高的资本回报率。为了维持和提高资本回报率，中心必须通过各种方式和手段不断延伸边缘，例如开拓殖民地、开发农村、扩大市场份额、扩充社会需求、改良技术、改进治理结构等，都使得边缘更远更深、中心更富更强。然而，当非洲也开始被纳入全球化市场体系时，地理上的边缘就趋近消失了。当金融市场利用电子信息技术开发高速投资系统，证券交易所以百万分之一秒、亿分之一秒的时间差距竞争利润时，资本回报率上升的空间也就趋近消失了。

目前，发达国家的十年期国债利率均低于2%，短期利率均事实上为零。这种状况如果持续较长时期，现行经济社会系统必然无法维持下去。有人也许会说，这种状况在日本已经持续了20年，为什么还没有爆发大危机？的确，日本处在一种极端异常的状态之中。即便储蓄利率为零，日本人还是把钱存在银行里，不太积极从事投机性渔利活动。这也许与日本国民的心态非常有关系，或者出于对政府的信任以及长期合理性的考虑。

当然，中国以及其他新兴国家凭借剩余的人口红利和市场需求还有可能继续在既有的轨道上增长二三十年，除非生产要素市场以及能源结构发生激变。由于这些国家不再是发达国家的边缘地带，所以它们的发展会给发达国家带来困境和危机，加快驱动力衰竭的节奏。美国曾经试图通过军事实力重新开拓地理上的边缘，但反恐战争的结果证明这种方式极其困难。中国正在通过"一带一路"倡议开拓新的地理边缘，同时也消化自己的过剩产能，以维持经济继续增长的势头。其他国家试图借助中国的驱动力来拉动本国经济。

在实体经济、制造业走向衰败的情况下,资本为了实现自我增值的目标,必然倾向于借助金融技术来回春。例如美国从1971年开始从制造业主导转向金融业主导,在20世纪90年代借助电子信息技术和金融自由化的制度安排继续提高资本回报率,结果形成了一种典型的金融帝国主义体制。据统计,在1995至2012年期间,美国在电子金融空间创造出了140万亿美元的资金,导致商业银行借助各种杠杆过度投资,投资规模甚至超出自我资本的60倍,先后酿成巨大的IT泡沫和住宅泡沫。2002年美国产业利润中金融业所占的比例达到30.9%,而1984年只占9.6%。金融业的大发展是以市场原理主义为指导思想的。但资本的分配如果完全委诸市场机制,就会导致通过降低劳动分配率来增加资本回报率的事态,加剧贫富分化。特别是借助电子金融空间强行促进资本自我增值,只能导致泡沫不断生成和破灭。每次泡沫生成都使得财富进一步集中到占人口1%的富裕阶层,泡沫破灭都需要用国民税金进行补救,并且会导致中产阶层大批失业,变成贫困阶层。

众所周知,货币主义金融政策的特征是通过放宽数量限制的方式刺激经济。作为其理论根据的货币数量学说认为,当货币流通速度长期稳定时,货币的数量将决定物价水准。因此,增加货币发行量,要么增加交易规模,要么提高物价水准。但是,在利率低下的状况下,货币流通速度一定不变的前提已经不复存在。美国国内货币的流通性已经很低。因此,即使增加货币数量,交易量和物价也不会出现大的变化,只会通过股票和不动产交易促使资产价格上升，导致泡沫。何况在全球化的条件下，货币流通基本上不受国界限制，货币数量的计算和控制也变得非常困难。因此，量化宽松也好，加息也好，无论美国采取何种政策，泡沫频繁形成和崩溃的风险都将越来越大。中国也无法置身事外。

换言之，不管是否愿意，中国以及其他新兴国家的经济都不能不被卷入全球金融资本主义体制。美国在电子金融空间创造出那140万亿美元的货币，必须到新兴国家寻找投资和盈利的机会。到2013年，新兴国家经济规模的总额大约28万亿美元，经济发展所需要的固定资本，包括共同投资、设备投资以及住宅投资，大约占经济规模的30%，即9.3万亿美元。即便新兴国家储蓄率为零，也只能吸收美国庞大资本的一个零头，因此，如果这140万亿美元都涌到新兴国家寻找盈利机会，只能导致设备过剩和产能过剩。过剩的设备和产能需要美国的过剩的消费来维持，但雷曼破产事件之后，美国消费过剩的机会性结构已经瓦解了。

总之，发达国家的资本过剩，新兴国家的设备和产能过剩，这就是我们不得不面对的现实。到哪里去寻找经济的新动力呢？科技创新当然非常重要，可以提高企业和国家的竞争力。科技创新需要法治作为基础，否则没有人愿意进行长期的、充满不确定的冒险事业。最近发生在中国股市的事实再次证明，金融暴利的诱惑，更使得科技创新增加难度。何况体制、机制不变，科技创新也会遭遇设备过剩、产能过剩的阻碍，因为需求不大，资本回报率也不高，科技创新的意义就很难大起来。

二　呼唤更好的金融治理法律秩序

由此可见，我们现在必须考虑怎样彻底改变体制和模式的问题。我们正面临一个重要的历史转折，而且是全球性的转折。当然，因为最后的发展空间还在中国、在新兴国家，所以中国必须利用原有的条件继续发展。但无论如何，那种美国式大量生产、大量消费的模式确实是不可持续了。中国基于产业政策和行政主导的经济发展模式，与美国式的大量生产、大量消费模式只不过是一枚硬币的两个方面；看起来中美的信念和做法截然相反，其实是结合在一起的，构成绝配。正因为有这样的契合性，所以我们的制造业才取得那样的辉煌。但是，现在的事实表明，那样的好日子已经基本上结束了。

这意味着我们正在面临非常深刻的变化，结果必然导致体制创新、经济模式创新。这是我们根本就无法回避的问题。今年政府提出的"互联网+"战略是否构成这样的根本性变革，还有待进一步观察。中国从1994年4月20日正式接入互联网，起初只是把它理解为一种通讯手段。后来人们发现互联网具有沟通渠道的功能，有助于加强人际关系，促进社会结构的网络化以及平面互动。随着互联网的数据库不断发展和广泛应用，特别是随着电商和移动支付的发展，人们开始把互联网理解为社会的一种基础设施。有一点是毋庸置疑的，即互联网可以把金融资本、物流、生产、营销、零售、消费以及信用连成统一的整体，运用大数据和信息技术进行高速处理，从而提高经济运行和资源配置的效率，拉动内需，提高社会协同的程度。互联网与金融的跨界结合，已经导致金融业的生态发生重大改变。

在不经意间，中国的互联网金融已经达到全球最大规模。互联网金融的主要功能是通过便捷的储存和支付手段吸收游散资金；在大幅度降低融资成本的基础上，为小微企业解决融资难问题；通过大数据和电子信息技术建立对企业和个人信用状况的监控体系；促进金融机构的民营化。互联网金融与商业场景、供应链场景、消费场景等直接联系，使资金配置更有效率，甚至可以改变货币的发行方式和存在方式。值得注意的是，互联网金融的核心意义就在于电子信息技术加金融自由化，而金融自由化与全球化是互相促进的。但在金融领域，实际上并不能简单地强调自由竞争，因为金融有天然的脆弱性和巨大的社会影响。互联网金融也不例外，它与权力之间的关系极其微妙，既需要避免权力干涉的自由，也需要在危急关头获得权力的救济，还不得不借助权力实现平台战略。要适当处理金融与权力的关系，必须采取法治方式和法治思维。

从金融发展的角度来看，法治当然是极其重要的。因为货币的普遍性需要法律的普遍性作为保障。因为资本对环境的安全性和稳定性极其敏感，稍有风吹草动就会溜之大吉。在那些不按规则办事的经济体中，商人需要与官员逐一进行私人交易，导致交易成本增大、办事效率下降，发展往往更加不公平，也更为贫穷。尤其值得留意的是，在由市场来发挥决定性作用的地方，社会活动的主体往往都是在微观层面进行合理选择的"经济人"，不存在所谓"超越的主体"。因此,决定市场绩效的是每一个体进行判断之际的具体合理性的程度,人们很容易忽视宏观调控的长期合理性。

这种问题在产业市场还不太明显,因为企业作为有目的性的组织,不可能完全放弃宏观的视点。但在金融市场,不是政府监管,而是自由竞争的个体所进行的理性选择才被认为是系统稳定的基础。特别是在金融工程学和信息技术增加个体预测风险、计算损益的能力之后,上述观念得到进一步强化。但是,2008年起源于美国次贷问题的世界金融危机已经证明:微观的合理性也会孕育宏观的不稳定性;因而金融市场还需要非市场性的制度——法治——作为宏观视点的基础,并借以形成和维护金融市场的良好秩序。

根据哈耶克的观点,这种制度基础并不是事先设计出来的、基于完全合理性假设的计划、审批事项以及行政监管系统,也不是被创制的法律体系,而是基于有限合理性的自生秩序,特别是像英美普通法那样不断生长、不断发现、不断整合的判例群。作为市场基础的制度必须加强个人行为规则与社会秩序之间的相互作用。科斯也从交易成本的角度强调认定和配置权利的司法性规则以及审判制度的重要性。不妨推而论之,在市场尤其是金融市场的运作中,法院基于宏观视点对个案进行具体判断的活动就构成非常重要的制度条件,否则将诱发无穷的投机行为以及无序化竞争。这也能在一定程度上说明,为什么真正具有全球辐射力的国际金融中心大都出现在普通法系国家或地区,例如伦敦、纽约、中国香港、新加坡。从这个观点来看，按照专业化的、公正的理念推动司法改革，不断提高法官的素质和解决金融和经济问题的能力，就是法治建设的一项重要课题。

根据市场在资源配置中发挥决定性作用的原则进行金融系统的建构或者重构，投资服务的提供和投资家的保护势必成为关键，而减少交易规制则势在必行。但是，如何防止自由被滥用是长期强调金融监管的中国在转型过程中应该认真考虑的一个重要问题。美国资本市场法制非常健全，私人可以通过维权诉讼的方式（投资家诉讼、集团诉讼、惩罚性赔偿等）确保法律的实效性，对于重大金融犯罪容许采取窃听、伪装侦查、诱饵侦查、辩诉交易等方法。更重要的是，联邦最高法院享有极其崇高的权威。正因为存在这些配套条件，所以美国才能最大限度容许金融自由化。中国缺乏这些条件，所以市场监管必须通过特别积极的法律运用方式来实现。在这里，仅靠市场监管部门是不够的，必须修改民事责任法，鼓励个人追究侵权行为的责任。为此必须明确提出金融交易信息公示的要求，划定举证责任的范围，强化损害赔偿请求权并制订一整套损害额推定的标准。

由于金融市场的交易规模极大、交易速度极快，仅仅按照民商法的思维方式处理因果关系几乎是不可能的，需要从公益的角度对利害关系进行调整，需要经济法规的视角。为此，法制建设必须强调三点：（1）在损害金融市场的行为发生时必须迅即阻止；（2）在损害金融市场的行为已经发生时必须首先剥夺违法者的利益；（3）必须防止损害金融市场的行为再度发生或者恢复原状。

在这个意义上,带有惩罚性的剥夺不当得利的巨额罚款制度的设立具有重要意义。这种罚款制度的执行机关应该具有一定的独立性,以保证辩诉交易的弹性。

要健全证券市场,首先必须使股份公司的性质转换成市场指向,其次要健全股份、债券等金融商品交易的条件,确保价格合理公正。为此必须通过法律的制定和执行,确保股份公司的治理结构能够满足信息公开以及会计、审计的基本要求,能够完全承担市场责任。特别需要注意的是,金融市场的法制必须与瞬息万变的对象属性相适应,必须通过灵机应变的举措来确保监控的实效性。因此,金融法制不能简单采取传统的刑事程序和行政程序来应对。过度的罪刑法定主义态度虽然符合刑法原则,过度严厉的刑事惩罚虽然可以收到霹雳之效,但却无法切实防止扭曲金融市场的行为,也很难长期持续,甚至在某些方面会给市场经济和人民生活带来深刻的伤害。这就是我总结2015年股灾和救市风波所得出的一条教训,也是依法治理风险社会的基本出发点。

(2015年12月22日,刊载于《财经》2015年第36期)

从于欢案透视民间金融问题

一年前,债务人苏银霞和她22岁的儿子于欢被11名逼债人围攻侮辱。面对母亲遭受奇耻大辱,血气方刚的于欢在情急之下用水果刀刺伤4人,导致1人死亡。今年早春,山东省聊城市中级人民法院一审以故意伤害罪判处于欢无期徒刑,突然引起全国性舆论的轩然大波。基于伦常、人性、高利贷劣迹等方面的考虑,加上关于逼债者的权势背景与当地结构性腐败的风闻,同情被告人的呼声甚高,对司法机关处理此案构成强大的影响。尽管审判人员在处理复杂争端时应该适当考虑情理和舆论反应,但毕竟不能仅凭朴素的正义感就匆忙做出判断,而必须冷静地分析案件发生的来龙去脉和具体情节,充分权衡各种利害关系;法学研究者还应该进一步考察犬牙交错的问题状况,提出有说服力的处理建议以及制度设计方案。

众所周知,这起辱母伤人案的根本起因是违法的高利贷以及相关的多重债务纠纷。因此，所涉及法律问题的核心在于利息。据报道，山东源大工贸有限公司法定代表人苏银霞因银行贷款困难，通过一般民间金融机构借新债还旧债的权宜之计也无以为继，只好求助于高利贷，分别于2014年7月、2015年11月向地产公司老板吴学占借款100万元和35万元，双方口头约定月息10%（在非复利的情况下，其年息应该高达120%；在复利的情况下，则每过7.2个月本息就要翻倍）。由于高利贷的债务越滚越大，苏银霞终于陷入万劫不复的境地。其实近些年来类似的债务纠纷已经频繁发生，债务人逃跑、自杀、破产，债权人绑架人质、滥用私刑以及黑社会逼债等恶性事件时有发生，构成颇为严重的社会问题，辱母伤人案只不过是高利贷陷阱的冰山一角而已。

因此，我们有必要跳出于欢个案的口舌是非，来讨论法律与社会之间的互动关系。概而观之，中国私营中小企业、工商个体户的经营活动和结算方式的特征决定了需要大量现金投放，官方金融机构又不可能对如此千姿百态的现金流和信用水平进行有效监控，因而不得不对放贷持慎重态度，这就为非官方金融服务以及民间借贷业的发展提供了大片温床。就工商融资而言，借款人显然不仅要偿还利息，而且必须偿还本金。因此，即便是优良企业其实也难以承受年息10%的负担，更何况是月息10%。据日本处理民间金融纠纷的两位律师的实证分析，如果年息达到27%，按照还贷的标准计算公式偿还债务，企业基本上只能支付利息，本金势必无法减少，也就意味着这笔债务实际上变成了无限期债务，通常永远不可能清偿。所以，无论从哪个角度来看，一旦求助高利贷,就意味着企业或者个人一只脚踏进了地狱之门。但是,如果基于这样的理由就对民间借贷的利率上限进行非常严格的控制,那就意味着要大幅度缩小私营企业和工商个体户的授信范围,其结果将导致无法借贷的人群膨胀,加剧融资难的困境,甚至还可能促使地下钱庄进一步横行跋扈,总而言之效果或许适得其反。所以,如何设定法定利率的上限就变成一个很专业化、艺术化的微妙问题,感情用事是无济于事的。

比较法学的考察告诉我们,德国出于保护实体经济发展机制的宗旨,通过民法典的公序良俗原则确立了限制高利贷的法理,并通过判例把合法利率的上限设定在12%或者中央银行公布的市场利率的两倍,暴利性的利率上限一般设定在18%,比较注重对暴利行为受害者的司法救济而不是事先的行政规制。与此不同,法国的做法是把交易活动分为面向消费者的不动产信用、纯粹消费者信用、面向工商法人的信用、面向个体户以及非营利法人的信用4个基本范畴和12种业务领域,分别计算综合性实质利率以及暴利性利率加以公布,并通过信息公开的方式加强对高利贷现象的民事和刑事制裁。日本的立法机关为了扶持经济上的弱者,在出资法中把工商民间贷款的利率上限设定在29.2%、个人消费借贷契约的年息上限设定在109.5%,在利息限制法中按照不同的贷款额度规定利率(不满10万日元的20%、10万~100万日元的18%、100万日元以上的15%),宣告超过法定限度的债务无效。美国的制度安排存在联邦法与州法的双重结构,对民间借贷和消费者金融的限制是通过州法进行的,因而监控的手段和程度非常多样化，有的州根本就没有设定贷款利率的上限；从整体上看，美国的立法政策是更侧重基于确保市场原理的公正交易而不是限制利率本身。

与上述各国不同，中国的应对举措主要是行政规制。1998年，国务院曾经颁布《非法金融机构和非法金融业务活动取缔办法》（国务院［1998］第247号令），对民间借贷、集资等活动采取严惩不贷的立场。但由于银行贷款难和融资需求很强劲，中国人民银行只好因势利导，在2002年下达了《关于取缔地下钱庄及打击高利贷行为的通知》（银发［2002］第30号），规定民间个人借贷的利率不得超过中国人民银行同期间、同档次贷款利率的四倍（目前短期利率上限大概是22%）。此外，随着民间金融纠纷的激增，判例和司法解释成为重要的规范来源。2015年8月6日，最高人民法院公布了《关于审理民间借贷案件适用法律若干问题的规定》（法释［2015］第18号），其中第26条明确如下审判标准："（第1款）借贷双方约定的利率未超过年利率24%，出借人请求借款人按照约定的利率支付利息的，人民法院应予支持。（第2款）借贷双方约定的利率超过年利率36%，超过部分的利息约定无效。借款人请求出借人返还已支付的超过年利率36%部分的利息的，人民法院应予支持。"

从上述规定可以看出，中国对民间金融活动的规制具有两极滑行的特征：一方面对民间金融活动采取严禁的政策和行政举措，另一方面却又对高利贷的利率上限采取比较宽大的界定标准，并且注意保护债务人，承认其要求债权人返还不当得利的请求权。这就很容易在禁止民间金融活动、民间贷款法定利率以及约定利率之间产生一片不小的灰色地带，促使非官方金融业与地方政府之间达成非正式的妥协和默契，也为官员寻租提供了结构性机会。这里的关键在于贷款人（资金出借方）调度资金来源的利率。因为民间借贷的利率总是由贷款人的调度利率和借款人的信用度决定的。如果仅仅关注借款人的调度利率的话，融资平均利率20%势必产生巨大的利率差，就会显得非常暴利。

但是，金融服务的最大特征是必须面对借款人资不抵债的信用风险，因而不得不根据风险的大小来设定不同的利率，以确保在信用度同等的一组债务人当中能够消化、吸收无法回收债权的风险。也就是说，贷款人对于偿债能力较低的借款人群体（或者特定宗教社会以及贫困区域，对此金融学教授陈志武进行过很好的实证分析）必然设定较高的利率，使风险与盈利有可能对冲。因此，从这一实际情况来看，严格限制民间借贷行为或者压低利率并不能使信用度较低、还债风险性较高的群体或区域得以比较低的利率获得必要的资金，相反倒很有可能完全剥夺掉他们融资的机会。由此可见，在过滤或者折抵风险的意义上，把民间金融的利率上限适当设定得高一些也是可以理解的，甚至对那些有暴利之嫌的借贷活动也要具体情况具体分析，不必持全盘否定的态度。

特别值得注意的是，根据李元华对高利贷盛行的温州现象所进行的调查研究，中国农村的民间金融活动还具有集资的性质，而不仅仅是借贷，因为贷款人要与借款人共同承担项目的风险。特别是各种类型的"合会"——例如事先约定轮流收会顺序的"轮会"、通过摇骰随机决定收会者的"摇会"、采取投标方式竞争收会机遇的"标会"、借助扩大会脚的累进连锁从事投机的"抬会"——的筹资活动，形成貌似合作共赢、"无本万利"、利率可变的金融游戏，助长某种投机的金融资本主义风气。这类"合会"只要不发生"倒会"事态，资金就会正常运转，到会期结束时所有的参与者都是有利可图的，当然所谓"会主"的获益势必最大。这样就使得借贷活动的风险意识下降，风险与利率之间的关系发生扭曲，同时也扰乱了官方金融机构的储蓄和信贷业务，还使工商金融中银行短期贷款的占比飙升到80%以上，形成非常畸形的信贷期限结构。

从法学理论的角度来看，这里的关键在于政府究竟在多大程度上能够介入民间金融活动以及究竟应该采取什么方式介入。有两种不同的立场是可想而知的。一种是对于违反利率限制规定的民间借贷行为一概加以制裁，防止多重债务和高利贷引发个人破产、自杀、绑架、私自惩罚等社会问题。另一种是让借款人自负其责，双方约定的利率以及任意偿付都可以视为合法，高利贷的负面效果也只有通过承认民间金融的合法性并把相关活动纳入制度化管理轨道的方式才能适当解决。如果说大约20年前国务院［1998］第247号令偏向前一种立场，那么不妨认为最高人民法院最近的司法解释［2015］第18号则似乎偏向后一种立场。

在我看来，或许还有第三种立场，就是设法尽早发现那些通过民间借贷实现融资之后无力履行偿还责任的债务人，并通过个人破产或个人更生手续使他们有机会重新出发。这意味着,我国应该在尽早建立和健全征信体系的前提条件下,承认个人破产和个人更生制度。当然,也要防止有人滥用破产和更生制度来欺诈借贷和逃避偿付义务。除此之外,在债务整理和清算过程中还不妨反高利贷之道而行之,把高利贷超过法定利率上限的部分充当本金偿付;其后的利息仅仅根据由于充当举措而减少的本金计算,因而后续的超出支付金额(即充当本金的偿付金额)会不断增大,导致本金的加速度减少。当本金已经为零时仍然还要支付的那一部分金额还应该作为不当得利返还给债务人。

迄今为止,中国关于民间金融活动以及高利贷的规范还很不完备,已有的一些规范也基本上都是由部门规章和司法解释构成,并没有制定相关法律,因而很难有效保护债权人和债务人的合法权益,遏制牟取暴利的投机行为,形成良好的信贷环境。为了防止辱母伤人案及其他悲剧的重演,从立法以及民间金融制度顶层设计的角度来考察,有必要切实解决以下问题。第一,在深入调查研究的基础上,比较精准地确定当今中国民间工商金融以及消费者金融的限制利率上限,并对暴利的判断基线进行界定;既开放借贷市场的利率,同时也严格规制高利贷。应该规定当事人对债务整理和清算的协作义务,并且采纳高利贷超过法定利率上限的部分充当本金偿付的技术性举措。

第二,鉴于为债务偿还设定保证人的民事习惯实际上转嫁了债务人的风险,会加剧高利贷所引起的不公平和社会问题,首先可以确立对保证人进行信息开示和风险说明的义务,加强对保证人的保护，但在条件成熟时应该全面禁止除经营者之外的个人保证的做法，就像1994年全面禁止政府保证一样。第三，在工商金融的场合，原则上借贷双方应该签署书面协议，如果涉及保证人则必须进行公证，并且禁止为超过限制利率上限的合同制作公证书；在消费者金融的场合，虽然很难一律要求书面协议形式，但也应该要求当事人留下必要的凭据。第四，不仅要对民间借贷业的引诱、广告、索取、书面验收等行为加以限制，还应该加强营业登记审查，加强对借贷业务的监管。

第五，通过破产法的修改和征信体系的整备，尽早导入个人破产和个人更生制度；鉴于民间金融的特殊性，可以把欺诈性借贷、浪费、酗酒、赌博、投机、曾经免责的经历等明确为不许免责的事由；为了防止民间金融机构借助破产程序的操作掌握企业的命脉，应该明文规定民间贷款不得采取票据和支票的形式。第六，还要积极建立法院之外解决民间金融纠纷的机构和制度。可以断定，倘若没有上述这一系列制度设计和法律举措，我国的民间金融就将永远处于混乱无序、弱肉强食的野蛮状态，类似辱母伤人案那样的纠纷和罪案也还会层出不穷。

（2017年4月20日，刊载于《中国改革》2017年第3期）

关于法治的遗愿
——追忆青木昌彦先生二三事

2015年4月24日早上,我在友谊宾馆的餐厅与青木昌彦教授交谈后挥手告别,相约秋季重逢。当时万万没有想到,这竟是永诀。7月16日晚上获悉先生病逝的噩耗,不胜惊愕和悲痛,立即向我们共同的友人斯坦福大学教授弗朗西斯·福山先生、国际民商事法中心理事长原田明夫先生等求证具体情况以及了解吊唁活动安排。次日接到清华大学产业发展与环境治理研究中心(CIDEG)、东京财团比较制度高等研究所的讣告,随后网上也涌现了大量追悼的资讯和视频。青木先生对我这个后进是颇有知遇和提携之恩的。所以接连好几天,我都沉浸在哀伤的情绪之中,时常回想起我们在一起相处的情景。

我与青木昌彦先生的个人间交往始于2004年初。当时我在日本神户大学法学院担任教授以及文部省21世纪重大卓越研究项目"市场化社会的法动态学"基础研究部门负责人,为了确定今后几年的发展方向和推动跨学科合作,特邀请青木先生来做首场公开讲座,题目是"法与市场——比较制度分析的视座"。也许他事先通过《财经》杂志的访谈和《法眼》专栏或其他渠道或多或少了解到我的情况,在回复邮件中不仅痛快地接受了我的邀请,还希望与我单独交谈一下。2月19日晚上,就在三宫的神仙阁餐馆,我们把酒畅谈了法律与经济学的动向、中国的司法改革以及两国学术交流的一些掌故和逸闻。他对我正在从事的研究内容也深感兴趣。

大约一年多之后,青木昌彦先生借到关西开会之便约我面谈,介绍了丰田公司在清华大学捐赠设立CIDEG的设想并邀请我担任学术委员会的委员。这个中心在2005年9月成立,使我有机会经常从国内外不同学科的著名专家、智库负责人以及意见领袖吴敬琏、陈清泰、薛澜、秦晓、卢迈、周大地、刘遵义、藤本隆宏、肖梦、钱颖一、白重恩、江小涓等处获得各种教益。特别是通过一些国家重大决策项目和紧急项目的招标和成果报告会,能够及时把握时代的脉搏,拓展视野,了解现实问题及其对策的来龙去脉,在不同程度上促进了本人专业研究的深化。

2007年4月,青木昌彦先生领衔成立东京财团假想制度研究所(VCASI),旨在推动人文和社会科学领域关于制度、机制以及规则的跨学科研究。他从日本和欧美的大学或研究所邀请了一批经济学、社会学、政治学、法学、历史学、人类学、认知科学、语言学的著名专家和青年俊彦,例如山岸俊男、猪木武德、池尾和人、鹤光太郎、松井彰彦、河野胜、小林庆一郎、山口一男等,分为若干领域和项目开展课题研究,并把定期研讨会与线上讨论结合起来。我也有幸获邀。大概是出于对中国研究者的奖掖,2008年初研究所网站设立了《我的跨界博弈》系列访谈专栏,第一期刊登了对我的访谈内容,主题是法学范式创新。

应上海交通大学之聘,我从2008年9月20日起担任凯原法学院冠名后的首届院长,2009年3月底全职到位。东京VCASI的活动无法继续参与,但清华大学CIDEG学术委员会的会议以及相关活动的出席变得更方便了。青木先生对我回国后的情况很关心,曾经在2013年到凯原法学院访问并在法社会学研讨会上做讲演;在英文国际学术期刊《亚洲法与社会杂志》于2014年初创刊之际,他接受我的稿约,拨冗撰写了一篇运用博弈理论分析中日制度改革过程的精彩论文。得知这本新期刊在国际学界声誉渐起,并被收入Scopus引文数据库的消息后,他很高兴,并承诺为策划中的《法律经济学在亚洲》专辑提供稿件。

青木昌彦先生最后一次访问中国是在2015年之春。由于中信证券国际有限公司前董事长德地立人先生热忱而周到的安排,青木教授和福山教授于4月20日先后抵达北京,在清华大学、国家外国专家局、财新传媒集团、比较杂志社等进行了系列讲演,主题是企业治理结构、国家治理体系现代化与法治之间的关系。我应邀担任评议人,参加了相关的各项活动。虽然青木先生始终关注制度和规则的比较分析,但从经济发展的角度对中国推行法治的必要性进行论述,直接提出建议,据我所知这还是第一次,并且成为他那富于传奇性和辉煌的人生的终篇。在某种程度上也可以说，走向法治是这位长期关注并参与中国经济改革实践的国际学界大师辞世之前的殷切期待或者珍贵遗言。作为一位法学研究者，我理解其中的深意，只是后悔在北京朝夕相处的那段时间里没有来得及深入探讨。我以为不久还有重逢的机会，完全没有想到那就是临终的晤谈，于是留下了永久的遗憾。

（2015年9月4日）

互惠的正义
——法理学的视角转换及其实践意义

贫富差距是当今中国社会治理中存在的一个最突出的问题。互惠共赢则是传统中国社会秩序的一条最根本性的原则。在这里，究竟能否找到一条通往正义（justice）的新路径，是当今法理学在中国面临的挑战和机遇。

基于血缘和地缘的中国社会网络结构，以所谓"差序格局"为特征。随着关系距离的远近不同，人际行为方式势必发生变化，国家规范的效力也就难免或多或少存在差异。关系的可变性导致公与私、对与错的边界也变得很模糊、很流动。因而正义观以及判断是非的标准并不是确定不移的。以这样允许各种差距的社会结构作为背景，各种不同层面的互惠关系就成为普遍化的秩序原理。但互惠的特征是双方都有利，利他的动机和利己的动机总是交织在一起，并且不断重新组合。在这个意义上，互惠其实就是两者间的合意关系，是具体的契约链条，是合作式博弈。所以，互惠也充满不确定性，随时面临那种把损益关系变得不对等、不平衡的风险。与此相应，在缺乏平等前提的状况下谈互惠，很容易流于私了或者暗盘交易。在缺乏自由保障的状况下谈缩小乃至消除差别的均富，却又很容易导致锄强扶弱的结局。一般而言，在传统的熟人社会，场域规定了关系，非正式的制裁机制使得互惠的可预测性有所保障。但在共同体分崩离析的场合，关系超越了场域，互惠作为社会黄金律的特征似乎更加凸显出来，但互惠的可预测性反倒更加趋于薄弱。总之，互惠与既定的、绝对的正义观念截然不同。

在中国语境里，互惠的本质在于"报""报应"，即投桃报李、以德报恩的反馈机制。当然消极意义上的报应、报复也是一种反馈机制。所以互惠的正义是可以采用博弈理论的分析框架来分析和说明的。一般而言，互惠的主要功能在于团结与协作，尽量把零和游戏转化为共赢游戏，从而操作、调整以及弥合差距。互惠的制度表现形态则是"包"（承包责任制）和"保"（连带责任制），通过责任以及问责举措来应对模糊和流动所带来的各种问题。总之，"报""包""保"这三个要素相辅相成，构成了一种特殊的有序化机制，寻求某种有差距的和谐。然而不得不承认，这种秩序的构成物，与现代法治构想中的形式理性、程序要件、判断的可解释性和可问责性以及权利—义务观照对应的观念相去甚远。因此，对于中国法学理论基本范畴以及正义观的研究而言，互惠是不容回避的现象，也是颇为棘手的难题。

我认为，约翰·罗尔斯关于作为公平（fairness）的正义的学说，倒是为中国的法学理论在基本范畴方面的视角转换和创新提供了非常重要的思考线索。众所周知，罗尔斯在《正义论》中提出了两条著名的原则。第一，每个人都有权要求同样参与以平等的基本自由为宗旨的适当制度安排，并且这种制度安排与各种自由权及其整体都兼容（平等自由的原则）。第二，社会的经济的不平等必须满足以下两种条件才被容许：(1)以机会公正而平等为前提对社会全体成员开放的职务和地位所带来的（机会均等原则）；(2)社会中最不利群体的利益最大化所带来的（差别原则）。值得注意的是，罗尔斯在对差别原则进行说明和正当化时，特别强调"互惠性"（reciprocity）的作用，也就是帕累托改进的相互利益最大化机制优越于功利主义的价值导向。甚至还可以说，两条正义原则的正当化根据，其实最终都归结到了互惠性观念。在这个意义上，我们不妨得出这样的结论：正是兼顾公平与双方有利的互惠原则及其利他指向的道德观念构成了罗尔斯正义理论的本质特征。

罗尔斯的早期思想的宗旨是采用反原教旨主义的程序来限制道德判断。这种程序观后来发展为"反思性平衡"的概念。后来他试图通过一种设计合理而妥当的程序及其中的交往和沟通机制来论证实质性道德原则（他的第一本出版物的书名就是《伦理学决定程序纲要》）。从此以后，罗尔斯开始把"道德的价值"（moral desert）作为立论的基础，因而"善报"或者"道德应得"也就成为理解罗尔斯正义论的一个极其重要的关键。当我们强调道德之报时，也许会把互惠的不确定性作为必然的伴随现象，并把互惠的去随机化作为制度设计和政策选择的目标。但是，罗尔斯对各种偶然（contingencies）充满了敌意。因此，他的程序论是以社会正义为前提的，不能归结于纯粹的程序正义。在他看来，"原初状态是纯粹程序正义在最高水平上的具体化"。所谓程序正义就是这样一种正义的构想，不预设关于什么是正确的判断标准，而是以程序本身的结果来定义什么是正确的。在这里，程序的正确性可以导致结果的正确性。但是，罗尔斯不像哈耶克那样依赖于讨价还价的交涉，所以他对结果的平等性还进一步提出了要求，即"公共理性"（public reason）（普遍接受的理由论证）的要求。这个要求的核心内容就是平等的互惠性。这种平等互惠原则包含宽容和妥协，并导致"重叠共识"（overlapping consensus）的政治设想以及相应的制度性框架。然而，重叠共识也会呈现出暂时协定的外观，并处于永恒的动态之中，这就难免偶然性的频繁出现，造成一个"社会正义悖论"——宏观欲确定，微观常偶然。

在《作为公平的正义——正义新论》一书中，罗尔斯把"互惠性"理解为自由而平等的公民互相尊重各自的人格和生活方式，为了协作和共同生活，强者扶助弱者并让弱者能够在保持自尊心的状态下参与社会。在他看来，正是为了实现这样的目标，才有必要以差别原则为核心构建正义理论和分配规则的体系。需要强调的是，罗尔斯所设想的差别原则是以"背景程序正义"为前提的，而机会均等原则就构成纯粹背景程序正义的一个典型案例。一般而言，互惠性的基础是回馈、酬答，大体上等同于双方有利的状况。这种互利共赢的价值取向在很大程度上有赖于人们的换位思考。但是，以互惠性为媒介，其实利他主义道德或多或少也渗透到差别原则之中，即在相互有利之外还加上相互贡献。最不利群体利益最大化的举措，重点是促进强者在扶助弱者方面多做贡献。另外，互惠性也有利于公共理性的培育。在这里，离开了公与私的关系，离开了公共理性，其实我们根本就没有办法在正义观中界定互惠性。也就是说，在很大程度上，罗尔斯把"背景程序正义"和"公共理性"作为跳出社会正义悖论的支点。从博弈理论的角度来看，把公共理性和利他贡献纳入视野之中，也就是给获利的计算打折，有利于各种利害关系通过反思和调整机制达成公正性的平衡。

传统中国的实际情况是，"私"被理解为个人的利己性，不仅难以正当化，而且还需要社会加以压抑。因此，为了限制个人之"私"，即使日常生活中的私约关系也被编织进了各种各样的公共性因素（第三方的、社会的因素），往往容易转化成某种公约关系，即具体人际关系的堆积或者复杂组合。这就在契约与法律之间产生了流动的、连续的、混合的状态。但中国的传统价值取向也未就是利他主义的，或者全体主义的。尽管政府试图"以法为公""以吏为师"，但在"统众共议""公同议罚"的民间自治机制作用下，"民有私约如律令"的观念也广泛流行。儒学的基本命题"仁者爱人"貌似利他主义的教诲，其实是着眼于"己欲立而立人，己欲达而达人"（《论语·雍也》）的自我实现，也就是把自己与他人相互成就的因果关系链作为仁爱的基础。因此，通过"恕道"，利己的动机与利他的动机是密切结合在一起的。在这个意义上，互惠总是与交换同在，在微观层面总是符合行为理性，但却未必导致宏观层面的公共理性。在这个意义上，又会诱发"社会理性悖论"——微观尽合理，宏观不合理。

正如社会学家彼特·布劳指出的那样，交换中的互惠观念一方面意味着不断达成平衡的努力，另一方面意味着各种平衡化力量的同时作用也会在社会中不断带来不平衡；正是这种互惠与不平衡的辩证法赋予社会结构以独特的性质和动态。这也可以理解为围绕互惠关系的设计进行交涉和试错的过程。由此可见，嵌在交换活动里的互惠并没有绝对的正义标准，而是把反复试错寻找到的平衡点或者共同的满意度作为伦理规范的支柱。无须外部的超越性价值根据就能维持伦理立场的社会秩序，实际上是以两个假定为前提的。一个是假定任何人都具有克服本能的高尚精神因素，或者具有善、义之类的资质。用荀子的话来说就是"有义"。另一个假定是人具有社会性以及团结的能力。用荀子的话来说就是"能群"。为了把这样的假定变成现实，必须强调自我反思的理性，并采取"自讼"（《论语·公冶长》）的行动，即随时察觉自己的过失进而加以纠正改良。

这种自我反思的理性和宽容的态度反映在权利观上，就是拒绝那种把权利与义务相对峙的立场或者零和游戏，强调权利与义务之间的依赖关系，促使权利主张相对化，把互惠性也编织到权利体系之中，并且在具体案件处理之际侧重权利的互让以及妥协式调整的技能。换言之，作为所有法律判断原点的既有权利概念在中国是不存在的。由一定价值序列和效力阶梯构成的自我完结的、金字塔形的权利体系在中国也没有形成。在中国的语境里,首先设定了人与人之间的关系,然后根据情境伦理进行交换和交涉,其结果会在相当程度上形成罗尔斯在《政治自由主义》一书中所说的"适当多元性的事实"(fact of reasonable pluralism),以及与既有事实状态相协调的那种权利群集,类似所谓"重叠共识"。总之,权利和法律都是在受到来自不同仁的各种作用之下生成的,而人们都在相互作用的过程中作茧自缚,变成"规矩之蛹"。

在罗尔斯看来,这里非常需要对"正(正确或正义)的界说"(conception of right or justice)与"善的界说"(conception of the good)进行区别。所谓"善的界说",就是指每人都有各自追求的特定生活方式,包括各自的三观和人生目标,属于自由选择的范畴。这也是罗尔斯自由主义构想的出发点。与此不同,所谓"正的界说",主要指抱有各种不同善的界说的人们和平共处、互相协作的制度基础,或者说"社会的基本结构"(basic structure of society),也就是宪法秩序。正义原则就是社会的最大公约数,是所有人应该支持和实践的公共生活方式。这与现代国家治理体系区别私域与公域的两分法以及立宪主义体制的设计是一致的。

然而中国的现实是强调"善的界说",但却忽视了"正的界说",取而代之的是借助政治权力,特别是高度集中化的权力进行整合。这种格局的极端化表现就是大民主与强权力,或者我所说的"超当事人主义"与"超职权主义"的短路结合,在法理学上实际上就是让偶然论与决定论永远纠缠在一起。因此，需要通过作为背景的程序正义、基于沟通的公共理性以及关于正确标准的界说，把平等互惠原则从两极相纠缠的泥潭里拯救出来，将其作为正义理论的重要构成部分进行重新定位。这正是法理学在当今中国最重要的使命。正义理论的这种解释性转换，也势必对司法改革以及整个法律体系的重构产生重大的指导意义。

（2017年11月12日初稿，刊载于《中国法律评论》2018年第3期）

理由论证的价值
——尼尔·麦考密克《法律推理与法律理论》中文版序

在中国的文化传统中,法律推理的因素始终比较稀薄。这种特征影响到当代的审判方式,导致论证性对话和解释的技术一直难以成为制度设计和运作的关键项。近来的司法改革举措开始强调以庭审为中心,注重判决的释法说理,这的确是一个颇令人欣慰的变化。以此为背景,姜峰教授在2005年翻译出版的尼尔·麦考密克著作《法律推理与法律理论》得以修订重印,其重要的实践意义和学术价值是不言而喻的。关于麦考密克的生平、学术贡献以及40年前问世的这本书的内容概要,姜教授已经在译后语中做了全面而中肯的阐述,这里无须赘言。我在20世纪90年代初主编《当代法学名著译丛》,曾经收入麦考密克和魏因贝格尔合著的《制度法论》,由周叶谦教授翻译,我也为此写过关于麦考密克理论的导读文字。建议读者不妨参阅对照这两本著作,对相关思路和知识谱系进行一番梳理,以便更好地理解他关于法律推理的论述。

仅就这本个人专著而言,值得我们特别留意的是,尽管麦考密克强调实践理性和经验法则,但还是坚决地主张某种形式的演绎推理以及司法三段论和涵摄技术才是法律推理的精髓所在。在他看来,归纳推理、道德推理、政策推理及其他非演绎的法律思维固然也在不同程度上发挥各自的功能,但它们最终还要归结到演绎推理,并且不得不借助各自与演绎推理之间的关系而被定位和重新认识。因为妥当的行为和决策总是需要理由;判决总是要由那种联结紧密的、看起来没有瑕疵的一系列法律理由的逻辑链条来支持,否则就无法正当化。也许有人会认为演绎推理的模式很可能在不同程度上导致伪善,因为现实是如此复杂多变,推理过程难免掺入情感、政治目的以及价值判断;然而在这里,伪善或许比真诚更有助于解决问题,因为它进一步加强了通过论辩来求证的过程。一般而言,演绎推理势必促进论证式对话,从而让驳斥、否认以及撤销的试错活动构成判决的正当化基础。

演绎推理的最基本特征是侧重形式要件,弘扬形式正义。这意味着判决必须严格遵循法规和先例,以保证同案同判及司法的连贯性、统一性。但是,麦考密克所理解的形式正义不仅要满足这些"回顾性要求",而且还要满足"前瞻性要求"——在判决时应该考虑到对未来类似案件的影响和各种可能性,以防止现在提供的判决理由在未来变成非正义的理由。在他看来,前瞻性要求甚至还应该优先于回顾性要求,从而促使法官把未来的风险也纳入视野,做出更加审慎的裁断。他认为前瞻性要求尽管倾向于实质问题的阐释性自由裁量权，但在限制专断以及由此带来的不确定性、不安全感这一层意义上仍然属于形式正义的范畴——这真是一个饶有趣味的命题。站在麦考密克的立场上考虑问题，形式正义的判断标准其实就是协调性：包括证据之间的协调性、陈述与信念和常识之间的协调性、事实解释之间的协调性、故事脉络的协调性等等。他认为，诉讼中主询问和交叉询问程序的全部意义，就是迫使证人在申明立场时不得不努力使主张之间相互协调，并以此检验法律推理的可靠性和正当性。在这个意义上也可以说，形式正义的本质在于协调性，包括与过去和未来的语境相协调。

与哈特提出的"两级规则"的概念和体系构成方式相映成趣，麦考密克提出了"两级事实"问题。一级事实是涉讼的基本事实，二级事实则涉及对一级事实的分类处理、解释以及有效要件的认定。与这样的区别相关，他还进一步讨论了所谓"二次证明"的分析框架。"一次证明"是对判决的具体结论进行证明。在大多数情形下，人们可以根据既有的法律规则即普遍的、抽象的裁判规则以及已经认定的事实，借助演绎推理来对判决进行证明。但是，如果案情复杂，裁判规则是复数的，对演绎推理存在不同的意见，这时人们必须面对如何在对立和各种可能性中进行妥当判断的选择。可以说，"二次证明"就是对选择所依据的理由进行论证，换个说法也就是在法律制度容许的范围内进行合乎情理的选择。这是一种试错过程，通过论辩和逻辑检测来否定和淘汰那些缺乏足够说服力的主张和意见。在这样的逻辑体系里，任何命题都是附带消灭条件的：如果经得起驳斥，就可以留下来成为规范，否则就会在语言博弈的过程中消失。这也正是哈特所描述的通过"可撤销性"实现法律正当化的机制。实际上，麦考密克本人毫不讳言自己的立场与哈特理论之间存在的近似性和互补关系。

"二次证明"不仅涉及法律制度的结构和功能，而且涉及价值含义，并且涉及对社会后果进行评价的标准。麦考密克明确指出，"二次证明"包含两个基本要素：一个是后果主义论辩，另一个是协调主义论辩。前者关注的是不同判决内容所引起的不同法律效果和社会效果，评价其可行性或者可接受程度，在不同利益中进行比较权衡，导致对价值判断和政策指向的重视。实际上，判决内容往往会取决于对后果的考虑和掂量。但是，所谓规范归根结底还是设定行为模式，而不是要提供一个现实中已有的模式。因此，法律的本质不是陈述事实，而是调整事实。正是出于这样的考虑，后者即协调性论辩更关注的是规范思维方式的维护，确保判决内容与法律体系的各个方面都自洽和谐，并通过演绎推理使后果主义论辩的结果经得起法律逻辑的检验。当然，协调性并非仅仅意味着对规范的坚守，也包含基于事实而对规范进行反思的契机。在法律实践中，上述这两个基本要素其实总是处于交错和相互作用的状态，只有当两者达成适当的反思性平衡时我们才会觉得判决是公正而合理的。然而在疑难案件中，这两者达成平衡的条件总是非常复杂而微妙的。

能把这两个基本因素联系在一起进行整合的可制度化装置是

什么？为了回答这个问题，麦考密克对哈特理论和德沃金理论进行了引人入胜的比较、分析以及综合，找到了法律推理中原则与规则之间的关系这个最重要的抓手。在他看来，哈特把法律体系区别为确定的核心与模糊的外缘其实是建构了一个开放的结构，当规则无法为案件审理提供确定的指引时，法官必须通过强大的理性来做出判断，这意味着可以伸张的自由裁量权——但这种裁量权其实受到规则限制，并不能随意伸张；而德沃金正是为了限制这种在想象中被夸大了的裁量权，才特别强调原则的作用。德沃金认为，原则是据以确认公民个人权利的，而政策则是以集体功利为目的的，因此对原则与政策进行了严格的区别，强调基于原则而不是政策的法庭论辩对于法律推理的重要意义。与此同时，德沃金也对原则与规则进行了严格的区别，主张规则具有要么完全适用、要么完全不适用（黑白分明两分法）的属性，原则却富有包容性和弹性。但是，麦考密克在充分肯定德沃金的一些重要观点具有洞察力的前提下，对德沃金的论述进行了反驳，指出在解释问题上即便规则与原则发生冲突也不一定导致规则失效；原则与规则的边界也是流动的、模糊的；更重要的是，人们其实也无法对原则与政策进行严格的区别。显而易见，麦考密克更强调的是政治原则、道德原则与法律原则、原则与政策、原则与规则之间的交错和过渡性形态，即一种连续而稳定的、不断进化的动态过程。

麦考密克把法律实证主义与自由权利论在理论上的分歧进一步区别为关于如何行动的实践性分歧以及关于如何获得正确答案

的思辨性分歧；后者意味着假定存在一个唯一正确的答案，前者则可以有不同的选项，只能通过解释来沟通而不能一锤定音。麦考密克认为，德沃金的一个主要错误是在疑难案件中混淆了实践性分歧和思辨性分歧，导致对法官裁量权的误判。如果法官真的拥有强大的裁量权，那么在疑难案件中唯一可能出现的分歧就只有实践性分歧，并导致当事人围绕强大的裁量权进行有利于己方的博弈。相反，如果法官只拥有微弱的裁量权，那么在案件中发生的分歧首先是思辨性的，实践性分歧只是其附带的结果而已。由此可以推而论之，倘若法官在疑难案件中拥有强大的自由裁量权，就相当于说他们只能通过一种准立法的方式做出他们自认为最好的判决，并用他们自认为妥当的理由作为判决的正当性根据；否则就只能承认法官在疑难案件并没有这样强大的自由裁量权，而必须受到各种制度化的制约，主要是公正程序、法律推理以及通过沟通达成反思性平衡的动态过程。在这个意义上，法律体系的运作的确是围绕哈特所谓的"承认规则"运转的——这就是麦考密克的结论。

于是我们也可以找到一条庭审方式改革的中间道路，既不同于固执唯一正确答案的极端理性主义司法观，也不同于跟着群众感觉走的纯粹情绪主义司法观。不久前最高人民法院颁布了关于裁判文书释法说理的指导意见（法发［2018］10号），强调在判决形成过程中的正当化理由，也就是通过法律推理来提高裁判的可接受性。最高人民法院指导意见中浮现出来的法律推理包括两个方面，一个是事实认定的客观性、准确性、公正性，注重证据在论辩中的作用；另一个是适用法律规范的理由，既包括逻辑也包括修辞技巧。除此之外还强调了法庭的论辩和沟通要讲明情理，充分体现法、理、情相协调。这固然是具有鲜明中国特色的法律推理方式的表述，但也让我们联想起麦考密克在这本书里描绘的那种外部推理和内部推理交织而成的复杂的话语网络以及作为形式正义判断标准的协调性。在面对法、理、情的不同处理方案进行选择之际，我们或多或少能够体会到"法律并非价值中立，而是诸多价值相互竞争并妥协的结果"这句断言的奥妙，同时也应该认真考虑对选择所依据的理由进行论证的"二次证明"的中国式做法。由此可见，虽然《法律推理与法律理论》主要立足于英美法系的经验素材，但其中的真知灼见具有相当强的时空穿透力，能在相当程度上切入当今中国司法实践的问题状况。当然，我们也希望并且相信，中国制度变迁的经验将进一步丰富和改进法律推理与法律理论——在这里，归纳推理或许是可以优于演绎推理的。

是为序。

（2018年8月18日）

思无邪　知无涯
——为庆贺江平先生九十大寿而作

孔子说"大德必得其寿",正好可以用于江平先生的鲐背之庆。我衷心祈祷先生永远康健、寿越期颐,亲眼见证法治天下的功成!在2003年发表的人物评中,我曾经着重阐述了他那鸣天下以大德的卓越人品,特别是只向真理低头的高风亮节。今天,在这里,我只就个人所见所闻,再描述一下他作为思考者而业学问以修德性的那个侧面,提供若干他在日本以文会友的历史素材。

我们在学术上面对面的交集,始于1995年在东京大学召开的法社会学国际协会第三十一届学术大会。有人可能会好奇,江平先生是民商法和罗马法的大家,怎么一下子穿越到法社会学界去了?其实,个中缘由很简单。众所周知,民商法学的对象领域在市民社会和交易秩序,以意思自治为基本原则。这种学科属性与法社会学有着天然的亲近感和血缘关系,而江平先生又特别关注法律与社会之间的互动以及制度的比较分析,所以他对法社会学研究采取关注并且密切合作的态度是不足为奇的，而国际法社会学界重视他的原因更是不言自明。

当时我还在日本神户大学任教，并在1994年被遴选为法社会学国际协会（RCSL）的理事，正好赶上参加那次东京大会的筹备工作。我参与了讨论和决定基调演讲者、专题演讲者以及分组报告者的人选。大会的基调演讲者是按照学术成就、社会影响、国际通用语言的表达能力、健康状态等标准反复酝酿确定的，均为享誉世界的学界泰斗。江平先生长期从事罗马法和西方民商法的研究和教学，加上在立法方面的重要地位，所以他在欧洲和美国有不少学术朋友和追随者，当选全体会议的四位基调演讲者之一并无悬念。尽管如此，投票结果公布后还是让我感到非常振奋。

在开幕式之后，江平先生以"国家与社会——当今中国的法律概念以及变化"为题做了精彩发言，把社会权力从国家权力中解放出来的过程和机制分为六个方面逐一进行考察，强调保卫社会、恢复社会本位的意义。据我所知，中国学者作为基调演讲者登上法社会学国际协会学术大会的讲坛，这还是第一次，自然引起各方瞩目。伯克利学派的旗手P. 塞尔兹尼克教授、比较法社会学的代表性学者L. M. 弗里德曼教授都对江平先生的演讲内容和意义给予了高度评价。

顺便说一下，多亏福特基金会慷慨资助国际旅费和住宿费，出席这次东京大会的中国学者除了江平先生外，还有金耀基、张文显、刘瀚、梁治平、贺卫方、高鸿钧、夏勇、王晨光、李楯等12位教授或研究员，阵容空前，曾经传为佳话。另外，也是由于东京大会的缘分，日本最负盛名的法社会学家之一六本佳平教授在2001年曾经到北京采访江平先生，邀请我同行协助。再过两年后，我任职的神户大学获批文部省21世纪重大卓越研究项目（COE）大型资助，聚焦市场化社会的法动态学，我担任了基础研究部门的负责人。

2003年12月6日，这个COE项目在神户国际会堂举办了一场跨部门的大型国际研讨会，邀请相关领域的著名学者作为主旨演讲嘉宾，例如法经济学家奥利弗·威廉姆森、法人类学家安内利斯·瑞尔斯等，还有日本国内的民商法学界泰斗星野英一、北川善太郎等。从中国邀请的嘉宾则是江平先生，偕夫人同行。他在国际研讨会上的演讲主题为"经济市场化与法律全球化、现代化、本土化"。在中国刚刚加入WTO、全球法成为学界热点话题的背景下，江平先生强调指出：中国改革之初就提出了对外开放的基本国策，这是中国逐渐融入世界经济的开始，直至去年正式加入WTO，中国参与世界经济全球化的进程明显加快。为了适应对外开放的需要，中国已经加入了许多国际公约。中国加入WTO，既提高了WTO规则全球化的水平，同时也提高了中国涉外经济法律乃至国内其他法律的全球化水平。为了履行加入WTO时所做的承诺，中国已经采取立法行动修正了许多相关法律，包括外商投资企业以及知识产权等方面的法律。然而这还只是中国法律全球化的一个方面，中国法律全球化并没有仅仅停留在履行国际条约的义务的层面上。中国在制定民商事法律的时候都会主动地借鉴有关国际条约的内容。例如，中国新合同法在起草时就充分借鉴和移植了《国际商事合同通则》和《联合国国际货物销售合同公约》的相关规定。另外，中国传统上虽然是一个大陆法系国家，但在民商事法律的立法上，中国并不排斥英美法的制度，最为引人注目的是英美信托制度的引进。在新合同法中也吸收了诸如无过错责任、预期违约、合理预见规则等英美合同法的内容。在草拟民法典的过程中，学者与立法者也就民法典如何借鉴英美法的问题展开了激烈而深入的争论。英美法与大陆法融合的世界潮流在中国的民商事立法中得到了充分的体现。不管人们对法律全球化持有何种立场，但有一点是应当肯定的，那就是，中国的立法是在全球化的广阔视角下展开的。而且对于这一现象，没有任何迹象和理由表明它会发生实质性的变化，不论是2003年还是更远的一段时期内。

他接着还表达了如下见解：现在法学界里面，也有人提出来法律的本土化，强调法律的本国社会土壤。从世界各国来说，也有一些学者认为，法律本身是不能够移植的，因为任何一个国家的法律都植根于本国自己的土壤之中。但是从我们国家这些年的情况来看，他觉得法律移植的可能性远远大过它的不可能性，至少在市场经济的范围内是如此，至少在民商法领域中是如此。在这个领域之内过多强调本土性，江平先生说他是不赞成的。因为市场是一个共同的土壤，如果今天我们搞的是计划经济，我可以说我跟你的土壤不一样，你搞的是市场经济，我搞的是计划经济，那么你的东西怎么能移植到我这块土壤上来呢？今天我也是搞市场经济，你也是搞市场经济，我们有共同的语言，我们有共同的土壤,那么为什么不能有共同的规则呢?从这个意义上来说,它的法律的移植应该是可行的,甚至可以说是必然的。中国在制定新的合同法的时候,就参考了很多国际通行的规则,建立了一些过去没有的新的制度,产生的影响是积极的。移植和本土化并不矛盾。不一定非是本土资源才叫本土化,移植过来的东西也可以本土化,或者说必须本土化才能真正生根,茁壮成长。信托法律制度移植过来并不难,一些大陆法国家均有此实践,日本早在20世纪20年代就颁布了信托法,但将以普通法为背景和基础的信托制度移植到无普通法背景和基础的国家,就有个本土化的立法过程。这是一个很艰苦的过程,既需要对该项法律制度有很深入的了解,又要对移植和被移植国家的社会状况、经济状况等多方面情况深为熟悉。中国制定信托法也面临这个问题,这是一个不断完善的过程。以前面所说的有限合伙为例,移植不移植有限合伙制度是一回事,立法对有限合伙制度如何完善是另一回事。前者是是否需要移植的问题,后者是移植后如何本土化的问题。加入WTO后我们不是很快也承认了"司法审查"制度?只不过经最高人民法院的司法解释"本土化"了而已。当然,移植也不等于全盘照搬。法律始终是为社会生活服务的,而每个国家都有自己的国情,因此需要与国情适应的法律制度。这些精辟的论述赢得了会场热烈的掌声。

除了参加这次国际研讨会,12月8日江平先生还在神户大学六甲台校园为法学院、经济学院、商学院的师生做了一场演讲,题目是"中国的市场化与民法典编纂"。日本经济法学会理事长、神户大学COE项目总负责人根岸哲教授主持演讲会并致辞。由于日本已经开始准备对债权法进行大规模修改，除了荷兰民法革新以及欧盟的民法统一运动之外，中国的立法走向也成为学界的关注点之一。在讨论中，很多人对于长期合同、关系合同等现象在市场化过程中的演变及其在民法典编纂中的反映显示了浓厚的兴趣。

一年多之后，担任国际高等研究所副所长的北川善太郎先生启动了一项比较法研究项目"21世纪的民法图像"，重点对中国民法典编纂进行比较法学研究。我作为该研究所的企划委员会委员，参与中国项目的立案和组织活动。2005年8月26至28日召开的首次论坛"中国民法典立法——21世纪民法模型研究"，邀请国内民法学界最杰出的五位专家到会（可惜梁慧星教授因为有其他预定不能出席，但提交了书面发言稿）。中国专家的分工是，江平先生负责整体考察，崔建远教授负责物权法和债权法，王利明教授负责侵权法和人格权法，房绍坤教授负责物权法和人格权法，王轶教授负责合同法和侵权法。日本方面参加研讨的主要学者除北川善太郎先生本人和我之外，还包括松冈久和教授、潮见佳男教授、松本恒雄教授、小口彦太教授、铃木贤教授、王晨教授等。由于当时的中国正在紧锣密鼓地审议和修改物权法草案，结果围绕物权法理的讨论自然而然成为重点。

江平先生在宏观基本问题的界定之际指出：全国人大常委会于2005年7月10日向社会全文公布了物权法草案，广泛征求意见，在社会上引起强烈反响。截至8月10日，仅一个月内，全国人大常委会法工委就收到各地群众意见10 032条,人们对这部法律的制定普遍寄予很高的期望。按照立法机关早先公布的设想,物权法草案在认真研究各方面意见的基础上进行修改,然后在2005年10月召开的全国人大常委会第十八次会议上进行第四次审议,于12月召开的全国人大常委会第十九次会议上进行第五次审议,并视情决定提请2006年3月召开的十届全国人大四次会议表决通过。但是法学界有少数人对物权法的制定和通过有不同的意见,他们向中央写信,反映物权法是为了保护私有财产才制定的一部法律,甚至认为目前的草案是一部私有财产保护的法典。他们认为当前中国最需要制定的不是保护私有财产的法律,而是应该制定防止国有资产流失的法律。这些学者甚至认为目前的物权法草案违背了我国宪法的精神,因为宪法规定社会主义公有制是基础,而草案提出公有财产和私有财产平等保护,他们认为这是不可行的,在社会主义条件下,二者是不能相提并论的,要优先保护国家财产。

对于这样的一些看法,江平先生是完全不能接受的。其理由如下:首先,物权法草案里面强调的是所有的财产都要保护,既要保护国家财产,也要保护私有财产,还要保护集体财产,这在条文里面是很清楚的。而且实际上,对私有财产进行平等保护也并不违反宪法,因为宪法里已经有明确的条文对私有财产进行保护,私有财产和国家、集体财产平等保护是符合宪法精神的。另外说到国有财产的保护,他倒是觉得在物权法草案的制定修改中,恰恰多加了一些对于国有财产的特殊保护,而不是对私有财产有特殊的保护。这才是值得关注的。他认为,对于财产所有权，不管你是私有的也好，国家、集体的也罢，都应该受到平等一致的保护，这是一个基本的法律原则，法律最重要的就是公平。

物权法的核心是所有权问题，尤其是土地、房屋等不动产的所有权。土地制度从某种意义上可以被看作物权法的核心制度。中国的土地制度完全是基于20多年的改革实践形成的，而中国的改革本身也正是从农村土地承包经营开始的。一般而言，改革应该先有法律，然后按照法律既定的框架去进行改革。但中国不是这样，总是先试点先实践，法律制度是实践的总结。如农村土地承包经营等都是先有改革实践，然后逐渐进入法律制度。当然，中国现在没有物权法并不等于没有有关土地制度的法律，但目前这些法律规定存在争议，到了起草物权法时，矛盾就无法回避。比如物权法草案起草中的一个争议问题：农民的集体土地能不能自己去出让？按照现在的法律，集体土地只能在征收为国有土地之后进行出让。但实践中，很多地方集体土地已经直接进入市场中。相信高层决策者不可能没有看到，也不能不考虑：到底能不能给集体土地一个自主权？同时，另一个问题也由此产生：中国这么大，法律是不是要完全一刀切？土地问题能不能真正实现全国统一管理？

应该说，改革走到了今天，法律所争议的问题，同经济发展反映出的问题是相一致的。所以，对物权法的争议实际已经深入到了对改革本身的方向性反思，它出台的艰难性也就不言而喻了。我们还需要注意的是，物权法尽管是一个新法律，但它的制定并不完全是从无到有的过程，物权法里的很多制度在我国目前的法律规定中都是有的。在物权法草案中，除了善意占有制度是新创的，其他一些法律制度其实都已经有了，只不过是分散的，物权法将它们统一起来。所以，物权法暂时出不了台，并不意味着我们日子就过不下去，权利受到侵害就得不到保护；没有物权法，法院也照样能审理案子。在这种情况下，我们倒是应该认真考虑一下，目前的物权法草案，究竟哪些东西是真正符合改革发展需要的，是适合市场方向的？事实上，现在的中国法学界，恰恰有很多法学家对物权法起草中出现的一些"倒退现象"表示忧虑重重，比如这次修订的草案，对于国有资产的保护又新增加了两条，这实际上不应该是物权法去规定的，可以通过国有资产管理法去解决。而原来规定的一些民法制度反而给删掉了，比如占有制度里面抛弃物的问题，有些人觉得太琐碎，就把这些有用的东西删了，把一些反而是与物权法无关的东西加了进来。另外，草案中有很多地方规定了刑事责任，这就不是民法体系了。江平先生认为，目前物权法草案应该在原来的基础上进一步完善，应该是更加符合改革发展方向，更加符合权利平等保护的原则，更加符合市场化的要求。如果在这些方面倒退了，那真的不如不出，法律的关键还是在于它所体现出的精神，而不仅仅是一些形式的规定。

江平先生娓娓道来的立法故事和分析意见，充满了真知灼见，也体现了一个伟大法学家的良识和强烈的责任心，更让外国同行感受到中国竟然还有争鸣的学术气氛。虽然这个民法模型论坛推敲的都是立法和解释的技术性问题，但江平先生的引言给专业化的研究活动提供了宏观的社会背景，并给枯燥的条文赋予了鲜活的具体场景和深刻的社会价值。

又过了三年，2008年9月我应邀回国担任上海交通大学法学院院长。不久后与同事们一起创办了学术期刊《交大法学》。我曾经和当时担任编辑部主任的朱芒教授一同专程到北京，请江平先生为我们的新生刊物题写刊名，并围绕现代法治的精神做了一篇对谈，稿件刊登在杂志创刊号上。感谢江平先生在百忙中抽出宝贵的时间为我们挥毫，并接受了长时间的采访。这篇对谈中，江平先生有一段话特别意味深长。他说："从社会层面来理解法治，从民法角度、私法角度来看，我觉得更多的是保护私权。因为在我们过去的社会里，从来不讲究权利，计划经济下是以义务为本位的。市场经济开放后，人们开始有了一些权利意识了，这种意识有了就会膨胀。那么在这个时候，与自身相关的两种权利就显得尤为重要了。一种是物质上的权利，或者说生活是否有所改善、房子是否买得起的问题；另一种是精神上的权利，或者叫作更广泛意义上的人权。人们就会考虑，我这些权利究竟有多少啊？这个问题的答案是很清楚的。我记得讨论香港基本法之时，宁波组的一名代表在阅读后立马提出问题：香港人拥有的权利我们是没有的。这就会产生受限制的感觉。在东欧国家，人们就普遍感受到生活的匮乏和权利的匮乏。在这种情况下，人必然就会产生相应的要求，希望法治是完善的，希望获得更多的自由。当前我们这两个问题仍然存在，比如给老百姓在经营上的自由，还有出版、言论、结社等自由。我觉得这点是不容忽视的。"

在中共十八届三中全会的决定提出市场在资源配置中发挥决定性作用的重大命题之后的2013年8月25日，由于秦晓先生和何迪先生的鼎力支持，我于北京主持了一场小型关门会议，专门讨论我那本刚杀青的书稿《通往法治的道路》。参加研讨的既有法学领域的专家，也有立法机构的负责人和经济界的大佬。令我深感荣幸和欣喜的是，江平先生也拨冗光临了这次会议并率先发言。他评价这本书稿的思路非常清晰，也结合了中国的实际，还说很赞成这个思路，我们只要踏上这条法治之路就很有希望云云。我明白，这番话当然只是出于一位长者奖掖后进的美意，但还是因此而深受鼓舞。

实际上，在我书斋的东面墙上还悬挂着江平先生当年赠给我的一幅墨宝，上面写的行书内容是："禅心剑气相思骨——录谭嗣同名句赠季卫东教授。"一般而论，心有禅定，气带侠义，骨纵相思，包含这几层词意的警句应该理解为江平先生为我立下的座右铭，或者说是对我的激励加鞭策。但是，在我看来，这样的意境其实更是一句"夫子自道"，构成了20世纪中国伟大法学家江平传奇人生的精彩写照。在这样一个百年难遇的巨变时代，在高度不确定性的幽灵四处游荡的世界，实际上由禅心而产生的定力也许更加重要。另外，对于重视人格独立、思想交锋以及真善美追求的学者而言，对禅心、剑气、相思骨或许还存在完全不同的诠释、完全不同的解读。在这里，不妨仁者见仁，智者见智。无论如何，每当我抬头凝视这个珍贵的匾额，江平先生鲐背鹤发、不怒而威的身影就会浮现出来，似乎在向法学界的后辈们指点着历史的必由之路，但似乎又有些挥之不去的无奈，还似乎传递出了来自历史深处的一声叹息……

（2019年9月18日）

电子政府有赖于智能技术与区块链技术的制衡

一 新冠肺炎疫情防控促进网络化治理模式的普及

新型冠状病毒引发的COVID-19疫情在春节前后猛烈冲击了中国。封城、闭户、抢救、检测、消毒等一系列应急举措，使得隔离和割据突然成为现阶段社会日常生活的特征。在这种背景下，既有的科层组织显得进退失据，新兴的互联网则进一步发挥汇集和分配信息、资源以及物资的功能。是移动支付、网购、外卖、自媒体、慕课、视频会议、在线办公等方式，把自我隔离和被隔离的人们重新联系在一起，形成柔性组织和虚拟社区，通过万物互联互通的方式建构基层治理的平台。对疫区旅行者和疑似患者的排查、对隔离人员的监控、对救治病例的分析、对疫情发展的预测，都需要借助大数据和人工智能等科技手段，从而也就使政府的运行越来越智慧网络化。在一定意义上可以说，这次大疫情促进了大转型，面向电子政府和网络政府的国家治理方式创新正在全面提速。

例如上海市静安区临汾街道根据电子政府方案，在2020年1月启动了基于区块链协议的社区治理平台，推动15分钟生活圈内的自治，试图在数字真实可信的基础上实现行政活动全程留痕和监控以及多方协同。在新冠肺炎疫情防控中，这个平台又嵌入了预约登记和购买口罩等功能，显示了区块链技术在分散化、平面化社区治理方面的优势，体现了"一网通办"的制度设计思路。还有北京市的博云视觉科技有限公司开发的"智慧社区疫情防控网格化管理平台"，可以进行人体测温快速筛查、未戴口罩预警、陌生人员预警、进出记录管控、异常人员聚集预警、疫情信息采集统计和分析等，以适应春节后返工过程中社区的精细治理和可视化服务。根据广东的省情和新兴超大城市的特征，深圳市在返工潮来临之际建立了人防、技防、制度防"三防合一"的工作机制，通过合围点（平台）和多元化合作（协同方）来推广社区网格化的联防联控方式。

2020年春节期间，几乎所有城市和乡村都按下了中止键，施行了"空城计"，人人都进入闭门自省的状态。这样的体验以及由此产生的需求也许会为中国从零开始进行制度的理性设计提供一个重要的历史契机。如果说在西欧现代化进程中，"待从头收拾旧山河"的理性设计方案表现为关于人权保障、法治国家的社会契约论，那么不妨认为，在当今中国，这种理性设计方案主要表现为关于信息公开、电子政府的互联网协议，可以包括"智能技术"和"区块链技术"这两个阶段或者层次。如果上述命题真的能够成立,那么全国停顿就不是多此一举,李文亮的牺牲也就不会化作无谓的泡影。

二 人工智能网络社会与多功能数字身份证

首先来看基于智能技术(包括信息技术、物联网、大数据以及人工智能)运作的电子政府。电子政府的基本目标或者特征是平面分散、互联互通、公开透明、数据安全,在价值体系上体现为平等、共享、协同、过程等偏好或者思想取向。不言而喻,通过把互联网的各种功能应用于行政和政治,政府的定位和作用势必有所变化,向群众提供公共服务的数量、质量、效率以及满意程度都会显著提高。

例如东欧的爱沙尼亚的电子政府计划是以数字身份证为核心拟订和实施的,嵌入的芯片里除了持证人的基本信息外,还有两种证明资料:一种用于认证,另一种用于签名,凭各自设定的暗号登录使用。该证在公民中的普及率达到90%以上,所以大量的行政服务项目通过数字身份证来执行。公民通过数字身份证进行在线投票、缴纳税金、享受社保、进行体检和接受医疗——所有就诊记录和诊断档案都可以一证调阅,并自我决定是否向亲属或医生公开。交通和旅行也是一卡通,数字身份证可以作为所谓乘车券或支付卡使用。数字身份证还可以用于网上银行的开设和利用、水电煤气费用的支付、学校教育(选课、提交作业、管理成绩单、与教师联系等)、不动产登记、垃圾处理、环保等各种公共事业的服务项目，这就使行政与物联网密切联系起来。通过数字身份证，爱沙尼亚公民可以从全球不同居住地参加选举投票。通过电子居住制，非公民也可以取得数字身份证，从全球不同国家向爱沙尼亚投资并申请设立公司。

在新冠肺炎疫情防控中，杭州市从2020年2月11日起利用大数据和互联网技术推出的"健康码"，通过不同维度答问打分的方式把居民分成三种类型进行区别化安排。持绿码者可以在市内自由通行；持黄码者要进行7天以内的集中或居家隔离，在连续申报打卡7天都正常后转为绿码；持红码者要进行14天以内的集中或居家隔离，连续申报打卡14天都正常后转为绿码。对于填报不实的，可以通过大数据进行鉴别，查实后一律定为红码，情节严重的还要采取惩处措施。这也是一种具有特定目的和时效性的数字化身份证。

三 基于区块链协议的信任、行政服务以及基层选举

要使上述机制顺利运转，必须确保虚拟空间的安全。为此，爱沙尼亚建构了无钥签名的基础设施（KSI），使信息的记录和检索都可视化，确保政府记录的正确性以及合规性。这是借助区块链协议保证数据真实性的框架，不需要管理者，不需要对密钥进行管理和更新的手续，有利于提高行政效率，有利于降低社会管理的成本。所以，接下来我们再来考察基于区块链技术（包括分

散账本、P2P网络、永久数字人格、全程留痕）运作的电子政府。

众所周知，没有信赖协议是信息互联网的主要缺点。以比特币和P2P方式为基础的电子通货系统，实际上构建了一种分散式信赖网络，人们无须第三者或者权力的介入，通过直接的认证合作就可以达成信赖协议，也就是说使网络本身能保证相互信赖。在这个意义上可以说，区块链技术对于社会治理方式具有革命性意义。借助智能技术运作的电子政府，的确可以运用互联网和大数据为公民提供大量的方便，但与之相伴的代价是个人隐私的丧失，而隐私正是自由和自治的堡垒。区块链的本质是把个人隐私黑箱化，从而可以抗衡借助智能技术的外部操作。如果说智能技术可以让信息处理系统的终端工作自动化，那么不妨认为区块链技术能使系统中枢工作也自动化。因而智能技术与区块链技术之间存在着相反相成的关系。为了确保个人参与同意的计算和共识的达成，区块链还以挖矿方式提供了充分的诱因，用以解决交易成本问题。在这里，利己的行动本身就可以构成公共利益的一部分，具体的智能合约就可以明确各自的权利义务。

从新冠肺炎疫情在武汉失控的事实可以看到，旧的集权式治理方式已经出现严重的功能障碍甚至失灵。各级官僚大都眼睛朝上不朝下，满足于形式主义的官样文章，出现问题也总是倾向于隐瞒真相和推卸责任。不同部门之间画地为牢，缺乏信息公开和资源共享，把时间和精力消耗在烦琐的手续上。即便急需的疫情防控物资和捐赠医药品也被垄断流通渠道，无法及时送到最需要的地方，一些荒唐的作秀活动浪费了极其宝贵的救护装备。在封城和隔离的决定做出之后，基层治理机制不能有效发挥作用甚至出现崩溃，公民的各种诉求得不到必要的回应和处理。幸亏电商、物联网以及移动通信系统在疫情防控的隔离状态中发挥了积极作用。由此也可以证明，通过大数据、人工智能以及信息合作提高业务效率，在公共服务中充分利用物联网，借助信赖网络突破地域和行业的樊篱等做法是必要的，也是可能的。结论就是，疫情防控的经验已经显示，行政和政治的区块链化势在必行。

区块链技术有可能形成社会治理的"路路通"格局。例如爱沙尼亚的电子政府计划利用区块链构建了所谓"X-road"的数据共享系统，把各种数据库和智慧城市项目融通无碍地联结在一起，使行政服务和民间服务能够互相衔接兼容，极大地提高了公共活动的效率，极大地方便了居民的日常生活和行动。前面提到的数字身份证系统并不是由国家集中管理，而是分散式的。包括出生证明、户籍、护照、驾驶证、投票资格等各种公共证书都用加密化的哈希值（联想配列）来表示，在区块链上进行分散管理和使用。在这里，可靠的数据安全技术保障了信息的正确性和私密性；数据查阅和更新的履历是可以确认的，公民可以及时获悉是谁接触了自己的个人信息；大量的作业量是自我完成的，所以可以显著减少行政成本，同时还可以保证公共证书的正当性。

区块链技术还可以用于基层选举。提供参与诱因的挖矿方式，意味着区块链可以通过制度设计吸引人们对社会问题产生兴趣、发表意见、根据共识制定更有说服力和执行力的政策。由于电子货币的密码确保不能重复使用，能够有效地防止重复投票行为，所以区块链技术可以建构透明化的、可靠的选举系统。通过在线会议、意见广场等方式，区块链技术也可以用于协商民主，而不限于分散化投票。通过数据的可视化、可追踪性，区块链技术还有利于落实问责原则。

总而言之，智能技术的核心是程序算法，强调数据汇聚和预测精确性，侧重于法制的统一化和行政效率；与此相映成趣，区块链技术的核心是网络协议，强调的是管理分散和隐私权保障，侧重于法制的透明化和网络共识。这两者互相制衡同时又互相补充，有利于电子政府的健全发展。

（2020年2月12日成稿，
载《深圳法治评论》2020年第1期创刊号）

AI的狐狸精与规范的篱笆

很高兴有机会到纽约聊斋来与各界朋友交流。这个名称以及《聊斋志异》的故事似乎暗示我在这里应该讲点什么类似鬼狐仙灵的奇异主题。恰巧新闻报道马斯克的最新发明是把人工智能的芯片嵌入动物乃至人的大脑中,通过脑机接口和算法来让动物或人能够随心所欲。近些年人工智能成为社会热点,在各方面的应用以及相关产业的发展日新月异,给人类带来很多冲击、兴奋以及不安。与此同时,人工智能也已经渗透到日常生活世界,就像狐狸精悄悄溜进人们的书斋、琴房以及市井。所以,我决定选择关于数字化、数据驱动、人工智能的治理以及法制创新的话题。这也是我这些年关注的一个研究方向。上海交通大学人工智能研究院携手中国法与社会研究院成立全国第一个"人工智能治理与法律研究中心",今年7月10日在世界人工智能大会法治论坛上举行了揭牌仪式,由我担任负责人,也想借此机会介绍一下我们的问题意识和发展目标。

从自己的专业法社会学以及数字化的信息沟通技术（ICT）导致的法律制度创新的角度切入，我在这里简单论述以下四个问题：（1）人工智能引起的法与社会变迁；（2）自动驾驶的权利、责任以及伦理；（3）数据里的经济价值和人格尊严；（4）智能网络的平台治理与代码支配。

一 人工智能引起的法与社会变迁

1. 日常生活各方面的数字覆盖

特别是在2016年AlphaGo击败人类职业围棋顶尖选手之后，人工智能开始引起社会的广泛关注。机器学习、深度学习使人工智能发生质变，进化后的人工智能又使人类社会发生质变。人工智能引起的社会变化主要有哪些方面？我认为最主要的是数字覆盖，使世界具有实体和虚拟双重结构，使我们越来越普遍地生活在电脑空间里。在中国，日常生活各方面的数字化速度非常快，覆盖面也非常广。到现在，大部分日本人还是倾向于用现金在实体店购买商品。2009年我回国后才知道，中国的年轻人那时已经很习惯在淘宝网购物，价格实惠，也很省事和节约时间。在淘宝网购物使用支付宝，是数字货币的一种形态。后来又有微信支付，现在上海的地下车库都采取支付宝或微信支付的方式扫码付费。在餐厅、早点摊位以及农贸市场，人们也广泛采取移动支付方式。快递和外卖也特别流行，尤其在新冠肺炎疫情防控期间，有利于在保持社交距离的状态下满足日常生活需求。还有交通一卡通，包括车辆电子保险的普及等。从这些现象中可以看到，中国的日常生活越来越数字化，几乎被数字全覆盖了。这次疫情更进一步地加强了这个数字覆盖过程，如群体的体温检测、健康码、人脸识别验证，结果导致整个社会被数字化技术全面覆盖。这是一个非常重要的变化。数字全覆盖的社会使得我们的日常生活世界产生了电子复制版，所有的活动痕迹都可以记录下来，转变成大数据。这样就可以在非常广泛的领域采用人工智能对大数据进行分析、进行预测。在这里，数据的规模越大、质量越好，人工智能的功能也就越强，可预测程度也就越高。总之，这就是当今社会，尤其是中国社会发生的一种非常本质性的变化：无所不在的数字覆盖和智能跃进。

2.经济活动的重点对象从资源到数据

在数字覆盖和智能跃进的背景下，数据的经济价值就会越来越明显地呈现出来。例如淘宝网，可以根据消费场景的行踪，分析购买人的经济状况，行为方式，目前的需求、偏好，再根据这些信息和演算结果推送出相应的商品广告，确定生产计划以及营销模式。也就是说，在数字覆盖的背景下，企业可以通过人工智能对大数据的分析和预测揭示个人的隐私，推断社会的发展趋势，获得竞争的优势以及盈利的机遇。在这个意义上可以说，数据是有经济价值的。马云曾经说过：数据就是21世纪的石油。数据就是人工智能社会的生产资料。数字化的经济就是由大数据和人工智能来驱动的。人工智能系统的联结、交错、互动，会构成智能网络化社会。通过智能技术收集数据，应用大数据进行分析和预测，从而决定社会运作方式，我们的整个社会已经变成了一个数据驱动的社会。

在这里，数据不仅具有经济价值，甚至还成为沟通的媒介、交易的通货。显而易见，中国在数据的收集和利用方面是具有独特优势的。在中国，大约70%的优质数据由国家掌握，没有很强的隐私意识和排他性的权利设置来构成数据的壁垒，这就使各个领域的数据更容易汇集到一起进行处理。也就是说，数据空间没有被过于强势的数据主体各自割据，没有形成小国寡民的碎片化状态。在这样的状况下，数据规模与人工智能功能的正比例关系法则就会更加强有力。数据的数量越多、质量越高，人工智能的算法和算力就会越发达，数据的经济价值也就越高。所以，中国的数字经济增长的速度和效益是非常惊人的。当然，在这里我们必须指出，还是不能忽视个人信息安全和隐私保护不足等问题。应该找到一种兼顾数字经济发展与个人信息和隐私保护的制度安排。

为了保护个人信息安全、隐私以及数据权利，为了促进网络交易平台的发展，欧盟曾经做过一个很有代表性的尝试。1996年，欧盟制定了一个严格保护数据库权利的规定，试图赋予数据以排他性的所有权，试图通过绝对所有权的观念来确保数据的收集和利用限定在法治的轨道上，防止滥用数据的事态发生。但是，这个法律规定的实施效果并不理想；在欧盟，迄今为止还没有出现像中国BAT（百度、阿里巴巴、腾讯）、美国GAFAM（谷歌、亚马逊、脸书、苹果、微软）那样的数字科技交易平台巨头。因为数据或者信息本身具有流动性，如果赋予排他性的数据库权利以及数据所有权，就会牺牲流动性，压抑数字经济以及网络交易平台的发展。但是，我们也不能把隐私和个人信息安全作为大数据和人工智能时代经济发展的牺牲品，因为这样会摧毁自由的基础。关键是如何在功利主义与个人自由之间找到适当的平衡点，防止或减少我们为数字覆盖付出的隐私代价。

3.市场交易的形态从物品到服务

市场交易的形态也发生了非常大的变化。比如之前的影碟、光盘，是影视和音乐发烧友的重要财产，大家都会设法通过购买来收藏。但到了现在，可以直接在网上下载收看和收听，只需临时购买网络服务，而不需要拥有实体的产品。还有轿车，也曾经是个人的重要财产乃至身份的象征，但是现在网约车盛行，是否拥有一辆漂亮的轿车并不那么重要了。在这个意义上，出行的座驾也由实体的物件转化成临时购买的交通服务形态。既有的现代法律体系都强调所有权，强调以物品为基础的个人权利的保障。在智能网络化社会，当市场交易的主要形态从物品转向服务时，光碟就消失了，人们觉得买车不如租车，消费者对物品的占有欲望势必减弱。与此相应，以物权为基础的法律体系也势必发生非常大的变化，市场监管的方式同样也会与过去大不相同。例如阿里巴巴的平台战略促使大量厂商、供应商都到这个巨型平台上来营销，这就会带来法律规制的新问题。为了避免阿里巴巴自己的商誉被透支、滥用，为了保障服务的规格和质量，杜绝假冒伪劣商品，这个平台就必须肩负起监管的职责。在某种意义上也可以说，交易平台在相当程度上已经代替政府发挥监管的作用，这也是行政服务民营化、市场化的一种方式。当然，与此同时政府还要对巨型的交易平台进行监督和管理，防止垄断和不正当竞争。

4.社会系统变化的三个基本特征

物联网（特别是5G物联网）的发达、人工智能广泛的应用，导致了不同仁工智能系统之间发生密切的关系，互相作用，导致了智能网络化的趋势。人工智能系统各自的目标不同，有可能会发生冲突，它们的互动关系有可能导致出乎意料的后果。本来人工智能是要进行预测的，但是在人工智能网络化、人工智能可以深度学习的情况下，不可预测、不可解释的问题反倒频繁发生。在有些场合，人工智能越发达，复杂化程度越高，达到的结果精确性越强，人们反倒很难准确地说明这到底是怎样实现的。这就是所谓算法黑箱化。从人工智能治理的角度来看，我们当然希望算法是透明的、可以解释的，但实际上却很难解释清楚算法的原理和机制，因果关系无法验证。这就使得问责原则很难落实。所以算法黑箱化是我们要关注的社会系统实质性变化的第二个方面。深度学习使得人工智能超出人类预设的计划和程序，能够自己归纳出新的行为模式，并根据这样的模式进行运作。在这里，自然而然会导致对人工智能发展的一个忧虑，即失控。也就是说，人工智能系统的观察、学习、思考、判断、行动能力提高之后，就有可能产生自我意识和独立性，机器自主化了，人类无法对人工智能进行有效的控制。机器人还有可能造反，转而伤害人们。社会系统的上述三种变化，都会影响到制度安排，对法律体系构成严峻的挑战。

5.在很多方面代码似乎取代法律

在人工智能时代，技术规格往往具有非常重要的意义。有时候，代码可能使法律中现有的权利不能按规定实施，要进行改变。代码的框架有可能使得原来的法律制度安排不得不发生一些变化。在有些场合，事实已经先行，使得法律与现实脱节的问题凸显出来。在人工智能越来越多地渗透到社会当中去的时候，算法本身就决定了很多事物的运行方式。有一种说法叫作算法独裁，就是指人工智能的算法、软件、代码框架支配一切的事态。在这样的情况下，法律体系确实面临着严峻的挑战。包括区块链对密码资产通过网络共识的方法进行管理，也与过去所设想的法律支配是不一样的。

6.经济和社会全面的数字化迫使法律采取应对举措

目前在中国及其他国家，人工智能应用系统发展的速度非常快，数字经济似乎处于野蛮生长的阶段。然而如果过早地进行法律规制，采取强制性措施管理大数据产业和人工智能开发，就有可能压制科技以及数字经济。另一方面，人们也会抱有深深的忧虑，因为人工智能的高歌猛进，很有可能把人类社会锁进一个特定的路径相关,将来想退也退不出来,或者退出时花费的成本太大。因此,我们应该及时对物联网、大数据以及人工智能的治理和制度设计进行思考和讨论,采取软硬兼施的适当对策。其中一个非常重要的应对方式就是强调人工智能开发的伦理、原则、政策以及法律的综合治理。如果片面采取法律的规制措施,有可能限制人工智能技术以及相关数字经济的发展,所以我们认为在现阶段软法比硬法更重要。我认为,只有通过这种方式,才能更好地适应目前既要保护人工智能发展,又要对其进行适当限制,防止野蛮生长的社会需要。上海交通大学人工智能治理与法律研究中心聚焦算料(大数据)、算法以及算力中的伦理与法理关系问题,试图构建相应的知识图谱,推动人工智能时代的制度创新。国内法学界以及相关业界都非常关注这方面的进展。最近上海的商汤智能产业研究院和北京的旷视科技有限公司等来与我们洽谈在人工智能的治理和数据法律等方面开展合作。另外,人工智能技术也被广泛应用到法律适用的过程之中,特别在司法领域推进迅猛,包括电子法院、智慧司法、基于大数据的文书自动生成等等。各国都在积极尝试将人工智能作为法律决策的辅助系统。人工智能直接用于法律决策的情况更复杂一些,涉及很多技术上、价值上的障碍,目前还处于初级阶段,还在摸索之中。

二 自动驾驶的权利、责任以及伦理

在上述背景下,我们再来探讨一些具体的问题。先看自动驾驶。今年6月27日,上海开始启动滴滴自动驾驶网约车的服务。之前长沙试行自动驾驶网约车遭到出租车司机的集体抵制,美国亚利桑那州的自动驾驶车辆引起人身事故后各国的态度变得更加慎重。无论如何,自动驾驶普及之前还有很多法律问题有待解决。首先要考虑共享乘车服务提供者的资质和信用。目前BAT都在提供自动驾驶领域的服务,它们的战略会影响到自动驾驶的服务状况,也会影响权利义务的设置。其次,现有的道路交通安全法第十九条规定驾驶者的资格要件,人工智能是否也需要获得驾驶执照?第三,如何界定自动驾驶车辆的智能化级别与法律的关系?人工智能一旦导入,开始只是发挥辅助性作用,或者部分操作自动化;但到了附条件的自动驾驶或者完全的自动驾驶阶段,软件系统本身就成为责任主体。如果出了问题,是找汽车厂商、程序开发商,还是数据提供商追究赔偿责任?这个责任如何认定?如何分配?第四,人工智能的利用者具有不同的类型,但无论是消费利用还是商务利用,就法律而言,似乎都应该采取利用者免责的原则。

对于自动驾驶而言,利用者基于合同接受服务。这时交易的对象不是车辆,而是移动服务,车辆只是为使人们移动而提供的一种服务形态。自动驾驶汽车的主要特征是使用了人工智能软件。如果车辆在抵达目的地前抛锚了,意味着服务终结还是换乘其他出租车?在交易对象是车辆时由买主承担后来的风险,但在交易对象是服务时是不是由卖主永远承担后续风险?法律上缺乏明文规定。按理应该把硬件和软件相区分。如果问题出在软件,你就不能追究汽车厂商的产品责任。但是，嵌入车辆的软件的更新责任又在谁呢？是汽车厂商，还是软件供应商？在车辆发生故障或因自动驾驶软件瑕疵引起事故时，会引起一系列复杂的新问题。还有，自动驾驶的人类监控和介入如何进行？如果发生紧急情况，突然由自动改为手动时也会出现混乱，在这种场合责任如何追究？既然上海已经有自动驾驶网约车上路了，这些问题就迫在眉睫，需要有关机关及时调研和立法，制定自动驾驶的交通安全制度的设计方案。

三 数据里的经济价值和人格尊严

再看数据的法律问题光谱带。不言而喻，人工智能离不开数据。人工智能的应用、进一步发展、预测能力的提高都有赖于数据。数据和人工智能之间存在一种正比例的关系。数据的法律问题光谱带包括两端：一端涉及财产权（数据的经济价值、数据处理模型和算法等的知识产权），另一端涉及个人信息安全、隐私的保障。在现阶段的中国，人口规模大约14亿，网民人数大约8亿，每天都会产生大约900兆字节的海量数据。根据2018年的统计，中国大数据产业相关人才的规模全球第一，占比59.5%，比第二位的美国高出37.1个百分点。更值得留意的是，中国数据的公有化程度极高，大约70%的优质数据资源由国家掌控。这种状况有利于打破各种局部疆界，充分调动数据资源，来发展产业经济，也势必促进人工智能在国家治理和法律制度运作方面的广泛应用，但也把个人数据安全和隐私保护问题以更加尖锐的形式呈现出来。物联网、大数据以及人工智能的"铁三角"，在某些场合很可能剥夺公民对个人信息的自我处分权（隐私权）、人格尊严以及法律面前平等的权利。例如常见的电商和网络平台把个人消费信息作为学习数据使用，分析行为样式并发布对标广告，这是否已经构成对隐私权的侵犯是需要认真考虑的。特别是遗传信息包含那些与生俱来的特性，一旦由人工智能进行解读和外泄就很容易影响个人入学、就业以及加入商业保险，大幅度减少某些公民的人生机遇和选择空间。

在上述两端之间，还存在着数据经济价值的实现和利益分配问题。巨型的网络交易平台利用数据产生利润，但数据主体是谁？因数据而产生的利润的分配是否公正？这些都是非常复杂的法律问题。关于人工智能引起收入悬殊的问题，有人建议通过向机器人征税，但中国更强调的是通过财政部门来实施合理的、精准的社会二次分配。在这里，制度设计不得不面对某种两难困境：注重个人信息和隐私的保护就有可能妨碍数据以及人工智能方面的产业发展，注重数据驱动的经济效益却又容易侵害个人尊严和隐私，甚至引发信息安全问题。要兼顾这两个方面，就需要认真对待制度设计问题。值得深入探讨的一种对策是：中国应该考虑设立数据托管机构，对寄存个人数据的主体给予适当的积分奖励。数据托管机构对数据进行匿名化处理，企业可以在通过资质审查后采取缴纳使用费的方式来获得和处理数据，而数据主体也可以适当分享数据产业的利益。在日本，已经出现了设立复数的信息银行的构想，个人可以选择其中一家像存款那样把信息储蓄到信息银行，企业向信息银行借贷个人信息。在中国，也许公共性质的数据托管机构更适合国情。

四　智能网络的平台治理与代码支配

美国学者劳伦斯·莱斯格教授在1999年提出一个命题：Code is law（代码就是法律）。如今这样的例子很多。比如，为了保护电视节目的著作权，规定所有的DVD制作按某个技术标准只能复制一次，不能再复制到其他DVD上，以防不法者盈利。但这样也会妨害正常的学习和欣赏。无论如何，这种现象说明，技术规格在相当程度上取代了法律来决定人们的行为方式。目前上海实行的"一网统管"上有政府机关的几乎所有服务项目，健康码成为一个非常方便的应用场景。然而有关信息收集、数据处理的权限和程序却并没有明确，所依据的法律根据也不清楚，并且可以瞬间改变。实际上，通过网络平台进行数字化治理以及经济活动，各种服务关系很难用法律来明确界定权利、义务关系。由此可见，人工智能的技术规格和数据的安全分级标准的制定工作已经迫在眉睫，立法也必须及时跟上。在这种背景下，也许将出现"代码与法律并行"的局面。中国存在"礼法并行"的文化传统，还有现代的"法律与政策并行"的实践经验，对于代码与法律并行的治理方式也许不会产生抵触。正是在这里，我们可以找到治理方式创新的契机或者切入点。

众所周知，现代法治特别强调的是自由、个人权利的保障。

在这里,自由是以隐私和个人财产权为基础的。为此需要分权制衡的机制设计,对权力行使进行监督和限制。由于人工智能的高效性,我们要通过人工来对人工智能进行制衡是有困难的。当人工智能广泛应用于政治决策和法律决策,当算法黑箱化时,对权力的监控和问责就会变得比较困难。在这样的情况下,用人工智能来对人工智能进行制衡,用技术来对技术进行制衡也许就是一个合理的选项,这样的分权制衡机制或许今后将变得非常重要。在这里,值得特别注意的数字化信息沟通技术是区块链。区块链最初是与比特币、数字通货联系在一起的。在这次疫情防控中,中国已经把区块链协议用于社区治理,包括信息登记、体温检测、口罩发放等。从人工智能时代防止对个人隐私的侵犯、通过制衡机制设计解决法律问题的角度来看,区块链可能会发挥关键的作用。简单来说,区块链协议的本质在于使隐私黑箱化,并使系统中枢工作完全自动化,通过挖矿的方式,为人们利用区块链提供诱因,并通过区块链达成网络共识。在这个过程中,通过具体的智能合约方式,明确各自的权利和义务。人工智能技术的算法黑箱化,区块链技术的隐私黑箱化,两者形成相反相成的关系,这是一种非常有趣的格局,会对今后的社会治理和法律秩序产生深刻的影响。

五 结束语

总而言之,人工智能是一个规则嵌入系统,它可促使法律的规范严格执行，形成硬法。但是，在智能网络化的情况下，不同人工智能系统之间的互动关系非常频繁而复杂，单凭硬法不免有些简单粗暴，必须借助软法来补充和协调，需要加强沟通和程序公正。另外，在算法黑箱化的情况下，人工智能系统越复杂，出现操作失误的可能性就越大，问责也变得越困难。如果让人工智能系统的开发者、制造者为算法失误承担无限的连带责任，就会妨碍人工智能的发展。为了使这种责任有限化，为了确保智能合约的违约责任能够被依法追究，就有必要承认机器人的主体资格。实际上，只有当机器人有主体资格时，以人工智能来制衡人工智能的构想才能落到实处。

最后，再梳理一下，与人工智能相关的法律问题，可以从装置、网络、数据、算法、服务五个方面进行探讨。在这样的背景下，人工智能引起的法律范式创新有什么呢？一是从物权到服务评价的权利观念变化；二是从法律到代码的规范形态变化；三是承认机器人权，以便追究智能合约的违约责任并使人工智能开发者、生产者的责任有限化。显然，我们面对的法律体系与过去大不相同。进入2020年以来，我们在不断见证历史的巨变。让我们也一同见证人工智能时代的法制巨变吧。谢谢！

（2020年8月30日，根据记录稿改定后于2020年9月8日在美国卡特中心网站中美印象［US-China Perception Monitor, http://cn3.uscnpm.org/］发布）

为了21世纪的制度范式创新

一 历史并没有终结,叙事重新开启

在《二十一世纪》创办之际,弗朗西斯·福山讴歌自由民主体制大捷的论文《历史的终结?》正风行全球,美国的老布什总统提出了"法治的世界新秩序"构想。以此为背景,一群分散在海峡两岸、香港、澳门以及海外的华人知识分子,试图在香港这个特别的空间里通过围绕公共话题的议论来加强"地球意识"(金耀基语)以及"批判意识"(刘青峰语),以便构建中国社会转型的基本共识,进而迎接一个"多元的世纪"(陈方正语)。不言而喻,这就是思想性综合期刊《二十一世纪》的宗旨或者目标所在。

从1990年10月27日算起,30年的岁月转瞬即逝,《二十一世纪》杂志已经步入而立之境。就在这个时间节点上,国际格局正在发生颠覆性变化，威权、科技与经济绩效的魔幻组合时而引起一片惊愕之声；全球化却似乎正在被"脱钩""产业链重构""新冷战""数字铁幕"所替代，自由民主似乎正在受制于民粹主义。

一方面，塞缪尔·亨廷顿在1993年预言的文明冲突俨然成为现实。的确，2008年的北京奥运会和2010年的上海世博会标志着全球化达到了空前鼎盛的阶段；然而起源于美国次贷问题的世界经济危机则促使人们开始进行反思。正如保罗·克鲁格曼分析的那样，全球金融资本主义体制势必在投机、虚拟化以及贫富悬殊的温床上孕育贸易保护主义，滋长民粹情绪；实际上，这个逻辑的延长线已经成为伊斯兰激进势力抬头、英国脱欧、中美贸易战和科技战等一系列事态的导火线，甚至还可能点燃更激烈的国际冲突。此时此刻，福山面对认同政治方兴未艾、新冠肺炎疫情大流行的现状，对美国社会的两极分化和政府的低效表现忧心忡忡。与此相映成趣，特朗普总统对美国提供世界公共物品的责任避之唯恐不及，也故意摈弃国家治理的共识模式，正千方百计挑逗对抗的激情以争取更多的连任选票。

另一方面，在2013年中共十八届三中全会提出市场对资源配置发挥决定性作用的命题，次年的四中全会又做出关于建设法治国家的决定的那些时刻，似乎中国离所谓"世界新秩序"的构想已经近在咫尺。美国明尼苏达州于2020年5月25日发生的乔治·弗洛伊德事件在各地引起了如火如荼的"黑命贵"（Black Lives Matter）运动，为此特朗普总统提出的应对之策是"法律和秩序"（law and order），希望动用国家的物理性强制手段解决骚乱以及

"分裂之家"的问题,招致舆论界批评如潮。面对新冠病毒蔓延,中国也提出了把疫情防控纳入法治轨道的口号,主要体现为严格限制活动范围的健康码系统、数字化监视装置以及强制性隔离的举措。

无论语境和价值取向有何不同,在美国、中国乃至其他国家,关于社会正义、"万全法"(Pannomion,边沁语)以及WTO解纷机制的基本共识已经破裂,呈现出两极对峙的形势;现代法治精神以及相应的制度安排也仿佛发生着某种实质性蜕变。这一切都在呼唤思想与制度设计的范式创新。

二 法治观的对立与数字化治理的趋同

众所周知,近300年来现代法治的本质是保护个人自由,因此特别强调对国家权力的限制。为了实现这个理念,启蒙思想家和制度设计者借助自然法和社会契约的学说确立正义的判断标准和制度框架,在此基础上建构一套事先明确权利和义务的规则体系,并通过独立的、权威的司法机构,公正的程序以及严密的理由论证来确保所有具体判断和决定都遵循既定的法律。任何公民的合法权益受到侵害都有权利甚至义务诉诸司法救济,法院以终局性判断权来维护法律秩序和实现正义。在某种意义上可以说,行使诉权的当事者在维护私自利益的同时也在履行自下而上监督法律实施的公共职责,律师则向那些完全外行的个人提供高度专业化的服务。因而也可以说,律师为了自己的客户而进行的抗辩其实在发挥对合法性进行精准监控的作用。

但是，中国传统的法家式制度设计思路与此截然不同，更强调的是国家对社会权力的限制以及所谓"锄强扶弱"意义上的伸冤。为了确保法律实施，国家设置专门负责解答规范问题的官职，并通过各种行政性质的监督部门自上而下层层把关，用以防止各种越轨和违法现象。鉴于监督机关叠床架屋、监督成本不断攀升、监督者裁量权过大等问题，为政者不得不在轻微案件处理上更多地借助社会的自组织机制，注重调解在处理纠纷方面的功能，并把当事人的承认以及社群的赞同作为司法的正当性根据。

显然，这是两种对立的法治模式。

然而在"9·11"恐怖袭击事件爆发之后，各国都加强了安全指向和权力指向，因而预防法学的思维模式开始凸显和普及，应急举措和制度安排也有所趋同。在纽约、芝加哥、洛杉矶，借助监控摄像头、行踪轨迹大数据以及人工智能推测能力的预防式警务日益发达并且波及其他国家。在中国，刑事侦查和搜捕活动还广泛应用5G通信系统，使尖端信息沟通技术渗透到社会控制的每一个角落。预防式警务实际上就是刑事标签理论（labeling theory）的升级版本，或多或少也助长了有罪推定的倾向。

新冠肺炎疫情则进一步促进体温警察、追踪检测活动以及基于数字信息技术的"监视文化"（大卫·莱昂语）的流行。在保持社交距离的压力下，生活世界的数字覆盖面显著扩大，渐次形成一张无所不在的智能化监控网络。事实上，在中国的很多省市，防疫健康码已经超越特定目的和时效，俨然变为一种恒久的数字化身份证系统,并且与"一网通办"的各种行政应用场景相结合,在相当程度上转换成电子政府的操作平台。总而言之,智能网络中难以预测的互动关系、难以解释的算法设计与自动监控的机器官僚主义结合在一起,似乎正在成为法律秩序重构的前提条件,也是当下我们不得不面对的"数据(信息)驱动社会"的现实。

三 多层多样的互惠性与沟通网络里的博弈

我认为,在上述状况设定之下,社会正义的判断标准是什么、实现方式是什么,就成为新的、非常重要的公共话题。

毋庸讳言,20世纪正义理论所达到的高度基本上是由约翰·罗尔斯标识出来的。他以社会的多元性为出发点,试图在穆勒式自由和宽容以及康德式建构主义的基础上,采取非先验主义、非形而上学的伦理学方法,重新阐释社会契约论,进而通过政治的说服过程来确立制度之德以及秩序的正当化机制。面对不断扩大的贫富悬殊和愈演愈烈的认同政治,他把差别原则——对形式正义进行矫正,让最少受惠者的经济利益在可能范围内尽量最大化——作为自己正义理论的核心内容。这就在不经意间为正义理论的重点从财富分配转移到风险分配提供了一个适当的契机。

特别值得注意的是,罗尔斯把互惠性观念作为强调差别原则的最主要根据,实际上平等互惠也是近年来国际贸易战的一个主要理由。根据罗尔斯的分析框架，互惠包括（1）单纯的相互有利，（2）相互利益与相互贡献的结合并且侧重处于有利位置的人们向处于不利位置的人们的贡献或者慈善，（3）利他主义指向等不同层面的含义。在这里，"重叠共识"的概念取代了"全体一致"的理想，而沟通、妥协以及"反思均衡"则是实现社会合作体系的主要手段。由此可见，罗尔斯描绘的分配OP曲线的确具有相当的规范性，试图为善治提供个人行为指针以及道德说服的逻辑。但不得不承认，这样的学说还不足以提供明确的立法原则和制度设计方案。

无论如何，把互惠性、反思均衡、重叠共识以及差别原则等统统纳入正义理论，势必强调个人以及社会的叙述和诉求，因此也就势必强调价值含义，从而还势必更加强调持有不同价值的人们在讨论问题时的公共理性。这正是《二十一世纪》在创刊之初标榜"茶馆意识"和论证性对话的先见之明。

四　在自组织的悖论中探索社会范式的创新

从这个角度来思考，把20世纪的哲学、法理学以及社会理论推上顶峰的路德维希·维特根斯坦、H. L. A.哈特、尼克拉斯·卢曼以及米歇尔·福柯，不约而同都从语言（尽管具有语言游戏、语义分析、沟通、话语等不同的表达形式）的视角来认识社会秩序的本质，这一有趣的事实特别值得我们认真推敲。

例如卢曼认为，构成社会系统的基本元素并不是个人行为，而是人与人之间的沟通活动；一个沟通过程与另一个沟通过程相衔接，造成沟通不断扩大再生产的动态，进而形成沟通的网络，这就是社会的整体。因此，我们可以通过沟通与沟通之间的关系来界定社会系统以及法律系统，探索自组织、自创生的奥秘。与卢曼把沟通视为社会基本元素的主张很近似，福柯把话语（discourse）视为生物性权力（bio-power）的策略和技艺，视为社会有序化的动因以及基本框架。其实维特根斯坦、哈特也站在同样的立场上。他们都强烈主张，以语言为媒介的互动关系就是覆盖整个社会的，就是人类的含义之网，并对主体产生、制度安排以及整个世界的存在方式具有决定性意义。在他们看来，被认为是语言活动主体的人，其实也是语言活动的产物；沟通伴随着社会的复杂性，但也以克减社会复杂性为己任；秩序来自混沌却又与混沌并存……正是这一系列悖论，使我们对法与社会的本质产生了全新的认识。

在这里，我们其实可以发现或者重新理解一个语言社会学派的崛起，沟通理论在当下的认同政治以及世界结构大转型中也显示出一种非常强大的穿透力。进入21世纪以来，文明冲突的频繁发生、身份政治的日益强化、数字化信息沟通技术（ICT）的广泛应用并导致日常生活世界的数字全覆盖，证明文明间、种族间、阶层间、网民间的对话和相互理解确实已经成为社会结构的决定性因素，沟通正是这个信息时代的核心关键词。从语言的角度来观察人们的意思、行为以及相互关系，可以意识到沟通的流动性、不确定性、复杂性非常突出，这才是社会的真实面貌，也构成权力、货币、意识形态、法律制度对日常生活空间和叙述方式进行分解、定型以及克减其复杂性的前提条件。因此，通过语言或话语、围绕含义或价值进行的各种博弈及其有序化机制，应该也有可能成为21世纪社会理论的主流范式。

从语言社会学派的立场来看，法与社会本来就是一种基于信息反馈的自组织系统，通过自我叙述、自我指涉、自我塑造而不断进化。但是，按照热力学第二定律，自我完结的封闭性系统，其熵将不断增大并且无法逆转，最终导致混乱无序，因而需要适当的他者指涉、开放性以及内部复合化，但这又会反过来强化复杂性和不确定性。正因为存在如此尖锐的矛盾、深刻的悖论，才促使我们要在秩序与混沌的边缘不断进行思考实验和意见交锋。由此可见，今后《二十一世纪》的基本使命应该是继续通过自由而阔达的讨论来探索中国和世界转型以及摆脱上述悖论的途径，有必要特别聚焦21世纪人类社会与法律秩序的范式创新问题。

（2020年8月15日初稿，2020年10月1日刊载于《二十一世纪》30周年纪念专刊）

光启随笔书目

（按出版时间排序）

《学术的重和轻》　　　　　　　　李剑鸣 著

《社会的恶与善》　　　　　　　　彭小瑜 著

《一只革命的手》　　　　　　　　孙周兴 著

《徜徉在史学与文学之间》　　　　张广智 著

《藤影荷声好读书》　　　　　　　彭　刚 著

《生命是一种充满强度的运动》　　汪民安 著

《凌波微语》　　　　　　　　　　陈建华 著

《希腊与罗马——过去与现在》　　晏绍祥 著

《面目可憎——赵世瑜学术评论选》赵世瑜 著

《中国的近代：大国的历史转身》　罗志田 著

《随缘求索录》　　　　　　　　　张绪山 著

《诗性之笔与理性之文》　　　　　詹　丹 著

《文学的异与同》　　　　　　　　张　治 著

《难问西东集》　　　　　　　　　徐国琦 著

《西神的黄昏》　　　　　　　　　江晓原 著

《思随心动》　　　　　　　　　　严耀中 著

《浮生·建筑》　　　　　　　　　阮　昕 著

《观念的视界》　　　　　　　　　李宏图 著

光启随笔书目

《有思想的历史》　　　　　　　　　王立新 著
《沙发考古随笔》　　　　　　　　　陈　淳 著
《抵达晚清》　　　　　　　　　　　夏晓虹 著
《文思与品鉴：外国文学笔札》　　　虞建华 著
《立雪散记》　　　　　　　　　　　虞云国 著
《留下集》　　　　　　　　　　　　韩水法 著
《踏墟寻城》　　　　　　　　　　　许　宏 著
《从东南到西南——人文区位学随笔》　王铭铭 著
《考古寻路》　　　　　　　　　　　霍　巍 著
《玄思窗外风景》　　　　　　　　　丁　帆 著
《法海拾贝》　　　　　　　　　　　季卫东 著
《中国百年变革的思想视角》　　　　萧功秦 著
《游走在边际》　　　　　　　　　　孙　歌 著
《古代世界的迷踪》　　　　　　　　黄　洋 著
《稽古与随时》　　　　　　　　　　瞿林东 著
《历史的延续与变迁》　　　　　　　向　荣 著
《将军不敢骑白马》　　　　　　　　卜　键 著
《五行志随笔》　　　　　　　　　　俞晓群 著
《依稀前尘事》　　　　　　　　　　陈思和 著